묵향 21

교주(敎主)의 딸

묵향 21
묵향의 귀환

초판 1쇄 인쇄일 · 2006년 03월 11일
초판 2쇄 발행일 · 2009년 07월 01일

지은이 · 전동조
펴낸이 · 유용열
편　집 · 현태정, 서지숙
펴낸곳 · 도서출판 스카이미디어

주소 · 서울시 동대문구 용두동 234-35번지 대명빌딩 201호
전화 · (02)922-7466
팩스 · (02)924-4633
E-mail · skymedia62@hanmail.net
출판등록 · 제6-711호

Copyright ⓒ 전동조 2007

값 9,000원

ISBN · 978-89-92133-01-2　04810
ISBN · 978-89-92133-00-5　(세트)

※ 온라인상의 불법 복제물의 유포나 공유는 저작자의 재산권을 침해하는
　 중대한 범죄 행위로 관련법에 의거해 처벌 대상이 됩니다.
※ 작가와의 협의에 의하여 인지는 생략합니다.
※ 잘못된 책은 본사나 구입하신 서점에서 교환해 드립니다.

DARK STORY SERIES Ⅲ

묵향의 귀환

전동조 장편 판타지 소설

21

교주(敎主)의 딸

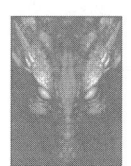

차례
교주(敎主)의 딸

*

*

*

깨어나는 드래곤 ················· 7

수라도제의 침묵 ················· 28

차도살인(借刀殺人)의 음모 ············ 42

마화의 걱정거리 ················· 69

전전긍긍(戰戰兢兢) ················ 88

조호이산지계(調虎離山之計) ············ 118

질주(疾走)하는 고수들 ··············· 140

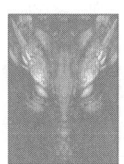

차례
교주(敎主)의 딸

．

．

．

악전고투(惡戰苦鬪) ·················· 153

괴멸(壞滅), 그리고 부녀 상봉 ·········· 176

혼비백산(魂飛魄散)의 장인걸 ············ 195

패력겁제 마교를 가다 ················ 211

황금빛 괴물과의 조우(遭遇) ············ 228

괴물(?)들의 틈바구니에서 ············· 248

교주의 딸 ························· 271

귀로(歸路)에 생긴 일들 ··············· 280

깨어나는 드래곤

　여기는 교주 전용의 연공실.
　이곳에는 언제부터인가 그 큰 연공실이 비좁을 정도로 거대한 골드 드래곤이 낮잠을 자고 있는 중이다. 조용하던 연공실이 지진이라도 난 듯 부르르 갑자기 진동을 일으키기 시작했다.
　드르르릉!
　거대한 드래곤답게 코고는 소리도 박진감이 넘친다. 코 한 번 골 때마다 연공실이 흔들거릴 정도였다. 드래곤이 코를 골기 시작한 것은 깊은 수면 상태가 이제 끝났음을 의미하는 것. 드디어 그가 깨어날 때가 거의 다 되었다는 반증이기도 했다.
　정기적으로 이어졌던 코골이가 끝나고 얼마 지나지 않아 갑자기 아르티어스의 두 눈이 번쩍 떠졌다. 아르티어스는 갑자기 그 큰 입을 쩍 벌리며 하품을 한바탕 한 후에 중얼거렸다.

'젠장. 이렇게 좁은 데서 자다 보니 온몸이 다 찌뿌두둥하구먼.'

이때, 갑자기 그의 뇌리를 스치는 것이 있었다.

'어? 그런데 여기가 어디지?'

곧이어 여기가 어딘지 떠오른다. 이곳은 바로 마교의 가장 최하층부에 위치한 교주 전용의 연공실이다. 그리고 거기에 자신이 들어온 이유는……

'이런 빌어먹을! 그것 때문에 내가 잠이 들었던 거였지.'

화가 나서 머리를 들자마자 머리통은 즉각 연공실의 천장과 부딪쳤다.

쿵!

'으갹! 이런 빌어먹을!'

굉음을 울릴 정도의 엄청난 충격이었음에도 불구하고 연공실은 무너지지 않았다. 하기야 이곳은 교주 전용으로 특별히 제작된 연공실이다. 역대 교주들이 패도적인 마공을 연성하면서 애용했던 곳이라는 말이다. 그만큼 강대한 충격을 받아도 무너지지 않도록 특별히 튼튼하게 제작된 곳이었다.

아르티어스는 즉시 주문을 외워 이곳 세계의 토종 호비트로 변신했다. 바로 자신이 드래곤으로 변신하기 직전의 모습으로 말이다. 거대한 황금색 드래곤이 빛과 함께 사라진 후, 그 자리에 초로의 노인으로 변한 아르티어스가 인상을 찌푸린 채로 모습을 드러냈다.

"뭐가 잘못된 거지? 나는 분명히 하라는 대로 했을 뿐인데."

아무리 생각해 봐도 자신이 뭘 잘못했는지 알 수가 없는 만큼 또다시 위험을 감수하며 수련을 감행할 수도 없었다. 아니, 현재 아르티어스의 몸 상태로 그것은 거의 자살 행위에 가깝다고 봐야 했다. 오랜 시간 잠을 자며 몸을 추슬렀다고 하지만, 그의 몸은 아직까지도 완벽한 상태를 되찾은 것은 아니었던 것이다.

"젠장, 아무래도 잘 모르겠군. 어쩔 수 없지. 자존심은 상하지만 그놈에게 물어보는 것이 제일 빠를지도 모르겠어."

「그놈」이란 바로 자신의 수행을 하나도 도와주지 않고 나 몰라라 하고 있는 그의 양아들 놈을 말하는 것이다.

오랜만에 밖으로 나온 아르티어스가 시원한 음료를 마시고 있을 때, 수석장로가 허둥지둥 달려 들어와 인사했다.

"안녕하셨습니까? 어르신. 기억하고 계실지 모르겠지만 저는 이곳의 수석장로를 맡고 있는 북궁뇌(北宮雷)라고 합니다."

하지만 수석장로를 바라보는 아르티어스의 시선은 결코 곱지 못했다. 그는 아들놈을 호출한 것이지 수석장로를 호출한 것이 아니었던 것이다. 그렇기에 아르티어스는 수석장로의 인사를 받는 둥 마는 둥 하며 짜증 어린 목소리로 되물었다. 그리고 그와 동시에 어마어마한 존재감이 수석장로를 덮쳐 왔다. 수석장로는 식은땀을 흘리지 않을 수 없었다. 그가 지금껏 살아오면서 여러 교주들을 섬겨 왔음에도 불구하고 이만한 압박감을 받아 본 것은 맹세코 이번이 처음이었다.

"네놈이 누군지 내가 알 바가 아니고, 나는 아들놈을 오라고 했는데 왜 네가 왔느냐?"

수석장로는 간신히 대답했다.

"예. 교, 교주님께서는 지금 바쁜 일이 있으셔서 밖에 출타 중이십니다."

아르티어스는 고개를 갸웃하며 물었다.

"그래? 뭔가 재미있는 일이 있어서 갔나?"
"아뇨. 금이라는 나라와의 전쟁 때문에 가셨습니다."
그 말에 아르티어스는 콧방귀를 뀌며 중얼거렸다.
"금이라고? 그놈들 참. 이름 한번 간단해서 좋군. 젠장, 그런 소꿉장난 같은거나 하지 말고 나한테 부탁하지. 왕이건 황제건 말만하면 뭐든지 다 되게 해 줄 건데, 뭐하려고 그렇게 쓸데없는 짓을 하고 있는 건지……, 쯧쯧."
저런 광오한 말을 서슴없이 내뱉다니. 말도 안 된다는 생각이 떠오르는 것이 당연함에도 불구하고, 수석장로의 머릿속에는 전혀 그런 생각이 떠오르지 않았다. 아르티어스의 존재감에 짓눌리고 있던 그는 그 말이 당연하다는 생각까지 들 정도였다.
"쯧, 그럼 언제쯤 돌아오느냐?"
"예. 속하가 알기로는 아마 몇 달은 족히 걸리시지 않을까 예측하고 있습니다."
수석장로의 입에서는 어느새 「속하」라는 단어가 자연스럽게 흘러나오고 있었다. 그것은 강자지존(强者之尊)의 율법이 지배하는 이 세계에서 그가 아르티어스를 상전으로 인정한다는 뜻이었다.
"몇 달? 그렇게 길게? 이놈이 애비를 뭐로 생각하고 있는 거야? 어쩔 수 없군."
그렇게 말은 했지만, 아르티어스는 오히려 이것이 잘된 일일지도 모른다는 생각을 했다. 그동안 자신의 망가진 몸이나 추스르는 것이 좋을지도 모른다는 생각이 들었던 것이다.
아들놈처럼 강제적으로 주위의 마나를 확 끌어들여 몸을 치료할 수만 있다면 얼마나 좋을까? 그렇다면 이렇게 귀찮게 시간 낭비를 할 필요가 없을 텐데 말이다. 그렇게 생각하며 아르티어스는 무슨 짓을 하더라도 꼭 그놈의 무공이라는 것을 익혀야겠다고 다시 한 번 속으로 다짐했다.

"뭐가 잘못되었는지 알아내기만 하면 무공을 익히는 거야 일도 아니지. 그러면 나는 아버지보다도 훨씬 더 위대한 드래곤이 될 수 있겠지. 암, 그렇고 말고. 으흐흐흣."

아르티어스가 키득거리기 시작하면서 수석장로에게 가해졌던 그 엄청난 존재감이 갑자기 사라졌다. 더 이상 수석장로를 상대로 화풀이할 마음이 없어졌던 것이다.

"너는 그만 가 보고, 그 마화라는 아이를 불러오너라. 그 애가 제법 싹싹하니 마음에 드니까 말이다."

압박감이 사라지자 수석장로는 속으로 안도의 한숨을 내쉬지 않을 수 없었다.

"아뢰기 송구스럽습니다만, 마 부대주도 교주님과 함께 갔습니다."

"그래? 그럼 어쩔 수 없지."

아르티어스는 음료수를 깨끗하게 비운 다음 자리에서 일어섰다.

"그럼 다시 연공실로 돌아가 볼까나?"

압박감이 사라져서 그런지, 수석장로의 머릿속에 갑자기 묵향이 떠날 때 당부했던 말이 떠올랐다. 그렇기에 수석장로는 재빨리 아르티어스에게 말했다.

"저…, 어르신. 어르신께서 연공실에서 나오시면, 꼭 전해 달라고 교주님께서 말씀하신 것이 있습니다."

'나를 보고 자기 있는 곳으로 오라는 말인가?'

그런 생각이 들자 은근히 기분이 좋아졌다. 하지만 아르티어스는 그런 내색을 하지 않고 퉁명스레 물었다.

"뭐냐?"

"교주님의 동생분을 치료해 달라는 말씀이셨습니다. 그리고 부상당한 초류빈 부교주도 함께 부탁한다고 하셨습니다."

"뭣이? 이놈이 나를 뭐로 생각하고 있는 거야?"

그와 동시에 또다시 어마어마한 존재감이 수석장로를 덮쳤다. 이제서야 수석장로는 깨달을 수 있었다. 저 영감이 기분 나쁠 때마다 자신에게 장난치고 있다는 것을 말이다. 하지만 어쩔 수 있나? 힘없는 자기가 참아야지.

수석장로는 이제 다리까지 후들거리는 것을 참으며 간신히 항변했다.

"저…, 꼭 치료를 해 달라고 간청드린다고 전해 달라고 하셨습니다."

「간청」했다는 말에 아르티어스는 가볍게 콧방귀를 뀌며 대꾸했다.

"흥, 뭐 그렇게까지 말했다면 어디 한번 봐줄까나?"

아르티어스의 기분이 약간 좋아진 듯하자, 수석장로는 상대의 마음이 바뀌기 전에 재빨리 대답했다.

"옛. 즉시 이리로 그분들을 데려오라 전하겠습니다, 어르신."

* * *

북쪽의 야만족들에 의해 광활한 대지를 뺏겼다고 하지만 아직까지도 대송제국의 저력은 바닥을 드러낸 것이 아니었다. 양양성을 중심으로 방어선을 구축하여 금의 대군이 남하하는 것을 저지하는데 성공했던 것이다. 하지만 지금 그것이 서서히 바뀌려고 하고 있었다.

재상 진회는 심각한 표정으로 탁자 위에 놓여 있는 서신을 노려보고 있었다. 서신의 내용대로라면 친구들과 명승지를 유람하겠다며 나갔던 아들놈의 목숨이 위태로운 것이 사실이었다. 하지만 강직한 선비인 진회의 마음을 억누르고 있는 것은 아들의 목숨 따위가 아니었다. 아들의 목숨이 아무리 중하다고 하지만, 나라와 황실의 안위보다 중할 수가 있겠는가?

이때, 밖에서 하인의 목소리가 들려왔다.

"대인, 대인을 뵙겠다고 온 자가 있사옵니다."

사색을 방해받은 진회는 약간의 짜증을 담은 헛기침을 터뜨리며 외쳤다.

"커흠, 누군데 그러느냐?"

하인은 재빨리 실내로 들어와 공손히 고개를 조아리며 말했다.

"이것을 드리면 아실 것이라고 했사옵니다."

그러면서 하인이 조심스럽게 진회에게 건넨 것은 얇고 자그마한 어떤 토막이었다. 그것을 받아 들고 쳐다보는 사이 진회의 손은 미세하게 떨리고 있었다.

저잣거리에 나가면 손쉽게 구할 수 있을 듯한 싸구려 옥 노리개. 거기에 새겨진 문양 또한 조잡하기 그지없었다. 하지만 진회는 그것을 받아든 순간 품속을 뒤져 뭔가를 꺼냈다. 그리고 놀랍게도 진회의 품속에서는 그것과 똑같은 조각이 하나 더 튀어나왔다.

"흐음……."

두 개의 옥 조각은 완벽하게 맞아떨어졌다. 그것을 확인하며 진회는 신음성을 흘리지 않을 수 없었다. 자신의 품속에서 나온 또 다른 조각은 아들의 납치범들이 보낸 서신 속에서 튀어나온 것이었기에.
"너는 빨리 가서 박 교령(僑令)을 불러오너라."
"옛, 대인."
잠시 후, 박 교령이 달려왔다. 군부의 무장다운 장대한 체구를 지닌 그를 보자 적잖게 마음이 놓이는 진회였다.
"찾으셨습니까? 대인."
진회는 박 교령에게 지시를 내려 잘 무장한 병사들을 매복시킨 후, 하인에게 자신을 찾아온 괴한을 이리로 안내하라고 일렀다.

잠시 후, 남루한 흑의를 입은 괴한이 하인의 안내를 받고 들어왔다. 손질도 안한 수염이 사방으로 숭숭 뻗쳐있는 강직한 인상의 사내였다. 그런데 사내가 실내로 들어서자 진회는 뭔가 기분 나쁜 묘한 위화감이 느껴졌다.
마교의 무리들과 몇 번 조우해 본 무림인들이라면 이것이 마공을 연성한 자들이 뿜어내는 독특한 기운인 마기(魔氣)라는 것을 단번에 알아보겠지만, 불행하게도 여기 있는 사람들은 그 누구도 무림인들이 아니었다.
진회는 자신의 기분이 슬그머니 나빠지는 것이, 아들을 납치해 간 놈을 만났기 때문이라고 넘겨짚으며 탐탁치 않은 어조로 외쳤다.
"그래, 무슨 일로 노부를 보자고 한 것이냐?"
사내는 비릿한 미소를 지으며 여유롭게 대꾸했다.
"소인과의 대면을 허락하신 것을 보면 대인께서도 이미 짐작하고 계실 것이 아니겠소이까?"

진회는 미간에 살짝 주름을 잡으며 퉁명스럽게 외쳤다.
"네놈들이 원하는 것이 무엇이냐?"
진회가 이렇게 물은 것은 단독 범행을 저지른 자가 직접 이곳에 찾아오지는 않았을 것이라 생각했기 때문이다.
사내는 진회의 좌우에 시립하고 서 있는 병사들을 힐끗 바라 본 후 느긋한 어조로 입을 열었다.
"우선 좌우를 물리쳐 주셨으면 좋겠소이다. 그리고 저 안에 숨어 있는 쓰레기들도 말이오."
그러면서 괴한은 진회가 박 교령에게 명하여 병사들을 매복시킨 곳들을 일일이 손가락으로 가리켰다.
"대인의 침실 서탁에 서신을 올려놓은 것만으로는 본인의 실력을 믿지 못하시겠는 모양이지요? 괜한 소란 일으키지 마시고 좌우를 물리치는 것이 어떻겠소이까?"
순간 진회의 안색이 창백하게 일그러졌다. 잘 훈련된 황병들에 의해 엄중하게 경비되고 있는 자신의 처소에 숨어들 정도로 뛰어난 무술 실력을 갖춘 자였다. 더군다나 상대는 여기저기에 황병들이 매복하고 있다는 사실까지 잘 알면서도 저토록 태연자약하게 행동하고 있는 것이다.
어떻게 할까 궁리하던 진회는 자신의 뒤에 시립하고 서 있던 박 교령에게 명령했다.
"좌우를 물려라."
박 교령은 시국이 워낙 어수선했기에 재상의 신변을 보호하기 위해 황실에서 직접 파견한 인물이었다. 물론 무림의 고수처럼 고강한 무예를 지니고 있지는 못했지만, 소림 속가 출신으로서 어느 정도 무공의 겉은 얇은 인물이었다. 그런 그가 저토록 위험한, 괴이한 기운을 내뿜고 있는 수상쩍은 놈을 상대로 상관을 무방비 상태로 노출시킬 리 없었다.

"결단코 그렇게는 할 수 없사옵니다."

"더 이상 말하지 말라. 좌우를 물리치라고 했다."

"재상께서는 저자가 얼마나 위험한 인물인지 모르시는……."

하지만 박 교령의 항변은 진회에 의해 가로막혔다.

"그건 노부도 잘 알고 있다. 이쪽이 대비가 확실히 되어 있음을 잘 알고 들어온 놈이 아니더냐. 저자의 목적은 노부의 목숨 따위가 아니다. 그러니 염려 말고 병사들을 물리거라."

박 교령은 또다시 뭐라고 항변해 보려 했지만 진회의 눈동자는 단호하기 그지없었다. 그렇기에 그는 어쩔 수 없이 고개를 숙이며 대답했다.

"옛, 명을 따르겠나이다."

괴한이 돌아간 후, 진회는 하녀에게 명하여 뜨거운 차를 내오라고 일렀다. 향긋한 다향을 맡으면서도 진회의 마음은 편치 않았다. 방금 전에 물러간 사내가 한 말 때문이었다.

"허어, 말을 듣지 않는다면 희야의 목숨을 끊어버리겠다?"

물론 그러고도 통하지 않는다면 그 다음은 비밀 유지를 위해 자신의 목도 따버리겠다는 추가적인 협박도 포함되어 있었다. 한밤중에 삼엄한 경비를 뚫고 들어와서 서신을 놔두고 간 놈이다. 진회의 목숨 정도는 언제든지 취할 수 있다는 경고의 의미가 다분히 포함되어 있는 행동이었다.

"어찌 아들놈의 목숨 따위가 대송제국의 앞날과 거래의 대상이 될 수 있겠는가. 하지만……."

이렇게 말하며 지그시 눈을 감는 진회였다.

둘만 남게 되자 사내는 예상외로 공손한 어조로 제의했었다.

「과거 귀하는 매우 청렴한, 백성들에게 존경받던 관리라고 들었소이다. 뇌물을 받지도 않았지만, 바치지도 않았기에 미관말직(微官末職)에서 벗어나지 못하고 있었지 않았소이까? 만약 귀하가 정녕 백성들을 위하는 관리라면 그들을 위해 어느 쪽이 좋은지를 생각해 보시구려.」

사내의 말은 언뜻 무례하기 그지없다 느껴졌지만, 이상하게도 그것은 진회의 가슴을 들쑤시고 있었다.

"백성들을 위하는 길이라……."

현재 송의 상태는 그야말로 최악을 향해 치닫고 있는 중이었다. 오랜 전란으로 인해 재정은 파탄나기 일보 직전이었고, 그것을 보충하기 위해 백성들에게 엄청난 세금을 징수하고 있었다. 물론 그것이 결코 좋은 해결책이 될 수 없음을 진회도 잘 알고 있었다. 하지만 막강한 금 제국이 코앞에서 위협해 대는 지금, 그것 외에는 선택의 여지조차 없었다. 다른 방법은 그 결과가 나오려면 너무나도 오랜 시간을 필요로 했으니 말이다.

더군다나 중앙이 어수선한 틈을 악용하여 변방의 관리들까지 온갖 못된 짓을 다 벌이고 있었다. 그것을 잘 아는 진회는 관리들을 파견하여 그것을 뿌리 뽑으려고 노력했다. 하지만 전혀 먹혀 들어가지 않고 있다는 점이 문제였던 것이다.

그렇다고 괴한의 요구대로 나라를 망하도록 방치할 수도 없는 노릇이 아닌가? 송이 망한다면 그 빈자리를 차지하고 들어올 나라는 십중팔구 금일 것이다. 과연 오랑캐들이 세운 금나라가 백성들을 위해 제대로 된 정치를 펼 수 있을 것인가?

진회는 씁쓸한 듯 입맛을 다시며 다시금 찻잔을 들어올렸다. 바로 이때, 총관이 달려 들어오며 외쳤다.

"대인! 대인! 큰일 났사옵니다."

사색을 방해받은 진회는 못마땅한 어조로 총관에게 물었다.

"무슨 일인데 그리 호들갑이냐?"

"황궁에서 태공공(泰公公)께서 오셨사옵니다."

"태공공이? 무슨 일인데······."

진회가 의아해 할 수밖에 없었다. 도대체 무슨 일인데 태공공 같은 높은 직위를 지닌 내시(內侍)가 여기까지 왔을까? 안 그래도 내일 아침이 되면 또다시 등청(登廳)할 텐데 말이다.

진회의 말이 채 끝나기도 전에 총관이 외쳤다.

"민란이 일어났다 하옵니다."

"뭣이?"

민란이라는 말에 진회는 경악하지 않을 수 없었다. 워낙 민심이 흉흉했기에 이 상태가 지속된다면 언젠가는 터질 것이라고 예상하고는 있었지만, 그래도 그의 놀라움은 조금도 줄어들지 않았다. 금이 압박해 오는 것만 해도 정신이 없을 지경인데, 거기에 민란까지 겹친다면 송은 무너질 수밖에 없지 않겠는가.

"속히 준비를 갖추라 일러라. 입궁할 것이다."

민란을 어떻게 진압하고, 또 그 후속 조치는 어떻게 취할 것인지에 대해 중신(重臣)들과 오랜 시간 토의한 진회는 밤 늦게서야 집으로 돌아올 수 있었다. 민란이라니……. 이제 망해 가는 제국의 말기 증상이 나타나기 시작하는 듯하여 그의 마음은 더없이 착잡했다.

 그렇기에 그는 하인들에게 일러 간소하게 술상을 봐 오게 이른 다음, 박 교령을 술자리에 청했다. 사실 이 집에서 그와 함께 대작을 할 만한 이가 그밖에 없었으니 말이다.

 "자, 자네도 한잔 들지."

 그렇게 말하면서 진회가 술병을 집어 들자 박 교령은 황송하다는 듯 재빨리 잔을 비우고 빈 잔을 받들었다. 진회는 박 교령의 빈 잔에 술을 따라주며 은근한 어조로 말했다.

 "박 교령. 자네 또한 그렇게 우둔한 사람이 아니니 작금의 상황을 결코 모르지는 않을 터. 그래, 자네가 보는 송의 미래는 어떠하리라 생각하는가?"

 "어찌 소인같이 무지한 무관에게 그런 혜안(慧眼)이 있겠사옵니까?"

 진회는 웃으며 대꾸했다. 하지만 그의 목소리는 어쩐지 공허하게만 들렸다.

 "허허헛, 이 사람. 술이 모자랐던 모양이구먼."

 진회는 뒤에 시립하고 있던 하녀에게 말했다.

 "가서 커다란 사발을 가져오너라."

 하녀가 사발을 가져오자 진회는 그 사발 가득 독한 술을 따르며 술을 권했다.

 "자, 이걸 한잔 쭉 들고 대답해 보게. 오랫동안 자네를 곁에 두고 지켜보고 있었네. 노부는 그렇게 둔한 사람이 아닐세. 자, 허심탄회

깨어나는 드래곤 19

하게 얘기해 보게나. 만약 대답하지 않는다면 벌주를 더 마셔야 할 것이야."

말도 안 되는 위협에 박 교령은 희미하게 미소지으며 대답했다.

"그렇게 물으시니 얕은 소견이지만 한 말씀 올리겠사옵니다. 사람이 태어나서 나이 먹으면 죽는 것과 같은 이치로, 나라에도 흥망성쇠(興亡盛衰)가 있다고 배웠사옵니다. 유사(有史) 이래 수많은 강성한 제국들이 나타났다가 사라졌사옵니다만 그중 4백년을 넘긴 제국은 단 하나도 없었음을 고금(古今)의 역사서들이 증명하고 있지 않사옵니까? 소장의 얕은 생각으로는 한 번 꺾여진 국운은 결코 되돌릴 수 없는 것이 아니올런지요."

그 말에 진회는 슬쩍 심술이 나서 반론을 제기했다.

"하지만 국운이 무너지던 제국들 중에서도 현명한 군주와 신하들이 나타나 나라를 부흥시킨 예도 있지 않은가?"

"물론 드물기는 하오나 있사옵니다. 하지만 그건 외침이 없을 때나 가능한 일이지 않사옵니까? 하물며 군 조직이 완전히 붕괴되고, 각지에서 군벌(軍閥)들이 일어나 그 세를 확장하는 최악의 상태에 직면하여 다시금 부흥에 성공했던 제국은 단 하나도 없었사옵니다."

"그러니까 자네 말은, 결국 송도 그런 길을 가게 될 것이라는 말인가?"

박 교령은 아무런 대답도 하지 않았다. 그는 지금껏 있어 왔던 제국들의 흥망만을 얘기했을 뿐이다. 혹 송이 그 모든 악조건을 깨고 새로운 중흥기를 맞이할 수도 있었다. 물론 지금 돌아가는 꼴을 보면 그럴 가능성이 전무했지만 말이다. 하지만 아무리 사실이 그렇다고 해도 그걸 윗사람에게 노골적으로 말할 수는 없는 노릇이었다.

진회는 자신의 앞에 놓여 있는 술잔을 쭉 비운 후 중얼거렸다. 그런 그의 목소리에는 어쩐지 힘이 하나도 없었다.

"쇠퇴하는 국운을 되돌린다는 것이 말처럼 쉬운 것은 절대로 아니지."

그날 진회는 대취하도록 술을 마셨다. 그날처럼 자신의 능력이 미약하다는 사실을 절실히 느낀 적이 없었던 것이다. 변방에서 민란이 일어나기 시작했다는 것만 봐도 송의 국운은 반쯤 끝난 것이나 다름없었다. 이 상황에서 안으로는 민란을 진압하며, 밖으로는 강성한 금 제국을 상대한다? 아무리 자신이 노력을 한다고 해도 그건 송의 명줄을 몇 년 더 연장시키는 것에 불과했다. 그만큼 백성들은 더 많은 고생을 하게 될 것이고…….

　　　　　*　　　*　　　*

초류빈은 이곳에서 처음으로 자신과 동급인 상대를 만났다. 물론 마공을 익힌 자들을 제외하고 말이다. 그것은 현천검제의 존재를 아주 극소수의 인물들만 알고 있었던 탓도 있었지만, 초류빈이 그런 것에 무신경했던 이유도 있었다. 그의 경호를 호법원에서 책임지고 있었던 만큼, 초류빈이 알고자 했다면 금방 알 수 있었으니까.

아르티어스는 그 둘을 치료한 후 다시금 연공을 한답시고 연공실로 가 버렸고, 그곳에 남은 둘은 서로의 존재에 경외감을 느끼며 통성명을 주고받았다.

"나는 고천(古闡)이라고 하오. 설마 이곳에서 정파의 무공을 극성으로 익힌 사람을 만나게 될 것이라고는 생각도 하지 못했소."

초류빈도 마주 포권하며 대답했다.

"아, 고천 대협이셨구려. 나는 초류빈이라고 하오. 외람되게도 이곳의 부교주직을 맡고 있소이다."

정파의 무공을 익힌 자가 부교주라는 말에 현천검제의 안색은 당혹감으로 물들었다.

'젠장. 그러고 보니 남의 일이 아니구먼. 나도 곧 있으면 부교주 노릇을 해야 하는 거 아냐?'

한동안 초류빈의 안색을 살피던 현천검제는 마음을 정했는지 슬쩍 상대의 속을 떠봤다.

"혹시…, 그 극악무도한 교주에게 붙잡혀 마음에도 없는 부교주 노릇을 하고 계신 것 아니오?"

물론 현천검제는 사형을 극악무도하다고 생각하지는 않고 있었지만, 상대의 속을 떠보기 위해 일부러 「극악무도」라는 단어를 사용했다. 그리고 그 효과는 너무나도 확실하게 나타났다.

초류빈은 너무 놀랐는지 '흡' 하고 숨을 멈추며 주위를 두리번거렸다. 다행히 아무도 엿듣는 자는 없었다. 「극악무도」라는 그 한마디에 초류빈은 오랜 지기(知己)를 만난 듯 들떠 버렸다.

"그, 그럼 당신도?"

다시 한 번 더 엿듣는 자가 없는지 살핀 후 초류빈은 안심하고 속내를 드러냈다.

"그렇다면 그놈이 당신의 손발을 그렇게 만들었단 말이오? 나중에 치료해 줬다고 하지만 정말 하는 짓이 왜 그리 잔인무도한지 모르겠소."

본격적으로 사형의 욕이 시작될 것 같았기에 현천검제는 손을 내저으며 대꾸했다.
"뭐, 그 얘기는 그만합시다. 그때 생각을 하면 나도 속이 쓰리니 말이오. 그런데, 초씨라면…. 혹시 초씨세가의?"
초류빈은 씁쓸한 표정으로 한숨을 푹 내쉬며 대답했다.
"왜 아니겠소. 휴우~, 아버님께서 돌아가셨으니 망정이지, 지금의 내 꼴을 보셨으면 어떤 표정을 지으실지 생각만 해도 두렵소이다."
잠시 우울한 표정으로 말없이 서 있던 초류빈은 문득 떠올랐다는 듯 말을 이었다.
"그런데, 형씨는 여기에 어떻게 오셨소? 나야 무공을 가르쳐 준다는 말에 속아가지고 들어왔소만."
"뭐 그렇게까지 터놓고 얘기하시는데, 거짓을 말할 수는 없고……. 죄송하오. 교주는 나의 사형(師兄)이시라오."
"……."
잠시 둘 사이에 정적이 흘렀다.
초류빈은 지금 극도의 혼란 상태에 빠져있었다. 그놈이 사형이라고? 이런 젠장. 저놈에게 속아서 별의 별 소리를 다 늘어 놨는데……. 그걸 저놈이 교주에게 일러바치면 그날이 바로 내 제삿날이구나.
초류빈의 마음을 모를 리 없는 현천검제는 활짝 미소지으며 활달하게 말했다.
"그렇게 걱정하실 필요는 없소. 그런 말을 사형한테 나불거릴 사람은 아니니 말이오."
그래도 초류빈이 자신을 믿지 못하는 듯하자 현천검제는 한숨을 쉬며 뒷말을 덧붙였다.

"사실, 내 처지도 그대와 다를 것이 없소. 대화산파의 장문인이었던 내가 마교의 부교주 노릇을 할 생각을 하니 눈앞이 캄캄하던 참이었소. 그렇기에 당신을 만난 것이, 헤어졌던 친지를 몇 년 만에 다시 만난 듯하여 말을 건네 본 것 뿐이었소."

초류빈은 믿어지지 않는다는 듯 중얼거렸다.

"당신이 화산파의 장문인이셨단 말씀이오?"

"그렇소."

"이런 일이……. 정말 그대를 본 순간 지기를 만난 듯하더니, 그 느낌이 틀림이 없었는가 보오."

"나 역시 그런 생각이 들었기에 형씨에게 말을 건 것이외다."

역시 마교 내의 외톨이 정파들이라 그런지 둘은 말이 잘 통했다. 그들은 이런저런 얘기를 한없이 주고받았다.

초류빈과 대화를 주고받던 현천검제는 문득 생각났다는 듯 화제를 돌렸다.

"아무래도 나는 사형한테 가 봐야 할 듯하오. 치료까지 받았는데도 불구하고, 여기서 나몰라라 하고 있었다는 것을 알면 사형이 그 성질머리에 나를 가만히 두지 않을 것이 확실하니 말이오."

"확실히 교주와 사형제라는 말이 거짓은 아닌 모양이구려. 교주의 음흉한 속셈을 그리도 잘 꿰뚫고 있는 것을 보면 말이오. 생각 잘하셨소. 하지만 나 같으면 그냥 두들겨 맞고 말지. 무림에 나가 그 망신을 당할 엄두도 못 낼 텐데…. 참으로 대단하시오."

망신이라는 말에 가슴이 쑤시는 현천검제였다. 자신은 얼마 전까지만 해도 화산파의 장문인으로 활동한 사람이었고, 그런 만큼 자신을 알아보는 사람은 널려 있을게 분명했다. 하지만 선택의 여지는 없었다. 밖에서 무슨 일을 당하더라도, 사형에게 쥐 터지는 것보다는 그나마 나을 테니까.

"대단할 것은 없소. 지금 생각해 봤는데 말이오. 그, 사형의 아버지라는 사람, 정말 화타 정도 되는 신의(神醫)이신 듯했소."

그 말에 초류빈도 동의하지 않을 수 없었다. 직접 치료를 받아 봤으니 말이다.

"그건 동감이오. 무슨 요사스러운 술법을 쓰는지 알 수가 없었지만 한순간에 상처가 쓱싹 낫는 것을 보고 나는 놀라서 기절할 뻔 했소."

"그런 사람이 옆에 없는 상태에서도 사형은 곤죽이 되도록 마음껏 두들기는데…, 으유~ 그때 생각만 하면 치가 떨리오. 몇 날 며칠 동안 사경을 헤맸으니 말이오."

잠시 공포감에 부르르 떨던 현천검제는 말을 이었다.

"든든하게 뒤처리를 해 줄 사람까지 있다면, 이번에는 사형이 무슨 짓을 할지 상상도 하기 싫소. 내가 지금 잘못 생각하고 있는 것이오?"

그 말에 모골이 다 송연해지는 초류빈이었다. 하지만 초류빈은 곧바로 정신을 차렸다. 도망갈 구멍이 생각났던 것이다.

"흐흐흐, 나는 여기에 남아 있을 명분이 있다오. 교주가 나를 보고 본교를 지키라고 했으니, 이곳을 지켜야 별수 있겠소? 안 된 얘기지만, 형씨 혼자만 가 봐야겠구려."

"……."

잠시 말이 없던 현천검제는 심각한 어조로 질문을 던졌다.

"그거 혹시 내가 대신해 주면 안되겠소? 형씨는 비교적 오랫동안 행방불명이 되어 있었으니, 알아볼 사람도 별로 없을 것 아니오?"

초류빈은 빙긋 미소지으며 야멸차게 대꾸했다.

"거절하겠소."

"……."

둘 사이에는 다시금 침묵이 흘렀다. 그러다가 문득 현천검제가 장난스러운 표정을 지으며 입을 열었다.

"흐흐흣, 좋소. 정 그런 식으로 나온다면 형씨가 사형을 어떤 식으로 욕 했는지 모두 다 일러바치겠소. 그래도 괜찮겠소?"

그 말은 즉각 효과를 발휘했다. 초류빈의 안색이 허옇게 바뀌기 시작했으니 말이다. 하지만 초류빈은 세차게 머리를 휘젓더니 이를 악물고 대꾸했다.

"좋을대로 해 보시구려. 몇 대 맞고 말지, 가문의 이름에 통칠하는 것은 사양이오. 그 부분에 대해서는 교주한테 걸려서 몇 번 쥐어 터진 적이 있으니, 아마 교주도 그런 일 가지고 나를 죽이지는 않을게요. 에휴~, 내 팔자야."

한숨을 푹푹 내쉬며 자신의 숙소로 돌아가는 초류빈. 그의 뒷모습을 보고 현천검제가 재빨리 말을 걸었다.

"걱정하지 마시구려. 내 답답해서 잠시 농을 해 본 것 뿐이오."

하지만 초류빈은 뒤도 돌아보지 않고 손을 내저으며 퉁명스레 말했다.

"됐소. 말하건 말건 마음대로 하시오."

초류빈이 시야에서 사라진 후, 현천검제는 한숨을 푹 내쉬며 중얼거렸다.

"휴~, 나도 예전에는 안 그랬는데, 점점 사형을 닮아가나? 뭐, 어짰건 농담 한마디에 그토록 완벽하게 걸려드는 사람이 있을 줄이야…. 그런대로 농담이란 것도 재미는 있구먼."
 다음날 아침 일찍 현천검제는 십만대산을 떠났다. 물론 양양성에 있을 묵향을 찾아가는 것이었는데, 오랜만에 만나게 될 사형을 찾아가는 것임에도 불구하고 그의 안색은 전혀 밝지 못했으며 발걸음 역시 굼벵이가 따로 없을 지경이었다. 마치 억지로 도살장으로 끌려가는 소처럼 말이다.

수라도제의 침묵

　가주(家主)가 소수의 호위대를 거느리고 양양성을 향해 출발했다는 통지를 받았을 때, 양양성에 있던 서문세가의 원로들은 당혹감을 감추기 어려웠다. 자신들이 보고서를 보내면서 가장 우려했던 점이 바로 이것이었기 때문이다. 하지만 그렇다고 그것을 보고하지 않을 수도 없었다.
　태상가주가 이곳에 서문세가의 주력 고수 대부분을 이끌고 와 있는 지금, 가주마저도 다수의 호위무사들을 거느리고 온다면 세가가 텅텅 비는 것이나 마찬가지가 될 것은 자명한 사실이었다. 또 가주가 그것을 염려하여 극소수의 호위만을 거느리고 출발했다면, 가주의 무공을 못 믿는 바는 아니지만 여기까지 오는 도중에 행여 불상사라도 일어날 가능성을 염려하지 않을 수가 없는 것이다.
　하지만 오늘 서문세가의 원로들은 그 모든 걱정을 털어 버릴 수 있었다. 가주가 단 두 명의 호위만 거느린 채 무사히 양양성에 도착했기 때문이다.

"어서 오십시오, 가주님. 오시는 길에 불편하시지는 않으셨습니까?"

원로들의 인사를 건성으로 받으며 서문세가의 가주 서문길(西門佶)은 황급히 질문을 던졌다. 바로 이것 때문에 그 먼길을 마다하지 않고 한달음에 달려왔기 때문이었다.

"괜찮았네. 그건 그렇고 아버님께서 어찌되신 일인가?"

단도직입적으로 물어오는 서문길의 눈을 차마 마주보지 못하고 원로들은 그의 눈길을 피하기에 급급했다. 그 모습을 보고 서문길은 언성을 높였다.

"어떻게 된 일이오? 속 시원하게 말해 보시오!"

서문길의 채근에 원로들의 가장 앞에 서 있던 대장로가 마지못해 입을 열었다. 대장로는 허옇게 색이 바란 기다란 수염을 매만지며 난처한 듯 말했다.

"가주님, 일단 진정하시고 안으로 들어가시지요. 들어가서 말씀 올리겠습니다."

그러고 보니 이곳은 사람의 왕래가 많은 성문 앞이 아닌가. 아마도 그 때문에 대답을 하기 힘들다는 말일 것이다. 그 점에 생각이 미친 서문길은 낮게 헛기침을 하며 대답했다.

"험험, 내가 좀 성급했었던 듯하오. 자 안으로 듭시다."

"예, 가주님."

"도대체 어떻게 된 일입니까? 대장로님."

밀실에 둘만 남게 되자 서문길은 서둘러 대장로에게 질문을 던졌다. 공적인 자리에서야 가주의 권위라는 것이 있다 보니 하대를 사용했지만, 이렇게 개인적으로 만났을 때는 존대를 하지 않을 수 없었다. 대장로는 그만한 대접을 받을 만한 인물이었으니 말이다.

대장로는 안 그래도 주름살투성이인 얼굴에 더욱 주름을 깊게 잡으며 한동안 난감한 표정을 짓고 있었다. 하지만 계속 말없이 버티고 있기도 힘들다고 여겼는지 힘겹게 입을 열기 시작했다.

"우선, 가주님께 자세한 전갈을 보내드리지 못한 점 사죄드립니다. 하지만 굳이 변명하자면, 이 일이 외부에 알려지면 곤란한 것이라 서신을 통해 전하기에는 무리가 있는 사건이었습니다."

"그래, 무슨 일인데 아버지께서 그리되셨다는 겁니까?"

"그러니까 일의 시작은 한 달 전이었습니다. 무림맹으로부터 남양을 기습 공격 하라는 명령이 갑작스럽게 전달되었지요."

그 말에 서문길은 인상을 약간 찡그리며 끼어들었다. 이미 보고서를 통해 알고 있는 사건이었기 때문이다.

"그건 말씀 안 하셔도 잘 알고 있습니다."

하지만 대장로는 그에 아랑곳하지 않고 조금 더 목소리를 낮추며 말을 이었다.

"가주님께서 모르시는 것이 있습니다. 바로 그 작전을 마교에서 계획했었다는 것을 말입니다."

그 말에 서문길은 고개를 갸웃하며 되물었다.

"마교에서… 말입니까?"

"예. 마교에서 계획한 일을 이쪽에서 새치기해서 그 공을 가로채려고 했었던 것이었지요. 하지만 아시는 대로, 작전은 실패. 자신들이 계획한 일이 무림맹 때문에 완전히 틀어져 버렸으니, 격분한 마교 교주가 이곳으로 난입해 들어온 것도 당연하다면 당연한 순서라고도 볼 수 있겠지요."

그 말에 서문길은 탄식을 터뜨리지 않을 수 없었다.

"허어, 그렇다면 교주가 이곳으로 난입해 들어왔었다는 말씀이십니까?"

"예. 격노한 그를 막는다고 본문의 고수 30여명이 중경상을 당했습니다. 그때, 태상가주님께서 나타나셨습니다."

대장로는 말을 잇지 못하고 어떻게 말을 해야 할지 머뭇거렸다. 아무리 생각해도 그때의 일을 가주에게 제대로 설명하는 게 조금 난해하다고 느꼈기 때문이었다. 하지만 그의 머뭇거림을 서문길은 전혀 다른 방향에서 받아들였다. 대장로의 말은 교주와 아버지가 어떤 형식으로든 부딪쳤다는 말이고, 용과 호랑이가 결코 좋은 뜻으로 만나지 않으니 뭔가 다툼이 벌어졌을 것은 당연한 순서일 것이다. 그렇다면 결론은 뻔한 것이 아닐까? 상대는 탈마의 고수. 결단코 화경급 고수가 넘볼 상대가 아니었다.

현실을 너무 직시한 탓인지 질문을 던지는 서문길의 어조는 너무나도 담담했다.

"충격을 크게 받으셨습니까?"

대장로는 머뭇머뭇 대답했다.

"잘은 모르겠지만…, 아마도 그러신 모양입니다."

이제 더 이상 들어볼 것도 없다는 듯 서문길은 밀실을 나서며 대장로에게 질문을 던졌다.

"아버님께서는 지금 어디에 계십니까?"

대장로는 난감하다는 듯 중얼거렸다.
"지금 만나셔도 도움이 안 되실 텐데……."
"그건 아버님을 만나 본 후에 생각해 보기로 하지요."

자신을 알아보고 인사를 건네오는 경비무사를 향해 서문길은 나지막한 목소리로 명령했다.
"기별을 넣게."
"옛."
무사는 굳게 닫혀져 있는 문을 향해 외쳤다.
"태상가주님. 가주님께서 오셨습니다."
그 후 무사가 몇 번 더 기별을 넣었지만 안에서는 아무런 대답이 없었다. 혹시 뭔가 문제가 생긴 것이 아닌가 하는 걱정에 서문길은 더 이상 참지 못하고 문을 벌컥 열고 황급히 달려 들어갔지만, 예상 외로 그의 아버지 수라도제는 멍한 표정으로 의자에 가만히 앉아 있을 뿐이었다.
"아버님, 이게 어찌 된 일이십니까?"
수라도제는 자신의 앞에서 눈물짓고 있는 사내를 못 알아본 듯 잠시 멍한 표정으로 바라봤지만 곧이어 상대가 누군지 떠올랐는지 멍하던 눈빛이 약간이나마 되돌아왔다. 그는 힘없는 어조로 중얼거렸다.
"네가 여기는 어쩐 일이냐?"
"교주와 한 수 겨루셨다고 들었습니다. 몸은 괜찮으십니까?"
"걱정할 필요 없었는데……."
힘없는 수라도제의 말에 서문길은 언성을 높이지 않을 수 없었다.

"지금 걱정을 안 하게 생겼습니까? 양양성에 모인 모든 무림인들을 지휘하셔야 할 아버지께서 이러고 계시는데 말입니다."

이제야 거기에 생각이 미쳤다는 듯 수라도제는 멍한 어조로 대꾸했다.

"그래, 그랬었지… 그랬었어."

중얼거리는 수라도제를 바라보며 서문길은 의문을 가지지 않을 수 없었다. 상대는 현경에 준하는 탈마급 고수. 아버지와 싸웠다면 상대가 이겼을 것이 뻔했다. 등급에서 차이가 너무 나니까. 하지만 그렇다고 해서 겨우 패배 한 번 당했다고 저렇듯 정신을 못 차리시는 것까지 이해할 수 있는 일은 아니지 않은가.

그렇기에 그는 더 이상 아버지와의 대화는 포기하고 대장로에게 일의 전말을 물어보기로 생각을 굳혔다. 일단 생각을 정한 서문길은 공손한 어조로 아버지에게 말했다.

"아직 몸이 편찮으신 모양인데 일단 푹 쉬시면서 몸조리 잘 하십시오. 여기서 일어나는 일은 제가 알아서 처리해 둘 테니 염려 놓으시구요. 큰 일이 벌어지면 아버지께 곧장 연락드리겠습니다."

서둘러 수라도제의 방에서 빠져나온 서문길은 다시금 대장로를 찾아갔다.

"도대체 어떻게 된 일입니까?"

만나자마자 다짜고짜 서두를 던졌으니, 서문길이 무엇을 묻고 있는 것인지 제대로 이해하지 못한 대장로의 잘못은 없다고 봐도 무방했다.

"예?"

"그러니까 교주와 아버님 사이에 어떤 일이 벌어졌기에 저러시느냐 이겁니다."

"그, 그러니까…, 이걸 어떻게 말씀드려야 할지……."

대장로는 대답하기 난처한지 머뭇거리더니 이윽고 입을 열기 시작했다. 그날 있었던 일을.

　　　　*　　*　　*

"이 망할 새끼! 본좌에게 물을 먹여?"

"왜 이러십니까? 교주."

자신을 말리는 경호무사의 멱살을 그러쥔 다음 묵향은 으르렁거렸다.

"본좌가 왜 이러는지는 네놈들이 더 잘 알 것이 아니냐?"

잠시 살기 띤 눈으로 상대를 노려보던 묵향은 무사를 옆쪽으로 내던지며 외쳤다. 목소리에는 그가 얼마나 분노했는지를 말해 주듯 엄청난 공력이 실려 있어 웬만한 고수들은 서 있기조차 힘들 정도였다.

"수라도제 이 새끼! 빨리 나왓!"

상대가 아무리 마교의 지존이라고 하지만, 계속 육두문자를 써대자 경호무사들의 표정도 점차 굳어지기 시작했다.

"계속 이러시면 저희들로서도 더 이상 참을 수가 없습니다, 교주."

"뭣이? 참지 않으면 네놈들이 어쩔 건데?"

그와 동시에 벌어진 난타전. 사실 이걸 난타전이라고 부르기도 뭣한 것이 묵향을 막기 위해 달려들었던 모든 호위무사들이 무지막지하게 두들겨 맞은 것이었으니…….

이때, 수라도제가 모습을 드러냈다. 마교 교주가 왜 이곳에 와서 행패를 부리는 것인지 그는 알지 못했기에 어떻게 대처할 것인지 잠시 생각을 정리하는 중, 밖에서 싸움이 벌어진 것 같자 급히 자신의 애도를 집어 들고 달려 나온 것이었다. 하지만 그는 밖으로 나오자마자 여기저기에 쓰러져서 신음하고 있는 휘하 고수들을 보고 기가 막힐 수밖에 없었다. 그가 고민에 빠졌던 시간은 정말 짧은 순간의 일이었다. 그 순간에 수십 명이 묵사발이 나서 쓰러져 있었던 것이다. 그것도 서문세가에서 골라 뽑은 정예 고수들이 말이다.

"도대체 무슨 일인데 행패를 부리는 것이오?"

"이런 망할 새끼. 잡아뗀다고 본좌가 모를 줄 알아?"

수라도제가 봤을 때, 교주는 분노 때문에 이성을 상실한 것처럼 보였다. 물론 이것은 묵향 자신이 벌여 놓은 일을 은폐시키기 위해 일부러 행패를 부리고 있는 것이었지만, 수라도제로서는 상대의 음흉한 속셈을 알 도리가 없었다. 하지만 수라도제도 거대 문파를 책임지는 수장으로서 상대에게 이런 막말을 듣고 참고 있을 리가 없었다.

"주둥이에서 튀어나오면 다 말인 줄 아시오? 어디 와서 행패를 부리는 것이오? 행패…, 흡!"

그 순간 수라도제는 엄청난 살기를 느꼈다. 사실 그도 지금껏 무인으로서 사지를 헤치고 살아남은 인물이었다. 그렇기에 어지간한 살기 따위에 마음이 동요될 그가 아니었지만, 이번만은 달랐다.

수라도제는 자신도 모르게 주춤주춤 물러서고 있었다. 그리고 묵향은 한 발 한 발 수라도제를 향해 다가서고 있었고.

"이, 이런……."

갑자기 상대의 겉모습에 겁먹은 듯 움직여 버린 자신의 실태(失態)를 깨달은 수라도제는 황급히 멈춰 섰다. 하지만 방금 전 자신의 모습을 본 가솔들의 이목을 생각하지 않을 수 없었다. 가솔들에게 있어서 그 가주는 최고여야만 했다.

'오냐, 네놈이 이렇게 노부를 핍박한다면……. 좋아! 이판사판이다.'

수라도제는 오른손에 힘을 주어 거도를 꽉 움켜쥐었다.

"호오, 치고 나올 기세구먼."

묵향의 얼굴에 비웃음이 떠오르는 순간, 그때 수라도제로서는 상상도 해 본 적이 없는 괴변이 일어났다. 자신을 향해 덮쳐드는 폭풍과도 같은 엄청난 기운을 느낀 것이다.

'이… 이것은 뭐냐? 살기인가? 기세인가? 그도 아니면…….'

너무나도 엄청난 기운에 수라도제 같은 백전의 노고수라도 정신이 다 혼미해질 지경이었다. 어느샌가 수라도제의 마음속에는 수십 년 만에 불안과 공포라는 것이 마구마구 용솟음치고 있었다. 머리털이 쭈뼛 일어서며, 죽음이라는 단어까지 떠오르고 있었던 것이다. 정말 한 순간이라도 정신을 잃으면 그것은 바로 죽음…….

순간, 수라도제는 주위의 시간이 정지된 듯한 착각에 빠졌다. 검을 뽑아들고 교주를 노려보며 옆의 누군가에게 뭐라고 외치는 서문세가 가솔들의 움직임이 마치 한순간 정지되는 듯, 아니면 순차적으로 조금씩 연결되는 듯했다. 그리고 그들이 내뱉는 말 한마디 한마디가 이어지는 시간이 너무도 길게만 느껴진다.

'시, 시간조차 정지되었단 말인가? 아니면 순전히 이건 나만의 느낌이라는 것인가?'

수준 높은 적과 대결하며 한순간 시간이 멈추는 것 같은 현상은 지금껏 살아오며 수없이 느껴봤던 수라도제다. 순간을 무한히 쪼개어 상대의 반응을 살피고, 그에 대응할 수 있는 것이 고수가 지녀야 할 기본적인 자질이다. 옆에서 구경하던 인물들이 차마 보지도, 아니 느끼지도 못할 정도로 빠르게 지나간 상대의 움직임을 마치 느린동작처럼 지켜볼 수 있는 자. 곧 자신에게 주어진 시간을 지배할 수 있는 자가 진정한 고수인 것이다.

　고오오오…….

　마치 폭풍에 휩싸인 듯한 엄청난 기운의 흐름. 기세인 듯, 아니면 살기인 듯도 했지만, 이건 뭔가 지금껏 수라도제가 알고 있던 그런 무형(無形)의 형질이 아니었다. 마치 깊은 물속에라도 빠진 듯 뼈마디가 뭉그러질 정도로 직접적인 압력을 가하고 있으면서도, 두터운 아교질 속에 빠진 것처럼 손가락 하나 움직이기가 힘들었다.

　수라도제는 지체치 않고 단전의 기운을 개방해 그 힘에 저항했다. 하지만 깊은 물속에 조약돌 하나 던진 듯 상대의 기세를 도저히 막을 도리가 없었다.

　그 순간 수라도제의 머릿속을 울리는 음성이 있었다. 주변에서 들려오는 모든 소리들이 차마 알아듣기도 힘들 정도로 띄엄띄엄 천천히 흘러감에도 불구하고, 이것만은 이상하게도 현재 수라도제가 느끼는 시간과 그 흐름을 같이하고 있었다.

　《제법이야. 입만 산 것은 아니었군. 어떠냐? 천외천(天外天)의 무공을 경험해 본 감상은?》

　그것을 듣는 수라도제는 충격 때문에 정신이 혼미할 지경이었다. 이것을 통해 분명하게 드러났다. 지금 이 시간을 지배하는 것은 자신이 아니고 바로 저자. 마교 교주라는 것을 말이다. 그는 지금 강제적으로 상대의 시간까지 지배하고 있었던 것이다.

'그렇다면 이것이 사술(邪術) 따위가 아니라 무공이었다는 말인가? 그렇다면…, 서, 설마 이것이 어기상인(御氣傷人)이란 말인가?'

수라도제가 필요 이상의 큰 충격을 받은 것은, 자신도 세인들이 말하는 소위 어기상인이라는 무공을 쓸 줄 안다고 생각하고 있었던 탓이다. 그는 내공을 끌어올려 자신보다 하수에게 엄청난 위압감을 줌은 물론이고, 3류 정도쯤 되는 녀석들은 그것만으로도 격살시킬 수 있었다. 그는 이것이 바로 어기상인이라고 알고 있었다. 하지만 오늘 당해 보는 이것은? 지금껏 그가 생각해 오던 어기상인과 그 차원 자체가 달랐다.

"크어억!"

갑작스럽게 선혈을 뿜어내며 무너지는 수라도제. 아마도 상대의 무공이 자신이 상상한 것과 완전히 차원을 달리하고 있다는 것에 대한 정신적 충격이 너무나도 컸던 모양이었다.

* * *

대장로는 그때를 회상하며 말했다.

"실질적으로 아무런 일도 없는 것처럼 보였지만, 뭔가 그자가 손을 썼던 것은 분명합니다. 안 그러면 태상문주님께서 그때 그토록 큰 내상을 입으실 이유가 없을 테니 말입니다."

대장로의 말을 들은 서문길은 이해가 안 간다는 듯 뒤통수를 긁적거렸다.

"아무런 일도 없었던 것처럼 보였다니, 그게 무슨 말씀이십니까?"

"말씀드린 그대로입니다. 두 분이 그냥 서로를 바라보고 서 있었다는 말이지요."

"흠, 그렇다면 그 시간은 어느 정도였지요?"

서문길의 예리한 눈동자를 바라보며, 가주의 의문을 이해한다는 듯 대장로는 고개를 살짝 끄덕이며 대답했다.

"노신(老臣)이 대결이 시작됨과 동시에 그 시간을 잰 것이 아니니 정확히는 알 수 없습니다만, 노신이 기억하기로는 천천히 숫자를 셌을 때, 하나에서부터 시작해서 오십 정도를 셀 수 있을까 말까 할 정도의 짧은 시간이었습니다. 가주님께서도 서로 간에 뭔가 내력 대결이 있었지 않았나 하고 의심하시는 모양이신데…, 그 짧은 시간에 내력 대결을 펼쳤고, 그 결론이 났다는 것은 너무 심한 억측이 아니겠습니까?"

「께서도」라는 말을 쓰는 것으로 봐서 대장로도 그런 의심을 해 봤었던 모양이었다. 서문길은 고개를 가로저으며 탄식했다.

"그렇다면 도저히 알 수가 없군요."

"그러게 말입니다."

서문길과 대장로는 한동안 말이 없었다. 서문길은 도저히 이해할 수 없는 이 사건을 어떻게 해석해야 할 것인지에 정신이 팔려있었다. 그리고 대장로는 그때의 일을 가주가 제대로 이해할 수 있도록 최대한 정확하게 전달해야 했기에 그때 있었던 일을 하나하나 곱씹으며 자신이 뭔가 빠뜨린 것이 없는지 회상하고 있었다.

문득 뭔가 떠올랐는지 대장로가 고개를 들며 입을 열었다.

"참, 태상가주님께서 정신을 차리신 후 노신을 불러 질문하신 것이 있습니다."

"그게 뭡니까?"

"교주와 태상가주님께서 대치하고 계실 때, 뭔가 기파(氣波) 같은 것이 느껴지더냐 하는 것이었지요. 노신이 그런 것은 못 느꼈다고 말씀 올렸더니, 그렇다면 옷소매가 떨리는 것 같은 지극히 작은 외형적 변화라도 없었느냐고 물으셨죠."

"그래서요?"

"그 어떤 이상한 점도 찾아볼 수 없었다고 대답해 드렸습니다. 사실 두 분은 잠시 서로 노려보고 계셨을 뿐이었으니 말입니다."

"그러니까 아버지의 반응은 어떻던가요?"

"표정을 일그리시며 그만 나가보라고 하시더군요."

"흠, 그렇다면 아버님은 그때 그자와 뭔가 내력 대결을 한 것이 아니었을까, 아니 내력 대결을 하셨었다고 생각하고 계셨다는 말씀이군요."

"그렇다고 봐야 하겠지만, 태상가주님께서 전반적인 상황에 대해 입을 다물고 계시는데 노신이 그것을 어찌 알겠습니까?"

서문길은 고개를 갸웃하며 중얼거렸다.

"도저히 알 수가 없군요."

"어찌되었건, 갑자기 태상가주님께서 쓰러지시는 바람에 그 일은 그냥 묻혀졌습니다. 태상가주님을 치료하고 간호하느라 정신이 없었으니 말입니다. 그동안 교주는 슬그머니 사라져 버렸지요."

이때, 똑똑하고 문 두드리는 소리가 낮게 들려왔다.

"무슨 일이냐?"

"총관입니다. 잠시 들어가겠습니다."

총관은 대장로와 가주의 눈치를 살피며 황급히 용건을 밝혔다.

"가주님께서 대장로님과 사적인 시간을 보내고 계시는데 이렇듯 방해를 하게 되어 대단히 송구스럽습니다. 하지만 워낙 중요한 일이라서……."

"무슨 일인가?"

"예, 무림맹에서 급전(急傳)을 보내왔습니다."

"급전이라고?"

총관이 건넨 서신을 읽은 서문길은 잠시 생각하더니 입을 열었다.

"아무래도 아버님께……."

여기까지 말한 서문길은 대장로를 힐끗 바라보더니 말을 멈췄다. 현재 그의 아버지인 수라도제는 충격을 해소할 시간을 요구하고 있었다. 그것을 잘 알면서 아버지에게 또 다른 걱정거리까지 안겨줄 수는 없는 노릇이었다.

이때, 대장로가 조언했다.

"그렇게 급박한 일이라면, 각 단체의 원로들과 상의하시는 것은 어떻겠습니까? 어찌되었건 그들과 함께 움직여야 하니, 그편이 좋을 것입니다."

"그게 좋겠군요."

서문길은 대장로에게 치하한 후, 총관에게 명령했다.

"각 문파의 수장들에게 사람을 보내어 내가 뵙기를 청한다고 전하게."

"옛, 가주님."

차도살인(借刀殺人)의 음모

 총관이 물러간 후 조금 시간이 지나자 양양성에 무리를 이끌고 파견되어 있는 거대 문파들의 대표자들이 모여들었다. 그들 중에는 서문길에 비해 나이뿐 아니라 배분마저도 훨씬 높은 자들도 있었다. 하지만 이곳에 와 있는 모든 세력들 중에서 서문세가의 세력이 가장 컸고, 서문길은 그 가주였기에 그가 상석에 앉아 회의를 주재하게 된 것에 대해 그 누구도 이의를 제기하지 않았다.
 마지막으로 회의장에 사이좋게 들어온 것은 무림의 원로고수들인 종리영우와 제갈기였다. 종리영우는 회의장의 상석에 앉아 있는 사위를 보고 따뜻한 눈빛을 던지며 말했다.
 "무슨 일인데 노부를 불렀는가? 아무래도 사적인 일은 아닌 듯한데……."
 "일단 앉으시지요. 장인어른."

제갈기와 종리영우가 자리에 앉는 것을 확인한 후, 서문길은 좌중을 둘러본 후 느긋하게 입을 열었다. 그의 목소리는 위엄에 가득 차 있어 젊은 나이에 대문파를 이끌게 된 것이 결코 우연이 아님을 말해 주고 있었다.

"다름이 아니라 무림맹으로부터 긴급한 서신이 도착했기에 여러분들을 모셨습니다."

긴급한 서신이라는 말에 좌중에 앉아 있는 수장들의 얼굴에 일순 긴장감이 어렸다.

"현재 금의 일부 병력이 본대와 떨어져 나와 회남(淮南) 인근에서 도강(渡江)을 준비하고 있다고 합니다."

개방을 대표해서 자리에 앉아 있던 부운걸개(浮雲乞丐) 장로는 서문길의 말을 믿을 수가 없었다. 개방으로부터 그런 비슷한 내용의 정보조차 들은 바가 없었기 때문이다. 사실 장인걸이 풀어놓은 편복대와 중원무림의 첩보조직은 눈으로 보이지는 않았지만 치열한 사투를 벌이고 있는 중이었다. 그 와중에 갑자기 뜬금없는 정보가 튀어나온 것이다.

적이 파 놓은 함정일까? 아니면 연막인가? 그도 아니면 진짜? 부운걸개 장로로서는 도저히 알 수 없는 노릇이었다. 그렇기에 부운걸개 장로는 조금 미심쩍은 어조로 질문을 던졌지만, 그의 말투는 공손했다. 자신이 서문길보다 연배가 높다고 하지만 상대는 거대방파를 이끄는 주인이었고, 자신은 개방의 장로일 뿐이었으니 그건 어쩔 수 없었다.

"외람된 말씀이지만, 그게 정확한 정보입니까? 제가 맹의 정보력을 못 믿는 바는 아니지만, 어쩌면 그것이 놈들의 농간일 수도 있기에 하는 말입니다."

부운걸개의 말에 서문길은 살짝 미소지으며 대답했다.

"무영문에서 보내온 정보이니 아마도 정확한 것일 겁니다."

"무영문이라고 하셨습니까?"

무영문이라는 말에 부운걸개의 안색은 흡사 소태라도 씹은 듯 일그러졌다. 중원 최고의 정보단체라는 무영문에서 보내온 정보이니 그 정확도는 증명된 것이나 다름없다고 봐야 했다. 정보 판매를 업으로 하는 자들인 만큼, 그 진위(眞僞)를 철저하게 가렸을 것이다. 안 그러면 그것으로 먹고 살 수가 없으니 말이다.

그렇기에 부운걸개의 기분이 좋을 리가 없었다. 이번에도 또다시 무영문에 개방이 뒤쳐졌다는 것이 아닌가.

이때, 그의 장인인 종리영우가 끼어들었다.

"허, 그거 큰일이로구먼. 그래 놈들이 도강을 준비하고 있는 곳이 어디라고 하던가?"

그 물음에 서문길은 살짝 고개를 숙이며 대답했다.

"예. 회남 인근이라고 합니다. 대규모 조선소에서 불철주야(不撤晝夜)로 함선들을 건조 중인데, 그 정도 규모의 조선소라면 봄이 될 때쯤에는 최소한 3만 정도의 인마(人馬)를 수송하기에 충분한 숫자의 배를 건조할 수 있을 거라고 무영문은 추측했답니다."

그 말에 부운걸개의 안색이 변했다. 만약 그것이 사실이라면 이건 큰일이었기 때문이다.

"3만이라고 하셨습니까?"

"예. 무영문의 정보로는 그렇다고 합니다. 부운걸개 대협."

"허~, 무림맹에서 긴급서신을 보낼 만도 합니다. 기실 그곳에서 도강에 성공하기만 한다면 남경까지는 지척이 아닙니까."

가만히 듣고 있던 황룡무제가 입을 열었다.

"그런 중차대한 사안이라면 왜 교주를 빼고 이 회의를 하고 있는 것인가? 노부는 그것을 이해할 수가 없구먼."

그 말이 채 끝나기도 전에 제갈세가의 가주 패검천령 제갈기가 버럭 외쳤다.

"그놈을 불러 아쉬운 소리를 할 이유가 뭐가 있겠소? 황룡무제 대협. 회하(淮河)의 도강을 막기 위해 송군과 연합하여 몇몇 무림명숙들이 힘을 보태고 있소. 아무리 놈들의 수가 많다고 하지만, 그런 방어선이 쉽사리 뚫릴 리가 없다고 생각하오."

사실 황룡무제에 비해 제갈기의 연배가 훨씬 높았고, 또 지닌 바 세력도 월등하게 컸다. 하지만 황룡무제는 누구나 인정하는 화경급 고수였기에 그 모든 것을 무시하고 무림에서 높은 배분을 인정받고 있었다. 그렇기에 제갈기는 까마득한 후배에게 「대협」이라는 호칭을 붙이고 있는 것이다.

"패검천령 대협의 말씀이 옳다고 보오. 오랑캐들은 수전(水戰)에 약하지 않소? 그놈들이 몰래 도강한다면 몰라도 이미 그 의도가 들통난 이상 그곳에서 도강한다는 것은 불가능할 것이오."

대부분의 인물들이 그 의견에 고개를 끄덕였다. 하지만 부운걸개의 생각은 달랐다.

"물론 오랑캐들이 수전에 약하다는 것은 익히 알려진 사실입니다. 하지만, 과거에 그들이 그렇다고 해서 지금도 그렇다는 보장은 어디에도 없습니다. 더군다나 놈들의 뒤에는 흑살마왕과 그 졸개들이 있지 않습니까. 그들이 앞서서 길을 뚫는다면 회하에 주둔 중인 송군들만으로는 도강을 막아 내기에 역부족일 수도 있다고 사료됩니다."

부운걸개 장로의 지적에 모든 이들이 고개를 끄덕일 수밖에 없었다. 여기 모인 사람들의 과반수가 공동파 인근에서 흑살마왕이 거느린 집단과 피튀기는 접전을 벌인 경험이 있었기에 상대가 지닌 전투력이 얼마나 무서운 것인지 너무나도 잘 알고 있었던 것이다.

그 말에 여기 모인 인물들 중에서 가장 나이가 많은 종리영우가 먼저 대답해 왔다.

"자네 말을 듣고 보니 충분히 그럴듯하구먼. 그렇다면 자네는 이 일을 어떻게 처리하는 것이 가장 좋다고 생각하는가?"

"아직 준비가 갖춰지지 않았을 때, 조선소는 물론이고 놈들이 건조하고 있는 배들을 몽땅 다 불태워 없애 버려야 합니다. 이때, 배를 건조하는데 도움을 준 장인들을 확실히 처리하는 것도 잊지 말아야 할 것입니다."

"어려운 작전이 될지도 모르오. 지금도 늦지 않았으니 교주에게 사람을 보내어……."

부운걸개의 지적에 황룡무제가 다시 한 번 자신의 주장을 피력하려했지만 혼원패권(混元覇拳) 팽선(彭詵)에 의해 가로막혔다. 그는 황룡무제의 말이 채 끝나기도 전에 느긋한 표정으로 손을 슬쩍 들며 끼어들었다.

"뭐하려고 마교놈들과 합작을 한단 말씀이십니까? 이번 작전은 노부가 맡겠소이다."

팽선의 자신감 넘치는 제의에 이곳에 모여 있는 다른 이들은 모두 다 반색을 하지 않을 수 없었다.

"오오, 혼원패권 장로께서 맡아주시겠소이까?"

팽선은 하북팽가의 장로였다. 그가 나선다는 말은 양양성에 와 있는 하북팽가의 전력(全力)을 투입하겠다는 뜻이니 이곳에 모인 다른 인물들로서는 달갑지 않을 수 없었다. 흑살마왕이 도강을 하기 위해 마련해 놓은 중요 거점에 휘하의 고수들을 배치하지 않았을 리가 없는 만큼, 그들을 뚫고 들어가서 불을 지르려면 상당한 희생을 감수할 수밖에 없으리라. 그 희생을 팽가가 앞서서 책임지겠다는데 그 누가 말리겠는가.

하지만 주위의 반응과 달리 얼굴색이 시뻘겋게 달아오른 인물이 한 명 있었다. 그는 바로 팽선과 함께 이곳에 파견되어 온 하북팽가의 또다른 장로인 팽지량(彭志亮)이었다. 그는 다급히 팽선을 향해 전음을 날렸다.

〈아니, 대성이를 죽인 금나라 놈들에게 복수를 하고 싶은 아우 마음은 내 이해하겠지만, 그렇다고 이렇게 위험이 큰일을 덜컥 떠맡겠다고 나서다니……. 지금 제정신인가?〉

아마도 팽지량은 가주의 아들 팽대성이 금군들에 의해 참살당한 일을 염두에 둔 모양이었다. 하지만 팽선은 뭔가 복안이 있는 듯 자신감 있게 대답해 왔다.

〈형님은 가만히 계십시오. 제가 알아서 본가에 누가되지 않도록 처리할 테니 말입니다.〉

〈그런 좋은 묘수가 있다면 한번 해 보게.〉

동료의 묵인을 얻어내자 팽선은 좌중을 둘러보며 느긋하게 말했다.

"대신 조건이 있습니다."

"무엇이오?"

"그곳에는 지금 3만 금군과 흑살마왕이 파견한 일부 고수들이 있지 않겠습니까?"

이렇게 말한 팽선은 다시 한 번 좌중을 둘러봤다. 모두들 동의한다는 듯 고개를 끄덕이자 팽선은 말을 이었다.

"그런 만큼 그곳에 본가의 세력만 이끌고 가기에는 무리가 있다고 생각합니다. 더 많은 인원이 필요한 것이 사실인데…, 그 인선을 저에게 일임해 달라는 것입니다."

팽선의 제안에 종리영우가 찬성했다.

"자네의 제안은 전적으로 타당한 것이네. 사지에 들어가 함께 싸울 동료들인데, 서로가 손발이 맞지 않아서는 안 되겠지."

"허락해 주셔서 감사합니다, 패도(覇刀) 대협."

모두에게 포권을 하여 사례한 후, 팽선은 느긋한 어조로 입을 열었다.

"일단 계획이 실패했을 때, 치명적인 피해를 당하는 것을 방지하기 위해 차출하는 인원수에 제한을 두는 것이 좋겠지요. 본가에서 5백의 정예를 투입할 테니, 호명된 문파에서도 5백씩의 인원을 차출해 주셨으면 고맙겠습니다."

그 말에 모두들 찬성했다. 사실 거대문파들의 경우 5백 명 정도의 피해라면 원통하기는 해도 어느 정도 감내할 수 있을 정도의 수준이었으니 말이다. 모두가 찬성하자 팽선은 호명을 시작했다.

"그렇다면, 먼저 맹주를 배출한 무림의 태두, 무당에서 모범을 보이는 것이 옳지 않겠습니까?"

자신의 문파가 호명당할 것을 이미 예상했는지 무당파 장로는 즉각 허락했다. 사실 자신의 문파가 가장 먼저 호명되었으며, 그 와중에 「태두」라는 명예로운 칭호로 불려 졌기 때문인지 그의 안색은 매우 흡족해 하는 기색마저 띠고 있었다.

"허허헛, 팽선 대협의 제의는 아주 타당하다고 하겠소. 기꺼이 동참하리다."

이렇게 말한 무당파 장로는 흐뭇한 미소를 지으며 덧붙였다.

"칠 일 후에 삼절군(三絕君)이 문도들을 거느리고 도착한다고 하오. 그때까지 기다려 주실 수 있다면 아주 큰 도움이 되실게요."

삼절군이라면 과거 칠룡에 꼽혔던 무당파 속가제자 능소천(陵紹天)을 말한다. 과거 잘생긴 그의 외모 때문에 옥면공자(玉面公子)라 불렸었던 그는 검(劍), 시(詩), 음(音), 이 세 가지에 모두 능통하고, 깊다고 하여 삼절군으로 불리고 있었다. 태극검법의 달인으로서 높은 명성을 지니고 있었지만, 정파의 제자로서는 특이하게도 피리와 금을 이용한 음공(音攻)에도 조예가 깊은 특이한 고수였다.

물론 무당파 장로의 말대로 그가 가세해 준다면 팽선에게는 큰 힘이 될 것이겠지만, 팽선에게는 그것이 별로 달가운 제안이 아니었다. 자신보다 더욱 명성이 뛰어난 능소천이 합류한다면 자기는 그야말로 개털신세로 전락할 우려가 있는 것이다. 그렇기에 팽선은 점잔을 빼며 그의 동참을 거절했다.

"허어, 이레라구요? 물론 삼절군 대협의 동참은 참으로 큰 힘이 되겠으나, 워낙 급박하게 처리해야 할 일이라 이레씩이나 기다릴 수는 없을 듯하구려. 어찌되었건, 무당에서 흔쾌히 동참을 허락해 주시니 이 팽모로서는 감사드리지 않을 수 없소이다."

무당파 장로에게 감사한 후, 팽선은 다음으로 참가할 문파를 지명했다.

"다음으로 현재 이곳 양양성을 책임지고 계신 서문세가에서도 힘을 보태야 할 것입니다."

그 말에 상석에 앉아 회의를 주재하고 있던 서문길은 고개를 끄덕이며 흔쾌히 찬성의 뜻을 밝혔다.

"대협께서 저희 가문을 무당 다음에 놓아주시니 영광입니다."

일이 이렇게 되자 당장 당할 피해 따위는 고려하지 않고, 모두들 그 다음은 자신들의 문파가 불려지기를 원하는 형국이 되어 버렸다. 그도 그럴 것이 노회한 팽선이 사람들의 관심사를 그런 식으로 끌고 갔기 때문이었다.

이어서 팽선이 거론한 문파는 종남파였다. 물론 종남파의 경우 본문은 금에 의해 멸문당했지만 송류 장로가 이끄는 종남의 고수들이 이곳 양양성에 모여 있었다. 금이라면 자다가도 이빨을 가는 송류 장로인 만큼 자신들의 호명에 쌍수를 들고 환영했다.

"빈도를 빼셨다면 칼바람이라도 일으킬 셈이었소이다. 빈도에게도 기회를 주셔서 감사하오이다, 혼원패권 대협."

"무슨 겸양의 말씀을. 금에게 복수할 수 있는 좋은 기회인데 종남파를 빼면 안 되겠지요."

그 다음 팽선은 공동파 장로에게로 슬며시 눈길을 던졌다. 종남파 이상으로 큰 피해를 당한 것이 공동파였으니 말이다. 하지만 공동파의 장로는 팽선의 시선을 슬쩍 외면했다. 그는 피해가 막심할지도 모르는 이번 작전에 참여하고 싶은 마음이 추호도 없는 모양이었다.

'빌어먹을! 멸문당한 공동파를 새로이 창건하는 것이 아무리 중요하다고 해도 그렇지. 고수 몇 명 잃는 것을 저토록 겁내다니……. 쓰레기 같은 말코 같으니라구. 쯧쯧, 한때 무림을 휘어잡았던 공동파의

명성도 이것으로 끝이로구먼.'

속으로 욕지거리를 내뱉으며 팽선이 다음으로 시선을 옮긴 인물은 사천성에서 당문도들을 이끌고 와 있던 당민걸(唐玟傑) 장로였다.

"그리고 다음으로는, 이번에 벌어질 전투는 뛰어난 실력의 고수들과 싸우는 것 보다 다수의 병사들을 상대하게 될 가능성이 크지 않겠소이까? 그런 만큼 소수로서 다수를 상대하는데 있어서 뛰어난 실력을 보유하고 있는 당문에서 고수들을 보내주셨으면 감사하겠소이다."

안 그래도 당민걸 장로는 자신들의 문파를 호명해 주기를 간절히 원하고 있었다. 당가의 금지옥엽인 당소진(唐素珍)이 금나라 놈들에 의해 심각한 부상을 당한 탓이었다. 물론 수라도제의 적절한 도움으로 그녀의 목숨은 건졌지만, 여성의 몸에 상처의 흔적이 남는다는 것이 얼마나 큰 마음의 상처가 되겠는가. 옷에 가려진 부분의 상흔이 어느 정도인지 숙부인 그가 알 수 없는 노릇이었지만, 눈에 넣어도 아프지 않을 만큼 예쁘기 그지없던 그녀의 얼굴 위로 뱀이 기어가는 듯한 검흔이 아로새겨져 있는 것을 보고 그는 극심한 분노를 느꼈었다. 더군다나 4봉에 뽑힐 정도로 재색을 겸비했던 그녀가 밖에 나가는 것을 거부할 정도로 변했으니, 평소 질녀를 매우 사랑했던 당민걸의 가슴이 찢어지지 않았을 리가 없었다.

호명되자마자 당민걸 장로는 희색을 띠며 사례했다.

"아무리 많은 병사들이라도 맡겨만 주시오. 당문의 독과 암기가 얼마나 무서운 것인지 보여주겠소이다."

"그리고 마지막으로……."

마지막이라는 말에 자신들을 호명해 주기를 원하는 수많은 눈들이 팽선에게로 모아졌다. 내로라하는 문파들만 거론된 만큼, 호명되는 것은 그 문파의 강성함을 자랑하는 척도가 되는 것이 아닌가. 여기에서 빠진다면 주위로부터 무슨 소리를 듣게 될지 알 수 없게 되는 것이다.

한동안 시간을 끌며 이리저리 바라보던 팽선은 뜻밖의 문파를 지명했다.

"여기에는 참석하지 않은 모양인데, 마지막으로 천지문이 함께 가기를 원합니다."

모두들 아주 뜻밖이었던지 잠시 침묵이 흐르더니 여기저기에서 쑤근거림이 들려오기 시작했다. 이윽고 쑤근거림 정도로는 참지 못하겠다는 듯, 한 장년 사내가 자리에서 벌떡 일어서며 카랑카랑한 목소리로 외쳤다.

"혼원패권 대협의 결정을 노부는 도저히 인정하지 못하겠소이다. 이곳에는 오랑캐들에 의해 막심한 피해를 당한 문파들이 많이 있소. 그런데 유독 몇몇 문파에게만 복수의 기회를 준다는 것은 말도 안 된다고 노부는 생각하오."

이렇게 말을 꺼낸 인물은 얼마 전 묵향의 계략 때문에 가문의 자랑인 황보청 장로를 잃은 황보세가의 장로 황보열(皇甫熱)이었다.

물론 이것은 노회하기 그지없는 팽선이 기다리던 제안이었다. 하지만 처음부터 황보세가를 끼워 넣으려고 했다가는 무림에서 쓴맛 단맛 다 본 이 노고수가 곧바로 이의를 제기해 올 가능성이 컸다. 현재 팽가에서는 이번 작전에 고수를 투입할 여유가 없다느니 하면서 말이다. 그렇기에 팽선은 일부러 금에 큰 피해를 당했으면서도 그 힘은 어느 정도 유지하고 있는 대부분의 문파들을 거의 다 지명했으면서도 유독 황보세가만을 무시함으로써 상대의 성질을 긁어놨던 것이다.

그렇다고 팽선이 덥썩 상대의 제안을 수락할 리 없었다. 그렇게 빨리 허락하면 너무 속보이는 행동이 될 테니 말이다. 그렇기에 그는 자신의 내색을 숨기고 난감한 척 우물거리며 시간을 끌었다. 잠시 상대의 속을 태우던 그가 황보열을 향해 다시 한 번 경고하며 그를 좀 더 덫을 향해 끌어당겼다.

"이번 일은 대단히 위험한 일이외다. 흑살마왕도 그곳이 송을 침공하기 위한 비장의 거점인 만큼 상당한 대비를 갖춰 놨을 것이 틀림없기 때문이외다."

그토록 위험한 곳에 딴사람들은 다 가는데 황보세가만 가면 안 될 이유라도 있다는 것인가? 매우 자존심이 상한 황보열은 더욱 인상을 굳히며 딱딱한 어조로 대꾸했다.

"본가는 복수를 함에 있어 결코 희생을 두려워하지 않소."

팽모는 짐짓 한숨을 푹 내쉬며 대답했다.

"휴~, 물론 그러시겠지요. 하지만 이번에 귀 가문에서는 절파검 황보청 대협을 잃지 않으셨소이까? 가문의 자랑인 절대고수를 잃었다는 것이 얼마나 큰 희생이었는지 노부는 잘 알고 있소이다. 그것을 잘 알고 있는 이 팽모가 어찌 귀 가문에 다시 한 번 출혈을 부탁드릴 용기가 나겠소이까."

그 말에 황보열은 완전히 넘어갔다. 그 증거로 딱딱하게 굳어 있던 그의 안색이 눈 녹듯 풀어진 것만 봐도 알 수 있지 않은가. 황보열은 상대가 자신을, 아니 황보세가를 이렇듯 끔찍하게 생각해 주고 있다는 것에 감격한 모양이었다. 그렇기에 그는 팽선을 향해 포권하며 치하했다.

"본가를 그토록 생각해 주시니 가주님을 대신하여 혼원패권 대협께 감사드리지 않을 수 없겠구려. 하지만 본가에서는 아무리 희생이 크더라도 절파검 장로의 복수를 포기할 마음은 없소. 그런 만큼 대협께서도 본가에서 참여할 수 있도록 허락해 주시면 정말이지 감사하겠소이다."

"그토록 말씀하시는데 어찌 허락하지 않겠소이까? 아니, 황보세가에서 이토록 복수를 원하시는 줄 알았었다면 내 처음부터 황보열 대협께 청했을 거외다."

서로 간에 어느 정도 타협이 된 것 같자 상석에 앉아 있던 서문길이 낮게 기침을 한 후 입을 열었다.

"험험, 황보세가에서 참가를 허락하신 만큼 천지문은 빼는 것이 좋겠습니다. 다른 분들께서도 천지문과 함께 동행하고 싶어 하지 않으실 테니 말입니다."

하지만 그 말에 팽선은 이미 생각을 굳혔는지 완강한 어조로 대답했다.

"노부가 보기에 천지문은 맹에서 하는 일에 전폭적 지지를 보냄으로써 자신들의 명예 회복에 나서고 있소이다. 그 작은 문파에서 5백이나 되는 고수를 양양성에 투입한 것만 봐도 충분히 이해가 가고도 남는 일이오. 아마도 그렇기 때문에 수라도제 대협도 천지문을 좋게 보고 계신 듯했소이다. 그렇기에 노부는 그들에게 공을 세울 수 있는 기회를 주는 것이 좋지 않겠는가 하고 생각했소이다."

팽선의 설득에 모두들 조금씩은 수긍하는 듯했다. 사실 수라도제가 천지문을 이끄는 소연에게 약간의 관심을 보이고 있음을 그들도 어느 정도는 눈치 채고 있었으니 말이다.

서문세가 가주 이하 무림명숙들로부터 자신의 계획을 허락받은 팽선은 지체하지 않고 자신의 처소로 돌아왔다. 팽선은 처소에 도착하자마자 자신의 제자를 불러 방금 전에 있었던 일을 말해 줬다.

"이삼 일 내로 출발할 예정이니 준비에 소홀함이 없어야 할 것이다."

"예. 맡겨만 주십시오, 사부님."

사부의 지시에 팽조는 고개를 조아리며 장담했다. 하지만 사부의 말을 듣고 보니 뭔가 음흉한 생각이 떠오르는 것이었다. 이번 일이 그토록 위험하다면? 그렇기에 팽조는 슬쩍 자신의 속셈을 사부에게 말해 그 속을 떠봤다.

"그런데 사부님. 이번 일이 그토록 위험한 것이라면 그 망할 계집도 함께 끌어들여 사지(死地)로 밀어 넣는 것이 좋지 않았겠사옵니까?"

그 말에 팽선은 참지 못하고 음흉스런 웃음을 터뜨리고야 말았다.

"크흐흐홋. 네 생각을 어찌 노부가 모르겠느냐? 노부의 생각도 그러하다."

팽조는 반색하지 않을 수 없었다.

"오오, 그러시다면?"

"천지문도 함께 갈 것이야. 그렇지만 너는 절대로 이 일에 대해 내색하지 말아야 할 것이다. 알겠느냐?"

"여부가 있겠습니까? 사부님."

팽선은 진중한 어조로 제자에게 말했다.

"차도살인(借刀殺人)을 하려면 기밀 유지가 최대의 관건이다. 천지문은 마교와 깊은 연관을 맺고 있는 만큼, 절대로 그 혐의가 본가에 돌아와서는 안 된다. 그 점을 결코 잊어서는 안 될 것이야."
팽조는 고개를 조아리며 대답했다.
"명심, 또 명심하겠사옵니다. 사부님."
그의 목소리에는 사부에 대한 존경심이 담뿍 담겨 있었다.

팽선과 팽조, 두 사제 간이 음흉스런 미소를 주고받으며 속셈을 토로하고 있을 때, 서문세가의 가주 서문길은 대장로를 불러들여 이번 일을 상의하고 있었다.
"찾으셨습니까? 가주님."
"예. 번번히 대장로님께 수고를 끼치는 것 같아 송구스럽습니다."
"무슨 말씀을 그렇게 하십니까? 가주님. 늙은 노신이 아직까지도 가주님께 도움을 드릴 수 있다는 것이 감사할 따름입니다."
서문길은 당치않다는 표정으로 대장로를 질책했다.
"아직도 정정하시면서 무슨 그런 말씀을 하시는 겁니까? 그건 그렇고, 대장로님을 청한 것은, 이번 회의에서 혼원패권 장로가 각 문파에서 5백씩, 총 3천5백의 정예를 거느리고 금이 회하를 건너기 위해 전선(戰船)을 제작하고 있는 곳을 기습하기로 의견을 모았습니다. 본가에서도 5백을 지원해야 하는데, 대장로님께 그들의 인선을 부탁드려도 되겠습니까?"
대장로는 가주가 자신에게 조언을 청해 온 것을 매우 기뻐하며 대답했다. 원래 뒷방 신세를 져야 할 늙은이가 뭔가 일을 맡으면 자신이 아직까지도 쓸모 있구나 하며 기뻐하지 않던가. 그것을 잘 알기에 서문길은 웬만한 일은 원로들과 상의해서 처리하고 있었다.
"혼원패권이 그들을 지휘하게 되는 만큼, 그보다는 한 급 떨어지는 인물을 보내는 것이 다툼이 없을 거라고 생각됩니다. 그런 만큼 무공은 다소 떨어지겠지만 속천(粟闡)을 보내는 것이 좋을 듯합니다. 그의 성격이 순후하여 혼원패권과 충돌을 일으키지는 않을 테니 말입니다. 그런데 그 노회한 혼원패권은 어떻게 끌어들이신 겁니까?"

예상외의 질문에 서문길은 잠시 당황했다.

"예?"

대장로는 인자한 미소를 지으며 말했다.

"그의 능력이 제법 쓸 만하다고 들었습니다만, 노신이 판단하기로는 남의 일에 팔을 걷어붙이고 나설 인물은 아니라고 생각했기에 드리는 말입니다."

가만히 듣고 보니 뭔가 이상하다고 느끼며 서문길은 떨떠름한 어조로 대꾸했다.

"그가 직접 자원했습니다."

"자원했다구요? 흐음…, 그렇다면 뭔가 꿍꿍이가 있다는 말인데……."

이해하기 힘들다는 듯 생각에 잠기는 대장로를 향해 서문길은 무릎을 탁 치며 다급히 말했다.

"참, 그러고 보니 이해하기 힘든 제안을 했습니다. 천지문을 데려가야겠다고 말입니다. 천지문이 오명을 지울 수 있는 기회를 줘야 한다고 말했지만, 솔직히 그런 것까지 신경써 줄 만큼 천지문과 팽가의 사이가 가까운 것이 아니지 않습니까?"

그제서야 이해가 된다는 듯 대장로는 고개를 끄덕이더니 말했다.

"호오, 그것 때문이었군요. 가주님께서는 잘 모르시겠지만, 천지문도들이 저희들과 합류하고자 도착했을 때 혼원패권과 충돌을 일으킨

적이 있었습니다."

"그런 일이 있었습니까?"

"예. 태상가주님께서 도중에 끼어들었기에 그 둘의 대결이 끝을 맺었지만, 그때 그 일로 혼원패권은 크게 위신을 상했다고 봐야겠지요. 이름도 없는 여아와 2백초에 달하는 드잡이질을 벌이고도 제압하지 못했으니 말입니다. 아마도 그때의 복수를 하기 위해서일 가능성이 크다고 노신은 생각합니다."

"허어, 그런 일이라면 말려야겠군요."

"가주님께서 마음 써 주실 필요는 없습니다. 누군가는 해야 할 일이 아니겠습니까?"

"하지만 혼원패권 장로의 말에 따르면 아버님께서도 천지문을 꽤 좋게 보고 계신 모양이던데……. 그것이 조금 걸리는군요."

"물론입니다. 어쩌면 태상가주님의 생각도 그 팽가 늙은이의 생각과 똑같을지도 모릅니다."

"예? 그건 무슨 말씀이십니까?"

가주의 의문에 대장로는 예전에 있었던 일을 떠올리며 설명했다.

"처음, 태상가주님께서 천지문의 합류를 허락하셨을 때, 그분께서도 쓰레기 같은 천지문을 그런 용도에 쓰시겠다고 말씀하셨었지요. 그 뒤에 천지문도들 중의 일부와 친밀한 것처럼 행동하셨지만, 그것은 아마도 그들의 뒤에 마교가 존재하고 있음을 의식하신 행동이 아니겠습니까? 그래야만 그들을 사지에 몰아넣었을 때, 뒤탈이 없을 테니 말입니다."

사실 그때 일은 소연을 좋게 본 수라도제가 그들의 참여를 거부하는 원로들을 무마시키기 위해 떠든 것이었지만, 대장로는 그것이 수라도제의 본심으로 착각한 것이다.

"그, 그런 일이 있었습니까?"

그렇게 말하는 서문길의 안색에는 약간 당혹감이 어려 있었다. 과연, 늙은 생강이 맵다는 말이 생길 수밖에 없었다. 이렇듯 속과 겉이 다를 수가 있다니……. 더군다나, 아버지의 그런 노회한 속셈을 곧바로 눈치 챈 것을 보면 대장로도 보통은 넘는 너구리라고 서문길은 생각하지 않을 수 없었다.

"예. 그런 만큼 가주님께서는 그냥 모른 척하고 가만히 지켜만 보시면 됩니다. 만약 일이 잘못 틀어져도 그 잘못을 팽가에 뒤집어씌우면 그만일 테니 말입니다. 그보다는 가주님께서는 황룡무제 대협과 친분을 유지하고 계신다고 들었습니다만."

서문길은 어깨를 으쓱하며 대꾸했다.

"뭐, 한때 같은 칠룡(七龍)에 들어있었으니까요."

"먼저 그분을 만나보시는 것이 좋겠습니다."

문도의 안내를 받고 들어오는 서문길을 본 황룡무제는 급히 일어서서 그를 마중했다.

"오오, 어서 오게나. 낮에 봤을 때는 회의 석상이라 인사도 제대로 못했구먼."

황룡무제의 환대에 서문길은 활짝 미소지으며 응대했다.

"아닙니다. 이곳에 도착하자마자 형님께 인사를 드리러 왔어야 하는데, 우선 몇 가지 처리해야 할 일들이 있어서 이렇게 인사가 늦었습니다."

"그래, 이게 얼마 만인가? 그러고 보니 한 10년 정도 되었나?"

서문길은 과거를 회상하며 대답했다.
"예. 형님 결혼식 때 뵙고, 그 후에는 저도 일이 많다 보니……."
"그렇겠지. 자네가 가주가 되었다는 말은 들었네. 집안에 일이 많다보니 내가 직접 찾아가지 못해 미안하구먼."
"아닙니다. 한때 서운하다 생각한 적도 있었지만, 저도 가주가 되어 보니 알겠더군요. 틈틈이 무공 수련할 시간을 내기도 빠듯할 정도인데, 일일이 인사치레 하러 다니기는 더욱 힘들다는 것을 말입니다. 아들을 낳으셨다는 말은 얼핏 들은 것 같습니다만……."
아들 얘기가 나오자 황룡무제의 얼굴에 어느새 부드러운 미소가 어렸다.
"그동안 세월이 얼마나 흘렀는데 아들 하나만 낳았겠나? 아들 딸 합해서 넷일세."
"한참 재미있으……."
서문길은 말을 시작했다가, 곧 자신의 실언을 깨달았다. 지금 여기에는 그의 부인도, 자식들도 없는 것이다. 그렇기에 그는 다급히 사과했다.
"죄송합니다. 제가 생각이 짧았습니다."
황룡무제는 씁쓸한 미소를 짓기는 했지만, 아무렇지도 않다는 듯 대꾸했다.
"뭐, 나라가 어려운데 어쩔 수 있는가? 참, 오랜만에 만났는데 술이나 한잔 해야지?"
황룡무제의 명령에 잠시 후 술상이 들어왔다. 전시 중이라 그런지 뛰어난 명주(名酒)는 없었지만, 급히 마련한 것 치고는 꽤나 정갈한 상차림이었다. 뱃속에 술이 조금 들어가자 분위기는 더욱 화기애애

해졌다.
 한동안 한담이 이어지다가 서문길이 문득 생각났다는 듯 입을 열었다.
 "며칠 후에 삼절군이 온다고 하더군요."
 "나도 오늘에야 알았네. 뭐, 썩 친한 사이는 아니지만 그래도 오랜만에 만났으니 술 한잔은 나눠야겠지."
 과거 그가 아무리 실력을 인정받아 칠룡에 꼽혔었다고 하지만, 강호상에도 엄연히 신분의 차이라는 것이 있었다. 같은 칠룡이라고 해도, 황룡문이라는 작은 문파의 제자와 9파1방으로 대표되는 거대문파 무당파 제자의 신분과 같을 수는 절대로 없었다. 그렇다 보니 신분을 떠나 소탈하게 어울렸던 서문길에 비했을 때, 능소천은 황룡무제와 그렇게 친하지 못했다.
 "참, 패력검제와는 친분이 좀 있으십니까?"
 "패력검제? 그와는 여기 있으면서 좀 얘기를 나눴었지. 서로 간에 인연도 좀 있었고 말일세."
 "그렇다면 한번 자리를 좀 마련해 주시죠."
 "왜?"
 "아버지께서 일이 좀 있으셔서 한동안은 제가 여기를 맡아야 할 듯합니다. 그런 만큼……."
 아마도 이곳 양양성에서 일 처리를 매끄럽게 해 나가려면 이곳에 있는 화경급 고수들의 지지를 얻어야 하지 않겠느냐는 말일 것이다. 조심스럽게 물어 온 것이었건만 황룡무제는 호탕하게 대답했다.
 "뭐 그 사람이라면 걱정할 필요 없네. 아주 진중한 인물이라, 쓸데없이 중간에 나서서 초 치는 사람은 아니니까 말이야."

"그래도 여기서 생사를 같이 해야 할 사이인데, 통성명은 해두는 것이 좋지 않겠습니까? 뭐, 여(呂) 형이 살아계셨다면 통성명을 할 필요도 없었을 테지만, 할 수 없는 노릇이죠."

여 형이라면 과거 제령문의 대제자 여정(呂靜)을 말하는 것이다. 당시 칠룡에 꼽혔었지만, 묵향의 칼아래 목숨을 잃은 비운의 고수였다. 서문길은 바로 그 여정을 추억하고 있는 것이다.

"뭐 과거 칠룡에 꼽혔었다가 죽은 이가 어디 그 하나뿐이던가? 내가 칠룡으로 꼽혔었을 때, 만났던 이들 중에서 지금까지 공식적인 사망자만 셋에 행방불명이 둘일세."

칠룡이라는 단체 자체가 빈자리가 나오면 재빨리 채워지기에 한 시대의 7룡이라고 해서 꼭 7명이 되어야 한다는 법은 없었다. 빈자리가 나오는 형태는 두 가지였다. 하나는 결혼해서 빠지는 것과 또 다른 하나는 죽어 버린 경우다. 물론 행방불명은 조금 경우가 틀린데, 10년 동안 기다렸다가 그래도 행방이 묘연하면 사망한 것으로 판정하고 다른 사람으로 대체되었다.

"그러고 보니 탈명도(脫命刀) 형 소식은 못 들으셨습니까?"

황룡무제는 주위를 한 바퀴 둘러본 후 조심스런 어조로 말했다.

"자네도 그때 백씨세가에서 함께 있지 않았던가? 아마 지금 마교에 있을게 분명한데, 그걸 내가 어떻게 알겠나?"

서문길은 술 한 잔을 입속에 털어 넣은 후 말했다.

"여기에 교주도 와 있다면서요. 그에게 안 물어보셨습니까?"

"글쎄……. 아무래도 대하기 쉬운 인물이 아니다 보니, 그런 걸 물어본다는 것이 조금 그렇더군."

"혹시 죽은 것은 아닐까요? 그 형 마교도라면 이빨을 갈았었잖습니까?"

"……."

 잠시 침묵이 흘렀다. 하지만 황룡무제는 그런 식으로 생각하기 싫었던지 술잔을 입속에 털어 넣으며 중얼거렸다.

 "뭐, 그런대로 잘 있겠지. 어디서 그놈 시체가 발견되었다는 소리는 못 들었으니까."

 아마도 그 때문에 교주에게 물어보지 못했으리라. 초류빈의 사망 소식을 듣기 싫었기에…….

 3일 후, 해질 무렵 팽선이 지휘하는 일단의 무림인들이 금군의 도하를 저지하기 위해 양양성을 출발했다. 그리고 그 안에는 팽선의 요구대로 천지문도들도 포함되어 있었다. 물론 천지문은 이번 작전의 참가를 거절할 수도 있었다. 하지만 천지문주가 이만큼 큰 출혈을 감수하며 무림에서 보다 높은 지위를 차지하려고 하는 마당에 그것을 너무나도 잘 알고 있는 소연으로서는 거절할 수가 없었던 것이다.

 팽선이 거느린 3천5백의 고수들은 작전의 성격이 워낙 기밀을 요하는 만큼, 아주 은밀하게 이동해야만 했다. 밤에는 이동하고 낮에는 그늘에 숨어 휴식을 취하며 이동하자니 속도를 낼 수가 없었다. 그렇다 보니 그들이 목표 지점에 도착한 것은 출발한 후 4일이 지나 먼동이 틀 무렵이었다.

 몇몇 노고수들의 눈앞에 드넓은 강이 펼쳐져 있었고, 그 강 너머로 까마득히 떨어져 있는 넓은 평야와 산들이 보였다.

 "맹에서 보내온 정보가 맞다면, 놈들의 조선소는 이 강 맞은편에 있을 거외다."

팽선의 손짓에 따라 공격대로 차출되어 온 각 문파 수장들의 눈길이 일제히 강 건너편으로 돌려졌다. 그들 중에는 천지문의 소연도 포함되어 있었다. 수하들은 모두들 흩어져 휴식을 취하고 있었고, 각 지파의 수장들만이 이곳에 모여 적진을 정찰하며 앞으로의 작전을 토의하게 된 것이다.

모두들 강 건너편을 주의 깊게 살필 수 있는 여유를 준 다음, 팽선은 다시금 입을 열었다.

"개방에서 보내온 정보에 따르면 저 일대는 적의 천라지망(天羅地網)이 펼쳐져 있다고 하오. 거기다가 여기에서 3일 거리에 3만에 달하는 금의 대부대가 주둔 중인 만큼, 혹 생존자가 있어 원병을 청한다면 곧장 이리로 대군이 달려올 거라는 말이오. 그런 만큼 육로로 저곳을 뚫고 들어간다는 것은 거의 불가능에 가깝지 않을까 하고 노부는 생각하고 있소이다."

그 말에 황보세가의 황보열 장로가 토를 달았다.

"그렇다면 강을 건너 기습할 수밖에 없겠는데…, 이 많은 인원을 태울 만한 배를 어디서 구하시겠소?"

팽선은 고개를 끄덕여 인정한 후 자신이 생각해 둔 계책을 말했다.

"물론 그렇소. 그런 만큼 성동격서(聲東擊西)의 병법을 이용하는 것이 좋을 듯하오."

그러면서 팽선은 품속에서 지도를 꺼내 펼쳤다. 그는 강 건너편을 손가락으로 짚으며 작전을 설명했다.

"우선 노부가 일단의 세력을 거느리고 저 멀리 우회하여 이 지점을 공략하겠소. 그렇게 되면 자연 이 일대를 수비하고 있는 금군들의 이목은 그곳으로 집중될 것이 아니겠소? 그때, 이곳에 매복하여 기다리던 매복조가 야음(夜陰)을 틈타 도강하여 배를 불태우고, 조선공들을 해치우든지 아니면 구출하여 탈출하는 것이오. 매복조로 5백 정도만을 남겨둔다면 그들이 사용할 배를 구하기도 손쉬울 것이라는 것이 노부의 생각이외다."

팽선은 주위를 둘러본 후 말을 이었다.

"혹시 이보다 더 나은 계책이 있으면 기탄없이 말해 보시오. 모두의 목숨이 걸린 일인 만큼, 최대한 안전한 길을 택하는 것이 좋지 않겠소?"

그 말에 황보열 장로는 고개를 주억거리며 말했다.

"노부가 생각하기에는 그 작전이 매우 좋을 듯하외다. 하지만 누가 매복조를 이끌 것인지……."

그 말에 팽선은 좌중을 쓱 훑어봤다. 그러자 모두들 팽선과 시선을 마주치지 않으려 했다. 그럴 수밖에 없는 것이 매복조가 가장 큰 공을 세우게 되겠지만, 뒤집어서 생각한다면 가장 막심한 피해를 당하는 곳도 매복조일 것은 분명한 사실이었다. 최악의 경우 몰살당할 가능성마저 있는 상태에서, 사지에 스스로 걸어 들어갈 만큼 어리숙한 인물은 여기에 없었던 것이다.

한 순간 팽선은 한 여인에게로 시선을 집중시키며 입을 열었다.

"천지문에서 맡아주겠느냐?"

그 말에 옆에 서 있던 송류 장로가 얼굴을 붉히며 외쳤다.

"그건 불가하오. 그런 중차대한 임무를 어찌 천지문 따위에게 맡긴다는 말씀이시오?"

그 말에 팽선은 비꼬듯 대꾸했다.

"호오, 그렇다면 도장께서 가시겠소이까?"

팽선의 그 말 한마디에 송류 장로는 입을 꽉 다물었다. 천지문을 대신해서 그곳에 죽으러 들어갈 생각은 추호도 없었던 것이다.

"네 의견을 묻고 있는 것이다. 가고 싶지 않다면 솔직히 의견을 밝혀도 무방하다. 워낙 위험한 임무인 만큼 누구도 천지문을 비난하지 못할 것이야."

물론 이 질문은 팽선이 던진 미끼였다. 강제적인 사항이 아니라는 것을 밝히면서 상대를 꼬시는 것이다. 이렇게 해 놔야 자신도 나중에 일이 잘못되었을 때 발뺌하기 편하고, 또 상대에게 자신이 무슨 악의가 있어서 사지에 보내려고 하는 것이 아님을 알게 하는 것이 아닌가. 물론 악의적인 의도에서 보내는 것이기는 했지만, 상대에게는 그걸 숨겨야만 했다.

팽선이 던진 미끼를 소연은 덥썩 물지 않을 수 없었다. 이번 임무를 성공리에 이끈다면 천지문의 위상은 엄청나게 올라갈 것이 분명했다. 또, 거절한다면 지금까지 행해져 왔던 천지문에 대한 비난에다가 '비겁자'라는 조항이 하나 더 덧붙여질 우려까지 있었다. 그것을 뻔히 알기에 소연은 상대의 제안을 거절할 수 없었다.

소연은 얼굴색 하나 바꾸지 않고 침착한 어조로 입을 열었다.

"언제 공격을 시작하는 것입니까?"

"노부는 전 세력을 이끌고 홍택호 쪽으로 이동한 후, 그곳에서 송군(宋軍)의 도움을 받아 적들의 대비가 약한 곳에 도강할 생각이다. 도강과 동시에 회남을 향해 최대한 속도를 내어 진격해 들어가며 놈들의 이목을 집중시킬 것이야."

팽선은 지도를 손가락으로 짚으며 작전을 설명했다.

"아마도 이 일대에 주둔하고 있던 금군과 그들을 돕는 마교놈들이 그 보고를 받고 이동을 시작하려면 하루 정도의 시간이 필요하겠지. 그들이 노부가 거느린 세력과 충돌했을 때쯤, 자네가 움직이면 될게야. 그러니까… 노부가 도강한 다음 삼 일 후 밤에 움직이는 것이 최적이지 않을까 생각한다네.”

팽선은 지도에서 시선을 거둬 소연의 눈을 똑바로 바라보며 말했다.

“노부는 이제부터 홍택호로 이동하여 그 일대를 책임지고 있는 한세충(韓世忠) 상장군과 접촉할걸세. 만약 그가 전폭적인 협조를 해 준다면 빨리 도강할 수 있겠지만…, 어쩌면 그를 설득하는데 조금 시일이 걸릴 수도 있을 게야. 그리하여 구체적인 도강 날짜가 잡히면 곧장 자네에게 전령을 보내어 통고할 것이니, 이쪽이 도강한 날부터 시작해서 삼 일이 지난 후 야음을 이용하여 행동을 개시하면 될 게야. 그때까지 자네는 적의 눈에 띄지 않도록 은밀하게 매복하는 한편, 도강할 수 있도록 만반의 준비를 갖춰 놓고 기다리게나. 알겠는가?”

소연은 포궈하며 대답했다.

“예. 기대에 어긋나지 않도록 최선을 다하겠습니다, 혼원패권 대협.”

혼원패권 팽선이 거느린 세력과 분리되어 천지문도들만 남게 되자, 모두들 소연에게 의문어린 시선을 던지지 않을 수 없었다. 문도들을 대표하여 진팔이 소연에게 질문을 던졌다.

“사저, 이게 도대체 어떻게 된 일입니까? 저희들은 저들과 함께 행동하는 것이 아니었습니까?”

그 질문에 소연은 팽선에게 지시받은 작전을 설명했다. 그 말에 진팔은 기가 막힌다는 듯 대꾸했다.

"만약 놈들이 이쪽에 충분한 세력을 남겨둔다면 사지를 향해 스스로 걸어서 들어가는 꼴이 되는 게 아닙니까?"

"혼원패권 대협의 말씀에 따르면 흑살마왕을 추종하여 함께 행동하는 세력은 예상외로 많지 않다고 하셨다. 쓸 만한 고수들의 수는 2천 정도. 양양성 인근이나 남양에 배치해 놓은 수를 감안한다면 이곳에는 많아 봐야 1백이 안 될 가능성이 크다. 물론 그 이상의 고수들이 있을 가능성도 있겠지만, 혼원패권 대협이 행동을 개시하여 그들의 시선을 끈다면 다급히 그쪽으로 이동해 갈 가능성이 크다."

"하지만……."

"더 이상 이의를 제기하지 말거라. 이번 일이 성공하건 혹은 실패하건, 가장 중요한 일을 떠맡았던 본문이 더 이상 멸시받는 일은 앞으로 없어질 것이다. 우리들은 본문의 미래를 위해 희생하는 게야. 알겠느냐?"

확신에 찬 소연의 말에 진팔은 고개를 숙이며 수긍할 수밖에 없었다.

"예."

"문도들에게 내일부터 이 부근을 돌면서 쓸 만한 배가 있으면 끌어모으도록 하거라. 큰 배는 필요 없고 작은 배가 좋겠구나. 그편이 눈에 띄지 않을 테니 말이다. 그리고 바로 강 건너편이 적진인 만큼 이쪽의 움직임이 저들의 눈에 띄지 않도록 조심에 조심을 거듭해야 할 것이야."

"예, 사저."

마화의 걱정거리

 한참 동안 연무장에서 진팔을 기다리고 있던 묵향은 드디어 짜증 어린 목소리로 외쳤다.
 "이 녀석은 왜 안 나오는 거야?"
 옆에 앉아서 함께 기다리고 있던 만통음제가 지루한지 나지막히 하품을 한 후 은근히 비꼬는 듯한 어조로 묵향의 속을 긁었다.
 "우형이 전에 말하지 않았던가? 틀림없이 야반도주를 했을 게야."
 "그토록 협박을 해 놨……."
 그 말에 뒤쪽에 서 있던 마화가 성깔어린 눈매로 묵향을 바라보며 다그쳤다.
 "협박이라니요?"
 그 말에 묵향은 서둘러 손을 내저으며 변명했다.
 "아, 아니야. 내가 무슨 할 일이 없어서 협박씩이나 하면서까지 놈을 가르치겠냐?"

마화는 묵향의 변명을 못들은 척 천지문도들이 기거하는 쪽으로 시선을 슬쩍 돌리며 중얼거렸다.

"그러고 보니 소 소저도 안 나오시는 것을 보면 천지문에 무슨 일이 있는 듯합니다. 제가 가서 알아보고 오겠습니다."

묵향은 내심 궁금하면서도 못이기는 척 허락하는 시늉을 했다.

"그렇게 가 보고 싶다면 말리지는 않으마."

"예, 교주님. 그럼 다녀오겠습니다."

잠시 후 마화가 돌아왔다. 그녀는 조금 미심쩍은 목소리로 묵향에게 보고했다.

"작전을 수행하기 위해 어젯밤 출발했다고 합니다. 비밀을 요하는 작전인 듯 그 행선지는 알 수 없었습니다. 그런데, 그런 일이 있다면 내일 수련은 하지 못하겠다고 전갈을 보내는 것이 예의일 텐데……. 도무지 알 수가 없군요."

"비밀 작전이라면 그럴 수도 있겠지."

묵향은 긍정적으로 생각했지만 만통음제의 생각은 달랐다.

"그건 당연한 거야. 질녀는 추근덕거리는 자네를 썩 좋게 보지 않고 있을 테니 말하지 않았을 테고, 진팔이 그놈이야 이 기회에 지옥과도 같은 수련에서 벗어날 수 있게 되었는데 자네에게 보고할 이유가 없지 않겠나. 기회는 이때다 하면서 그냥 내뺄 것이겠지."

"그, 그럴 수도 있겠군요. 이놈! 돌아오기만 해 봐라. 본좌가 그냥 놔두나. 감히 보고도 하지 않고 슬그머니 내빼?"

이빨을 뿌드득 갈고 있는 묵향을 바라보며 마화는 못 말리겠다는 듯 고개를 저었다. 그러다가 문득 어떤 생각이 떠올랐는지 그녀가 묵향에게 조심스럽게 말했다.

"비밀 작전이라면 언제나 위험을 수반하는 것이 아니겠습니까? 그냥 놔둬도 상관없을까요?"

"괜찮겠지. 그 아이의 실력도 뛰어나지만, 그놈도 옆에 있잖아. 거기에다가 그런 비밀스러운 작전에 천지문만 보낸 것도 아닐 텐데 뭐가 걱정이야."

묵향의 말에도 일리는 있었다. 천지문이 지닌 실력이 어떻든 일단 천지문은 정파들로부터 따돌림을 받는 문파였다. 신뢰하지 않는 그들에게 단독작전을 줘서 내보냈을 가능성은 거의 없었다.

"그래도……."

"그건 그렇고 선물이 도착했다고 연락이 왔으니 물건이 제대로 왔는지 한번 가 볼까."

선물이라는 것은 물론 묵향의 지시로 대별산맥에 도착한 마교의 주력부대를 말함이다. 그 말에 마화는 고개를 조아리며 대답했다.

"오늘 밤 가 보시겠습니까?"

마화의 질문에 묵향이 고개를 끄덕이고 있을 때, 만통음제가 호기심어린 표정으로 슬쩍 끼어들었다.

"선물이라니……. 혹시 술인가?"

"아닙니다, 형님. 형님께서 관심을 보이실 물건은 아니니 신경쓰지 마십시오. 그건 그렇고 오늘 할 일이 없어졌는데 함께 술이나 한잔 하시겠습니까?"

"그거 좋지."

묵향이 만통음제와 함께 음악을 논하며 술잔을 나누고 있을 때, 마화는 천지문이 수행 중이라는 비밀 작전이 뭔지 알아보러 동분서주했다. 묵향은 양녀인 소연과 진팔의 실력을 믿기에 더 이상 신경쓰지 않고 넘어가 버렸지만, 마화의 입장은 달랐다. 뭐니뭐니 해도 그녀는 자신이 사랑하는 교주의 양녀가 아닌가. 그녀의 안위를 돌봐야 하는 의무가 있는 것이다.

하지만 마화가 그 정보를 입수하는 것은 결코 쉬운 일이 아니었다. 양양성에 모여 있는 무림인들을 실질적으로 이끌고 있는 서문세가의 고위층 인물들이 마교도인 그녀를 아예 상대도 해 주지 않았기 때문이다. 사실 묵향이 서문세가 사람들을 상대로 드잡이질을 해 놨으니 그들이 냉대를 해도 할 말은 없는 처지였다.

"어떻게 해야 하나?"

이리저리 궁리하던 마화가 발길을 돌린 곳은 묵향과 친분이 있는 황룡무제의 처소였다.

"금군이 회남 인근에서 도하를 준비하고 있다는 정보를 입수한 후 그것을 저지하기 위한 대책을 논의하기 위해 회의를 했었소."

"그런 일이 있었습니까?"

"전에 불미스러운 일이 있었던 탓인지, 아니면 이번 일을 수행하는 데 있어서 구태여 귀교의 도움을 받을 필요성을 못 느꼈는지, 교주에게 이번 일을 통보하지 않기로 합의했었소. 뭐, 혼원패권 장로가 큰소리치고 간 만큼 실패하지는 않을 테니 귀교에서 걱정해 줄 필요는 없을 듯하구려."

"그러십니까? 그런데 그 기습 작전에 동원된 인원이 어느 정도인지 알려주실 수는 없겠습니까?"

"뭐 같은 배를 탄 처지인데 못 알려 줄 것은 없겠지요. 하북팽가의 고수 5백을 주축으로 하여 3천5백에 달하는 고수들이 출발한 것으로 알고 있소."

솔직한 대답에 마화는 고개를 조아리며 감사했다.

"예. 이렇듯 도움을 주셔서 감사합니다, 황룡무제 대협."

"무슨 말을……. 교주 같은 냉철하신 분이 그토록 격노하셨던 것으로 보아 노부가 알지 못하는 뒷사정이 있는 듯한데…, 오히려 정파를 자처하는 이쪽에서 속 좁게 나가는 것 같아서 노부가 되려 교주를 뵐 낯이 없소."

황룡무제를 만나 대화를 나눴지만 그녀가 입수할 수 있는 정보는 이 정도였다. 아마도 패력검제를 찾아가서 물어봐도 더 이상의 정보는 얻기 힘들 듯했다. 그 작전에 투입된 인원과 세력이 상상 이상으로 강했기에 한편으로는 안심이 되는 마화였다. 그렇기에 그녀는 이제 정보 수집을 그만둘까 하는 유혹을 느꼈다. 하지만 아무래도 뭔가 찝찝함을 감출 수 없었다. 그토록 막강한 세력이 동원될 정도의 작전이라면 그게 도대체 뭘까? 그리고 그런 중요한 작전에 왜 천지문이 동원되었을까? 이런 생각이 들자, 마화는 더 이상 시간을 끌지 않고 무영문에 정보를 의뢰하기로 결심했다. 무영문은 지금까지 흑풍대에 전폭적인 지지를 보내주고 있었으니까 말이다.

며칠 후 무영문으로부터 전령이 도착했다. 전령이 건네준 서신에는 현재 회남 인근에서 벌어지고 있는 작전의 전개 상황이 상세하게 기록되어 있었다.

"왜 천지문만 강 건너편에 대기하고, 다른 문파들은 홍택호로 이동한 것이지요?"

그 물음에 무영문에서 온 전령은 미안한 듯한 안색으로 대답했다.

"아직까지는 그들이 왜 이동하는 것인지 알 수 없습니다. 그들이 본문과 협동하여 작전을 전개하는 것이 아니기 때문이지요."

"그렇다면 어디서 정보를……?"

"아마도 개방에서 정보를 얻고 있는 모양입니다."

"아, 참. 개방이 있었군요."

혼잣말처럼 중얼거린 마화는 잠시 후 생각을 정리했는지 전령을 치하했다.

"이번에도 신세를 지게 되는군요. 여러모로 본교를 도와주고 계신 점, 문주님과 태상문주님께 감사드린다고 전해 주세요."

"옛, 그리고 이번 작전에 대해 앞으로도 계속 새로운 정보가 도착할 텐데, 계속 연락을 받으실 건지 알아보라는 지시를 받았습니다."

"폐가 안 된다면 부탁드리고 싶군요."

"옛, 그렇게 전하겠습니다. 그럼 저는 물러가겠습니다."

전령이 돌아간 후, 마화는 관지에게 가서 도움을 청했다. 아무래도 전략이나 전술 등 작전을 짜는데 있어서는 그가 자신보다 월등했기 때문이다.

"여기 나와 있는 정보만으로 무림 연합이 사용할 작전이 뭔지를 알 수 있겠느냐 이 말인가?"

"예, 장로님."

"글쎄……."

관지는 마화가 내민 자료들을 쭉 살펴보더니 중얼거렸다.

"무림 연합의 기습조 3천5백이 비밀리에 출발했다. 그러다가 기습 목표 부근의 상륙지점에 5백여 명만 남고 나머지는 3천은 홍택호 쪽으로 방향을 잡고 계속 이동 중이다, 그런 말이군."

"예. 장로님. 그 자료만으로 무림 연합의 다음 행동을 예측하실 수 있겠습니까?"

그 말에 관지는 턱을 쓰다듬으며 중얼거렸다.

"몇 가지 떠오르는 것이 있기는 한데…, 그런데 자네가 그걸 알아서 뭐하려고 그러는가?"

관지의 의문은 당연한 것이었다. 만약 이 의문을 필요로 하는 사람이 교주라면 자신에게 직접 물어왔을 것이다. 그렇다면 그 정보를 필요로 하는 사람은 마화라는 말인데, 그녀가 그것을 알아서 무엇을 하겠다는 것인지 관지는 이해할 수가 없었던 것이다.

마화는 살짝 얼굴을 붉히며 대답했다.

"그냥 알려 주시면 안 되겠습니까?"

관지는 잠시 뜸을 들이더니 흔쾌히 대답했다.

"뭐, 자네와 나 사이에 못 알려 줄 것도 없겠지. 일단 이들의 행보를 가로막고 있는 것은 회하(淮河)가 아닌가? 모두 다 등평도수(登萍渡水)의 최상승 경공술이라도 익혔다면 몰라도 3천5백씩이나 되는 인원이 동시에 강을 건넌다는 것은 매우 힘든 일이지. 더군다나 회하의 폭은 대단히 넓기에 경공술 따위로 건널 수 있는 거리가 아니야. 그렇다면 배밖에는 답이 없는데, 수백 척씩이나 되는 배를 구하는 것이 결코 쉬운 일은 아닐걸?"

마화도 충분히 수긍한다는 듯 고개를 끄덕였다.

"예. 그렇겠군요."

"하지만 5백 정도라면 작은 배 50여 척만 구한다면 충분히 가능하겠지."

"그들만으로 목표를 친다는 말씀이신가요? 하지만, 상대방도 그 정도 대비는 해 놨을 겁니다. 그런 곳을 겨우 5백으로 친다는 것은 자살 행위가 아니겠습니까?"

관지는 고개를 끄덕이며 대답했다.

"물론 귀관의 말이 옳다. 그 때문에 적들의 이목을 다른 쪽으로 끌어당기기 위해 이들이 움직이는 것이겠지."

그러면서 관지는 손가락으로 3천에 달하는 무림인들이 움직이는 선상(線上)을 쭉 앞질러 가서 홍택호를 손가락으로 짚으며 말을 이었다.

"이곳으로 가면 송군의 도움을 받을 수 있다. 아니, 어쩌면 먼저 연락을 넣어 전선(戰船)들을 보내달라고 하여 중간쯤에서 합류할 수도 있겠지. 그런 다음 송군의 협력 하에 대대적인 도하작전을 감행하여 금군의 눈길을 끈다면, 이곳을 지키고 있는 상당수의 고수들이 이쪽으로 이동하지 않을까? 그렇게 멀지 않으니까 충분히 가능한 추리라고 봐야겠지."

"그렇겠군요."

"그 사이에 50여 척의 배를 구한 매복조가 몰래 강을 건너서 적들을 기습하고 빠지는 거야. 내가 생각할 수 있는 것은 이 정도일세. 물론 저들에게 또 다른 의도가 있을지도 모르겠지만."

"만약, 그렇게 한다면…, 성공 가능성은 얼마나 될까요?"

마화의 조심스러운 질문에 관지는 피식 미소짓더니 허심탄회하게 말했다.

"천문에 능통하지 않은 이상 어찌 감히 미래를 예측할 수 있겠는가? 너무나도 많은 변수들이 가로막고 있는데 말일세. 먼저 이 작전의 핵심은 장인걸처럼 뛰어난 인물을 속여야 한다는 것에 있지. 노부같으면 그런 요행수를 바라느니 본교의 혈랑대 같은 최정예를 투입해서 단번에 끝내 버리는 수법을 사용했을 거야. 요는 불만 지르면 끝이니까."

마화의 눈동자가 흔들렸다.

"상황이 절망적이라는 말씀이십니까?"

"뭐 꼭 그렇게 말할 이유는 없겠지. 이쪽을 치고 들어가는 3천이 제대로 해 주기만 한다면 장인걸은 이쪽을 주목할 수밖에 없을 거야."

"제대로 해 준다고 하시면?"

"이쪽의 세력만으로도 충분히 이 일대를 초토화시킬 수 있다는 것을 확실히 장인걸에게 인지시키기만 하면 되는 것이겠지. 가령 화경급 고수 몇 명이 바람잡이를 할 수도 있을 테고……. 그러면 장인걸은 싫어도 이쪽 세력을 막기 위해 총력을 기울여야 할 테니, 상대적으로 이곳은 텅 빌 것이 아니겠나?"

순간 마화의 안색이 더욱 창백해지기 시작했다. 화경급 고수는 단 한 명도 이 작전에 투입되지 않았음을 알기 때문이었다. 하지만 그녀는 아직까지도 희망을 버리지 않았다. 팽선이 이끄는 고수의 수는 3천. 적지 않은 전력이었다. 그들이라면 혹시 장인걸의 이목을 끌 수 있지 않을까?

마화의 표정을 살피던 관지는 뭔가 있구나 하고 생각했다. 하지만, 마화가 그걸 말하지 않은 것을 보면 뭔가 말 못할 사정이 있는 듯도 했다. 그렇기에 그는 별 관심 없다는 듯 슬쩍 질문을 던졌다.

"이 중에 누구 아는 사람이라도 있나?"

마화는 한숨을 내쉰 후 입을 열었다.

"대주께서 가지실 선입관을 없애기 위해 몇 가지 정보를 없앤 것이 있습니다."

그럴 줄 알았다는 듯 관지는 고개를 살짝 끄덕인 후 말했다.

"그래, 그게 무엇인가?"

"여기 투입된 문파들의 명단입니다."

관지는 피식 미소지으며 말했다. 마화가 하는 말이 꼭 예전에 군문에 있을 때, 장수들끼리 모여 몇 가지 조건을 놔두고 어떤 계책을 사용하여 적을 공격할 수 있을지를 토론했던 것과 비슷하다는 생각이 들었던 것이다.

"문파들의 이름을 알 수 있다면 그들이 지닌 실력을 어느 정도 짐작할 수 있으니까 보다 정확한 예측이 가능하겠지. 말해 보게."

"이번 작전에 참여하는 문파는 하북팽가, 무당파, 서문세가, 종남파, 당문, 황보세가."

여기까지 말하던 마화는 잠시 관지의 표정을 살핀 다음 말을 이었다.

"그리고 천지문입니다."

그 말에 관지의 눈이 조금 커졌다. 천지문을 이끄는 소연과 교주의 관계를 알기 때문이었다. 관지는 지금까지와는 달리 언성을 높여 질책했다. 이제는 남의 일이 아니기에.

"천지문이라고? 그것이 사실인가?"

마화는 침착한 어조로 대답했다.

"제가 왜 장로님께 거짓을 아뢰겠습니까? 각 문파에서 5백씩의 인원을 지원받아 총수 3천5백을 동원하는 것으로 알고 있습니다."
 한동안 침묵이 흘렀다. 관지는 자신의 머리를 냉철하게 식힐 필요가 있었던 것이다. 교주와 관계된 일. 여기서 실수는 용납되지 않는다. 잠시 생각을 정리하던 관지가 문득 입을 열었다.
 "교주께서는 어디에 계시느냐?"
 "수석 장로님께서 보내신 선물을 보러 가셨습니다."
 이렇게 대답한 마화는 아무래도 조금 뒤가 캥겼는지 급히 덧붙였다.
 "교주님께서는 천지문이 비밀 작전에 투입되었다는 것을 이미 아십니다. 교주님께서는 걱정하실 필요 없다면서 그냥 넘기셨지만, 그래도 조금 불안해서……."
 "흐음……."
 마화의 대답에 관지는 신음성을 흘리지 않을 수 없었다. 이미 묵향이 그 사실을 알고 있다면 구태여 전령을 보내 이 사실을 알릴 필요는 없었다. 하지만 묵향의 양녀가 관계되어 있는 일이기에 마냥 손놓고 놔둘 수도 없는 노릇이 아닌가. 그렇다면 이 일을 어떻게 처리해야 할까?
 "자네의 말대로라면 함께 행동하는 문파들의 실력은 어느 정도 믿을 만하다고 하겠네. 서문세가가 주도한다면, 필시 수라도제가 나섰다는 말. 그가 움직인다면 충분히 장인걸의 이목을 사로잡을 수 있겠지."
 "예? 그게 아니라…, 저는 이번 작전을 주도하는 것이 하북팽가의 팽선이라는 장로라고 들었습니다만……."
 관지의 눈이 경악으로 부릅떠졌다.

"뭣이? 그렇다면 그들은 결코 장인걸을 속일 수 없다. 그놈들은 장인걸이 그토록 만만하게 보였다는 말인가?"

"팽선이 이끄는 3천의 고수라면 그래도 그의 이목을 끌 수 있지 않을까요?"

"그게 말이 되는 추측이라고 생각하는가? 장인걸은 한때 본교의 교주까지 했던 인물이다. 그리고 그의 밑에는 천마혈검대까지 있는데, 겨우 어중이떠중이 3천을 끌어모아 놓은 것이 무슨 압박감을 주겠느냐는 말이다. 뭔가 심한 압박감을 가할 수 있어야 상대로 하여금 판단 착오를 강요할 수 있는 거야."

관지는 심각한 표정으로 한동안 지도를 살펴보더니 마화에게 명령했다.

"어쩔 수 없다. 귀관은 즉시 달려가서 교주님께 직접 이 사실을 전해라. 잘못되면 소 소저의 목숨이 위험하다고 말이야."

"설마 그 정도까지……."

하지만 관지는 단호하게 말했다.

"설마가 아니다. 소 소저께서 저들과 접전을 벌일 곳은 회하 건너편이다. 만약 일이 잘못되었을 때는 무슨 짓을 해도 우리들이 그분을 도와드릴 수가 없다."

그 말을 듣고서야 마화는 관지가 무엇을 걱정하고 있는지 알 수 있었다. 회하가 문제였던 것이다. 9천에 달하는 흑풍대를 출동시킨다고 해도, 회하가 가로막고 있는 이상 만일의 사태가 벌어졌다 해도 소연을 지원할 방법이 없는 것이다. 그 많은 인마(人馬)를 한순간에 도강시킬 방법이 없기에.

"예. 속하는 즉시 교주님께 가서 보고하겠습니다."

"그동안 본관은 만일을 대비하여 천지문과 양양성 간에 연락망을 개설해 두겠으니 그리 알고 있거라."

마화는 군례를 올리며 대답했다.

"옛. 저는 이만 가 보겠습니다."

오랜만에 마주한 묵향과 철영 부교주가 술잔을 기울이며 앞으로의 계획을 의논하고 있을 때, 송 제국의 황궁에서도 회의가 한창 진행되고 있는 중이었다. 회의라고 해야 참석자는 겨우 세 명 뿐이었다. 왜냐하면 악비 대장군이 올린 주청(奏請) 자체가 매우 기밀을 요하는 사안(事案)이었기에 모든 신하들을 모아 놓고 떠들어 댈 수는 없었기 때문이다.

"악비 대장군이 북진을 하겠다니 참으로 대견한 일이로다. 그래, 재상의 생각은 어떠한고?"

황제는 연경을 회복할 수 있을지도 모른다는 기대감에 유쾌한 어조로 말했지만, 진회는 딱 잘라서 말했다.

"그건 불가하옵니다."

그 말이 떨어지자마자 그의 옆에서 고개를 조아리고 있던 유광세(劉光世) 상장군은 황제의 앞이라는 것도 순간적으로 잊어버리고 불신에 가득찬 눈빛으로 진회를 노려봤다.

어떻게 이럴 수가 있는가. 어젯밤 그를 찾아가서 도움을 청했고, 진회는 알아서 잘 처리해 주겠다고 확답까지 해 주지 않았던가. 그런데 어찌 여기서 딴 소리를 할 수가 있다는 말인가.

하지만 유광세 상장군의 속마음을 아는지 모르는지 진회는 시치미를 뚝 떼고 황제에게 간했다.

"황상 폐하께옵서 북쪽의 오랑캐들을 몰아내시고 황토를 수복하고자 하시는 간절한 마음을 신이 어찌 모르겠사옵니까? 다만 시기가 너무 이르다는 것이 문제이옵니다. 일단, 각 장수들에게 분산되어 있는 병권부터 회수하여 중앙군으로 흡수 통합한 연후에, 그 힘을 더욱 키워 저들을 도모하는 것이 순서일 것이옵니다."

진회의 말도 일견 일리가 있었다. 현재 송의 중앙군은 완전히 무너진 것이나 다름없었다. 그 예로 군사편제가 완벽하게 가동되고 있는 상황이었다면 상장군 따위가 감히 황제 앞에 나서서 주청을 드린다는 것은 있을 수도 없는 일이었던 것이다.

송의 군사편제에 따르면 일선 장군들의 집합체인 정군관에서 작전을 입안하여 그것을 추밀원에 보고하면, 추밀원에서 검토하여 수장인 추밀사(樞密使)가 황제에게 직접 보고를 올린 후 허락을 받아내도록 되어 있었다.

정군관에 소속된 주요 장수들이 연경 대회전에서 대부분 전사했고, 이어진 금군의 내습으로 황도(皇都)가 함락 당하면서 3천에 달하는 신하들이 금의 포로로 잡혀 압송 당했었다. 그 안에는 추밀원에 소속된 핵심 관리들도 포함되었을 것은 당연한 사실이다.

이렇듯 중앙군이 그 기둥뿌리부터 완벽히 붕괴되었음에도 불구하고 지금까지도 망하지 않고 살아남을 수 있었던 것은, 악비 대장군 같은 몇몇 장수들이 세력을 구축하여 금군에 저항하고 있었던 덕분이었다. 물론 황실에서 이들에게 조금이나마 군량이나, 무기 등속의 지원을 해 주고 있는 것이 사실이기는 했지만, 근본적으로 따진다면 이들은 독자적인 세력을 구축하고 있는 군벌(軍閥)이라고 봐야 했다.

그런 군벌들 중 가장 큰 세력을 형성하고 있는 자가 바로 악비 대장군이었지만, 근본적으로 그 주위의 모든 군벌들을 통솔할 권한이 없는 그가 황토를 수복하기 위해 북침을 한다는 것이 어떤 면에서는 말도 안 되는 헛소리일 수도 있었다.

"황상 폐하. 시기가 너무 이르다는 재상의 말씀은 너무나도 소극적인 판단이라고 사료되옵니다. 소장들은 노도와 같이 진격해 오던 오랑캐의 세력을 저지하는 것에 성공했을 뿐만 아니라, 저들을 남양 방면으로 패퇴하도록 만들었사옵니다. 그때 떨어져 나간 오랑캐들의 목만 해도 20여만 개에 달할 정도이오니 금이 당한 피해는 이루 말을 할 수 없을 지경이 아니겠사옵니까? 대승을 거두어 적의 세력이 약해진 지금이 아니라면 언제 또다시 북벌을 단행할 기회가 오겠사옵니까?"

진회는 발끈해서 상장군에게 외쳤다.

"어디 쓸모없는 망언으로 황상 폐하의 이목을 가리려고 하는가?"

진회는 고개를 돌려 유광세 상장군을 꾸짖은 후 황제에게 충심어린 어조로 간(諫)했다.

"황상 폐하, 금이 100만 대군을 보유하고 있었다는 점을 유념하시옵소서. 설혹, 적병 20만을 물리쳤다고 해도 아직 80만에 달하는 대군이 온전하게 남아있음이옵니다. 요행히 천혜의 험지인 양양성의 지리적 잇점을 활용하여 이번에 대승을 거둔 것도 사실이긴 하옵니다만, 악비 대장군의 주청대로 앞서 나가 싸운다면 그 지리적인 잇점마저 포기하고 싸워야 하는 것이 아니겠사옵니까? 지금 악비 대장군의 휘하에 50만에 달하는 병력이 있다고 하지만, 그들 중 40만은 근래에 급히 징집하여 훈련도 제대로 시키지 못한 오합지졸(烏合之卒)에 불과하다는 사실을 유념하셔야 할 것이옵니다. 그들만으로 80만에 달하는 금의 정병(精兵)과 싸운다는 것은 섶을 지고 불속으로 뛰어드는 것과 무엇이 다르겠사옵니까? 그리고 이쪽에서 40만의 병사들을 서둘러 징집했듯이, 금에서도 틀림없이 수십만의 병사들을 끌어 모았을 것이 틀림없사옵니다."

그 말에 황제는 고개를 주억거리며 중얼거렸다.

"흐음, 그것은 재상의 말이 옳은 듯하구먼."

그에 질세라 유광세 상장군은 또다시 황제를 설득하기 시작했다.

"황상 폐하. 재상의 의견이 일견 옳을 수도 있사오나, 전쟁을 하는 데는 시기라는 것이 있사옵니다. 금이 중원의 북방을 삼킨 것은 겨우 1년이 채 지나지 않았사옵니다. 여기서 저들에게 시간을 더 준다면 점령한 영토를 확실하게 자신들의 것으로 안정시킬 것이 아니겠사옵니까? 하지만 지금 저들을 친다면 그자들은 내우외환(內憂外患)을 맞이하여 자신들이 지닌 전력을 제대로 발휘하지도 못할 것이 분명하옵니다. 황상 폐하, 시간이 촉박하다는 점을 통촉하여 주시옵소서."

"일견 생각해 보면 상장군의 말에도 일리는 있구먼."

이렇듯 오락가락하는 황제 때문에 그 둘은 좀 더 유리한 위치를 점하기 위해 치열한 설전(舌戰)을 벌일 수밖에 없었다. 하지만 점차 회의가 길어지자 유광세 상장군이 문관인 진회에게 말발에서 밀리기 시작했다. 원래가 군대라는 곳이 말보다는 행동이 앞서는 집단이다 보니, 그곳에서 성장한 상장군에게 진회와의 말싸움에서 이길 것을 바라는 것은 처음부터 너무 무리한 주문이었던 것이다.

밤도 늦어졌기에 황제는 길게 하품을 한 후, 이 지루한 말싸움의 종지부를 찍었다.

"경들의 의견이 모두 다 일리가 있다고 여겨지나, 짐은 재상의 의견이 조금 더 타당성이 있다고 판단하노라. 지금은 오랑캐들의 세력이 심히 융성하니, 그들과 맞서는 것 보다는 후일을 도모함이 옳도다."

그 말에 진회는 고개를 조아리며 말했다.

"황상 폐하, 영민하신 결정이시옵니다."

황제가 결정을 내려 버리자, 유광세 상장군은 분하고 원통했지만, 더 이상 반론을 제기하지 않고 입을 다물지 않을 수 없었다. 이미 황제가 결정한 사항에 대해 가타부타 하는 것은 잘못하면 대역죄를 뒤집어쓸 수도 있는 일이기 때문이었다.

"그래, 어찌 되었소? 황상 폐하의 윤허는 받았소?"

악비 대장군의 물음에, 유광세 상장군은 고개를 떨구며 풀죽은 음성으로 대답했다.

"송구스럽습니다, 대장군."

악비는 이해가 가지 않는지, 고개를 갸웃하며 말했다.

"송구스럽다니, 설마 황상 폐하의 윤허를 받지 못했다는 말이오? 이상하구려. 재상께서 옆에서 도와주셨다면 충분히 윤허를 받아낼 수 있을 거라고 본관은 예상했었는데……."

유광세 상장군은 더 이상 참지 못하고 사실대로 실토했다.

"그런 말씀 하지 마십시오. 북진을 반대한 것이 바로 그 망할 재상놈입니다."

악비는 경악하지 않을 수 없었다.

"뭣이? 어찌 그럴 수가 있다는 말인가?"

"그것을 소장이 어찌 알겠습니까?"

잠시 생각을 정리한 악비는 유 상장군에게 의문스런 시선을 던지며 말했다.

"본관이 귀관에게 분명히 말했지 않았나? 먼저 재상을 찾아뵙고 도움을 청하라고 말이야."

"소장을 의심하시다니 참으로 서운합니다, 대장군. 소장은 틀림없이 대장군께서 명하신대로 재상에게 도움을 청했습니다. 그리고 재상도 흔쾌히 도와주겠다고 허락했고 말입니다. 그런데 막상 황상 폐하 앞에 서서 그렇게 소장의 뒤통수를 칠 줄이야 어찌 예상이나 할 수 있었겠습니까?"

여기까지 말한 유 상장군은 도저히 분노를 참을 수 없다는 듯 노성을 터뜨렸다.

"젠장! 그런 일구이언(一口二言)을 해대는 망할 새끼는 즉시 모가지를 비틀어놨어야 하는데……."

"말이 지나치구먼. 그래도 그분께서는 일국의 재상이 아니신가. 그분 나름대로 뭔가 생각이 있으셨던 것이겠지."

악비는 그래도 최대한 좋게 생각하려고 노력했지만, 유 상장군의 생각은 달랐다. 유 상장군은 황제 앞에서 망신을 당했을 때가 떠오르는지 씨근덕거리며 외쳤다.

"만약 그렇다면 그 전날 소장에게 북진할 수 없는 이유를 말해 줬어야 하는 것이 아니겠습니까? 그런 말을 해 줄 시간과 기회는 충분히 있었단 말입니다. 이런 식으로 물을 먹이는 것을 보면 그놈은 틀림없이 오랑캐놈들에게 뇌물이라도 받아 처먹은 게 틀림없습니다."

"물증도 없는 상태에서 그런 억측은 입에 담는 게 아닐세. 그렇다면 이 일을 어찌한다? 이제 봄이 코앞에 닥쳤는데 말이야."

"이왕 이렇게 된 거 어쩔 수 없습니다. 이번 일을 황상께 간한 것은 조금이라도 더 많은 지원을 받기 위해서였지 않습니까? 지원 따위 못 받는 한이 있더라도 그냥 치고 올라가면 어떻겠습니까? 금과 싸워서 승리만 하면 모든 허물은 묻혀질 겁니다."

악비는 고개를 가로저으며 말했다.

"황상 폐하께서 북진을 불허하셨는데, 병사들을 움직였다가는 곧바로 항명죄에 걸린다. 허어~, 이 일을 어찌하면 좋을꼬? 처음부터 황상 폐하께 간하지 않은 것만 못하게 되었구나."

"그렇다면 소장을 다시 한 번 더 남경에 보내주십시오. 충분히 자료를 준비하여 북진의 정당성을 입증한다면 재상도 더 이상 반대하지는 못할 겁니다."

"아닐세. 그것보다는 본관이 직접 재상을 찾아가는 것이 좋겠어. 재상만 잘 설득시킬 수 있다면, 황상 폐하의 윤허를 받아낼 수도 있겠지."

"그게 되겠습니까? 만약 그놈이 뇌물을 받아먹은 것이 확실하다면, 대장군께서 곤경을 당하실 수도 있음이옵니다."

"방금 전에도 말했지만, 뇌물 같은 말도 안 되는 소리는 제발 하지 말게. 내가 예전에 그분을 만난 적이 있었는데, 생각이 올곧은 훌륭한 분이셨다네. 그분은 결코 뇌물 같은 것에 흔들리실 분이 아닐세. 알겠는가?"

전전긍긍(戰戰兢兢)

산들바람을 맞아 찰랑거리는 드넓은 홍택호를 가르며 일단의 수군 전선들이 미끄러지듯 달려가고 있다. 3천에 달하는 무림인들을 호송하는 선단(船團)인 만큼, 그 규모가 작을 수는 없었다. 크고 작은 전선(戰船)들을 모두 합해 50여 척에 달하는 대선단이다. 역풍(逆風)이 불고 있었기에 썩 항해하기에 좋은 여건은 아니었지만, 전선의 좌우에 수십 개씩 지네발처럼 달려 있는 노들이 기운차게 움직이며 전선을 앞으로 내달리게 만들어 주고 있었다.

"방금 전 한 상장군을 만났는데, 모든 게 예정대로라고 하오. 아마도 잠시 후면 목적지가 보일 거외다."

황보열 장로가 다가와 전하는 말에 팽선 장로는 고개를 끄덕이며 대답했다.

"좋은 소식이구려. 그렇다면 잠시 후면 상륙할 수 있겠소이다."

"참, 천지문에는 전령을 보냈소이까?"

팽선은 그런 사소한 일은 걱정하지 말라는 듯 호쾌하게 대답했다.

"이르다 뿐이겠소. 출발하기 전에 전령을 보냈소. 오늘 상륙할 테니, 사흘 후에 행동을 개시하라고 말이오. 그 외에 개방으로부터 입수한 중요한 정보들까지 모두 다 전달했으니 잘 해내겠지요."

그러면서 팽선은 슬쩍 미소지었다.

물론 복수라는 중차대한 일이 남아 있는데, 그걸 곧이곧대로 전달해 줄 팽선 장로가 아니었다. 자신의 상륙 지점부터 시작해서 적들의 움직임 등등…, 모든 것을 조금씩 틀리게 해 놨기에 천지문은 처음부터 잘못된 정보를 안고 막심한 피해를 입을 수밖에 없으리라.

"크흐흐훗. 전멸이라……."

팽선의 말에 황보열은 안색을 달리하며 질책했다.

"아직 행동을 시작하기도 전에 그 무슨 불길한 말씀이오?"

하지만 팽선은 태연자약하게 변명했다.

"노부의 말은 놈들을 전멸시키면 흑살마왕이나 금 황제놈의 안색이 어찌 변할까 궁금하다는 뜻이었소."

"하하핫, 옳은 말씀이외다. 아마도 혼자 보기는 아까운 장면이겠지요. 그걸 직접 보지 못한다는 것이 한스러울 뿐."

물론 통한스럽기 그지없었다. 그 망할 계집이 죽어나가는 꼴을 자신의 눈으로 직접 보지 못한다는 것이 말이다.

이때, 장수 한 명이 다가와 군례를 올린 후 팽선에게 전했다.

"목적지가 멀지 않았으니, 상륙 준비를 하시랍니다."

사실 그건 무림인들에게 있어서 필요 이상의 친절이었다. 별도의 치중대(輜重隊)를 필요로 하는 군대와 달리 무림인들은 각자 필요한 건량(乾糧)이나 무기를 휴대하고 있어서 이곳에 상륙하라는 통보만 해 줘도 곧바로 움직일 수 있었기 때문이다.

"드디어 도착한 것인가?"

팽선은 상륙 지점 근처를 꼼꼼히 살펴봤다. 역시 그의 기대를 저버리지 않고 저 멀리 수풀 속에 숨어 있는 기마병 몇 기의 모습이 보였다. 그는 피식 미소지으며 중얼거렸다.

"훗, 순찰병들인가?"

순찰병들은 조용히 이쪽의 동태를 살피고 있었다. 아마도 저들은 이쪽에서 상륙함과 동시에 본대에 적의 침입을 알리기 위해 달려갈 것이다. 어쩌면 저들 중에 한둘은 벌써 이 근처에 송군의 전선이 떴음을 알리기 위해 달려갔을지도 모른다.

"그래그래, 놈들도 제법 잘 하고 있구먼. 저 정도 준비는 해 두고 있어야 성동격서가 통하지. 놈들이 아예 신경 쓰지 않고 있다면 이쪽에서 무슨 짓을 해도 광대놀음일 테니……."

그 말에 찬성한다는 듯 황보열 장로는 고개를 주억거리고 있었지만, 정작 사부의 마음을 알아줘야 할 팽조는 그렇지가 못했다. 팽조는 어리둥절한 표정으로 사부에게 되물었다.

"예? 그건 무슨 말씀이십니까? 사부님."

맹한 팽조의 얼굴에 팽선은 쓸쓸한 입맛을 다시며 퉁명스럽게 대꾸했다.

"쯧. 너는 알 것 없다."

무림맹 3천 고수들의 도하 작전은 너무나도 싱겁게 성공했다. 그들의 도하 시간이 워낙 짧은 것도 있었지만, 단 한 명의 적병도 나타나지 않은 탓도 있었다. 그것은 금 제국의 국경 방어 방식이 송 제국의 그것과는 완전히 달랐기 때문이다.

농경과 상업에 치중하고 있는 송의 경우 외적이 침입해 들어오면 그 피해를 최소화하기 위해 국경선 안으로 적이 들어오지 못하게 막으려고 한다. 그렇기에 국경선에는 언제나 적의 침입을 저지하기 위해 일정수의 방어 병력이 항시 주둔하고 있었다.

하지만 유목에 치중하는 금의 경우, 국경선은 거의 비워 두고 있었다. 영토는 넓고 인구는 적으니 그 엄청난 국경선 전체에 걸쳐 병력을 배치한다는 것이 사실상 불가능했기 때문이다. 대신 적이 침공하면 그때 병력을 끌어모아 침입한 적을 확실하게 응징한다. 아니 응징하는 정도가 아니라 침입한 국가를 역으로 쳐들어가 다시는 쳐들어올 생각조차 못하도록 아예 끝장을 내놓는 것이다. 어떤 면에서는 평상시에 국경선을 지킨다고 막대한 자금을 쏟아 부을 필요가 없는 매우 경제적인 방어 방법이라고도 할 수 있었다. 물론 그 때문에 국경 근처에 있는 도시나 마을들의 피해가 크겠지만 말이다.

"자, 이제부터가 시작이오. 지금부터 최대한 놈들의 눈에 띄게 행동해야만 하오."

"알겠소."

소연은 안으로 겨우 1장 남짓 파고들어간 비좁은 토굴 속에 앉아 이것저것 자신이 취합해 놓은 정보들을 훑어보고 있는 중이다. 매일 밤, 진팔을 보내어 강 건너편의 적진을 살펴보기까지 하고 있었지만, 그래도 정보가 부족하다는 점에는 변함이 없었다.

"어딘가에 고수들이 매복하고 있다는 것인가? 아니면……."

이리저리 궁리하고 있는데, 밖에서 조심스런 진팔의 목소리가 들려왔다.
"사저. 혼원패권 대협께서 사람을 보내오셨습니다."
진팔의 목소리에 소연은 재빨리 밖으로 나갔다. 과연 토굴 밖에는 진팔과 함께 낯선 인물이 서 있었다. 흑색무복을 입은 그는, 입구를 위장해 놓은 나뭇가지들을 치우며 토굴 속에서 기어 나오는 소연을 향해 살짝 눈살을 찌푸리고 있었다.
소연은 그런 상대를 향해 전혀 불쾌한 내색을 하지 않고 정중히 예를 갖추며 인사했다.
"처음 뵙겠습니다. 천지문의 소연이라 합니다. 워낙 사정이 이렇다 보니 행색이 누추함을 용서하십시오."
"어쩔 수 없는 일이 아니겠소. 본인은 팽소량(彭素梁)이라 하오."
팽소량은 주위를 둘러보며 말했다.
"이렇듯 토굴 속에 거처를 마련하고 있었다니, 놀랍소이다. 완벽하게 위장을 하고 있기에 여기 진 소협에게 발견되기 전까지 주위를 계속 돌아다녔었소."
하지만 그의 표정과 목소리에는 놀라움을 담고 있다기보다, 지금껏 상대의 위치를 찾지 못해 고생하도록 만든 것에 대한 짜증이 짙게 묻어있었다. 그럴 수밖에 없는 것이 팽소량도 적의 이목을 속이기 위해 살금살금 움직여야 했고, 천지문도들도 완벽히 위장한 채 숨어 있다 보니 오랜 시간 서로가 술래잡기를 한 것이나 다름없는 꼴이 되었다. 그러다가 그보다 월등히 뛰어난 실력을 지닌 진팔에게 발견되기 전까지 팽소량은 이 근처를 몇 번이나 왔다갔다 하느라고 짜증이 머리 꼭대기까지 차있었던 것이다.

"그건 죄송하게 되었습니다만, 혼원패권 대협께서 은밀하게 대기하라는 명을 내리셨기에……."

물론 팽소량으로서도 상대를 탓할 수는 없는 노릇이었다. 혼원패권 장로의 명령대로 행동했다는데 그걸 어찌 야단치겠는가.

"아, 그걸 탓하자고 꺼낸 말은 아니니 오해하지 마시오. 다만 이렇듯 훌륭하게 행동하고 있다는 점이 놀라워서 꺼낸 말이었소."

팽소량은 품속에 넣고 온 두툼한 밀서를 건네주며 말을 이었다.

"장로님께서는 정확히 약속된 날짜에 움직이셔야 한다는 것을 재삼 당부하라고 전하셨소. 그리고 개방으로부터 입수된 최신정보는 물론이고 여러가지 비밀을 요하는 정보들까지 함께 동봉되어 있는 만큼, 내용을 충분히 숙지한 후에 서신을 불태우는 것을 잊지 말기 바라오."

소연은 밀서를 품속에 넣으며 팽소량에게 말했다.

"여기서 이러실 것이 아니라 혹 저들의 눈에 띌 우려도 있으니 안에서 얘기하시는 것이 어떻겠습니까? 팽 대협. 따뜻한 차라도 한잔 하시면서 몸이라도 좀 녹이시지요."

팽소량은 방금 전 소연이 기어 나왔던 토굴 입구를 힐끔 바라봤다. 시커먼 구멍만 뚫려있었기에 내부가 얼마나 넓은지 전혀 알 수가 없었다. 적에게 노출되지 않도록 하기 위해 입구를 아주 작게 뚫어놨기 때문이다. 그렇다 보니 그 안으로 들어가려면 여기 서 있는 진팔이나 소연처럼 바지에 흙을 묻힐 수밖에 없으리라. 하지만 팽소량은 옷을 버려가면서까지 그 속에 들어가고 싶은 생각은 전혀 없었다. 그렇기에 그는 황급히 손을 내저으며 변명했다.

"나도 그러고는 싶지만, 빨리 돌아가서 장로님께 서신을 전달했음을 전해야만 하오. 이곳을 찾느라고 생각보다 시간을 많이 지체한 만큼, 소 소저의 친절을 사양할 수밖에 없음을 이해해 주시구려."
팽소량의 속도 모르고 소연은 오히려 미안해하며 대답했다.
"아닙니다, 팽 대협. 오히려 그런 사정도 모르고 잡고자 한 저의 잘못입니다."
"그럼, 이만 가 보겠소."
팽소량은 돌아서려다가 멈칫 다시 소연에게로 시선을 돌리며 당부했다.
"다시 한 번 말씀드리는데, 밀서에는 저들의 손에 넘어가서는 안 될 내용들이 많이 있소."
소연은 고개를 살짝 끄덕이며 공손히 대답했다.
"염려하지 마십시오. 읽은 후, 바로 태워 버리겠습니다."
"그럼 부탁하오."
팽소량은 혹시라도 눈을 밟아 발자국을 남기지 않기 위해 이리저리 건너뛰며 숲 속으로 모습을 감춰 버렸다. 혹시 근처에 있을지도 모르는 적들의 이목을 속이기 위한 행동일 것이다.

잠시 후, 진팔과 소연은 비좁은 토굴 속에 머리를 맞대고 앉았다.
"뭐라고 써져 있습니까? 사저."
소연은 팽선의 서신을 진팔에게 건네주며 말했다.
"초닷새니…, 3일 후에 움직이라는구나."
그런 다음 소연은 서신과 함께 동봉되어 있는 자료들을 확인했다. 봉투가 꽤 두툼했던 만큼 자료의 양도 꽤 많았다. 배를 만드는 장인들의 숙소를 포함한 조선소의 전반적인 배치도. 강 건너편에 있는 금군의 배치 상황과 그 병력 규모. 그리고 가장 중요한, 차후에 예상되는 적의 이동 경로를 담은 지도였다.

예상되는 적의 이동 경로를 표시해 놓은 지도를 꼼꼼하게 살펴보고 있는 소연을 향해 궁금하다는 듯 진팔이 질문을 던졌다.

"여기 있는 자료들은 모두 다 금군 쪽의 것이 아닙니까? 그런데 왜 이것을 태워 버리라고 몇 번씩이나 당부했을까요?"

"당연하지 않겠느냐. 적의 예상 이동 경로라는 것이 어떻게 만들어졌겠니? 혼원패권 대협의 이동을 적이 포착하고 그에 따른 대응을 해 올 움직임이니, 이것을 뒤바꿔서 생각한다면 혼원패권 대협의 움직임이 그대로 드러나겠지. 아마도 그것을 그분께서는 우려하시는 것일 게다."

"그럴 수도 있겠네요."

잠시 고개를 끄덕이며 뭔가 중얼거리던 진팔이 갑자기 떠올랐다는 듯 또다시 소연에게 말을 건넸다.

"그런데 저쪽에서 이대로 행동하지 않으면 이쪽만 박살나는 거 아닙니까?"

"물론 그렇기도 하겠지만…, 모든 것을 그렇게 따지고 들자면 아무것도 할 수 없다고 나는 생각한다. 내 안목이 그렇게 높다고는 볼 수 없겠지만, 혼원패권 대협의 작전에는 크게 무리한 점이 없다고 생각되는구나. 우리들에게 주어진 시간은 넉넉잡고 1시진(2시간). 최악의 경우라고 해도 반시진은 되지 않겠니? 맡은 바 임무를 완수하는데 충분한 시간이라고 나는 생각한다."

"만약 그보다 여유가 적다면 어떻게 합니까?"

"계속 안 좋은 방향으로만 생각한다면, 어떻게 일을 할 수가 있겠느냐. 이미 우리들에게 선택의 여지 같은 것은 없어. 모든 것이 예측한 대로 되기를 바라며 최선을 다하는 수밖에."

"알겠습니다. 그렇다면 최대한 시간을 줄일 수 있도록 방책을 의논해 보는 것이 좋겠군요?"

그들이 대화를 나누고 있을 때, 토굴 한쪽 구석에서 늙은 하인이 작은 화톳불을 피워 차를 끓이고 있었다. 특이하게 화톳불은 불빛도 거의 나오지 않으면서도 한겨울의 토굴 속을 따뜻하게 덥힐 수 있는 온기를 뿜어내고 있었다. 차가 다 되자, 늙은 하인은 따뜻한 김이 모락모락 솟아나오는 찻잔을 소연과 진팔에게 건네며 말했다.

"아가씨, 날이 찹니다. 따뜻한 차로 몸이라도 좀 녹이시면서 말씀들 나누시지요."

"고마워요, 왕노(王老)."

"뭘요. 이게 다 소인이 해야 할 일인뎁쇼."

왕노는 아주 오랫동안 천지문에서 일해 온 늙은 하인들 중의 하나였다. 양양성에 제자들을 파견하는 것이 결정되었을 때, 소연이 지원하자 그도 덩달아서 지원해 왔다. 소연의 말을 돌볼 사람이 필요하다는 것이 그가 내세운 이유였다. 물론, 소연 외에도 말을 가져온 사람은 여럿 있었고, 또 그런 일을 처리할 하인도 꽤 있었다. 그렇기에 양양성에 도착한 뒤 왕노는 꼭 말을 돌보는 일뿐 아니라, 하녀를 데려오지 않은 소연의 뒷바라지도 함께 해 줬었다.

이번 작전에도 남아서 말이나 돌봐 달라는 소연의 요청을 거절하고 왕노는 그녀를 따라왔다. 자신이 없으면 소연의 식사를 누가 돌봐줄 것이냐는 것이 그가 내세운 이유였다. 얼마나 노인의 고집이 지독스러운지 소연은 어쩔 수 없이 왕노의 청을 허락할 수밖에 없었다.

토굴에서 대기하는 기간이 길어지자, 소연은 왕노를 데려오기를 참 잘했다는 생각을 하고 있었다. 토굴 속에 마른 짚을 깔아 그녀의 따뜻한 잠자리를 마련해 준 것도 왕노였다. 그리고 적의 이목을 피해 숨어 지내야 하는 만큼, 불의 사용은 엄두도 낼 수 없었다. 불빛이야 어떻게든 감출 수 있겠지만, 연기까지 숨기기는 어렵기 때문이다. 그런데 왕노는 어디서 배웠는지 싸리나무 가지들을 주워다가 그 껍질을 벗긴 후 잘게 찢어 연기가 나지 않도록 불을 피우는 기발한 방법을 알고 있었고, 덕분에 그녀는 건량이 아닌 따뜻한 식사를 할 수 있었다.

차를 마시면서 진팔은 왕노가 피워 놓은 화톳불을 힐끔 바라봤다. 이것을 볼 때마다 느끼는 것이지만 불이 이렇게 탈 수 있다는 것이 너무나도 신기했다. 불빛도 거의 나오지 않을 뿐 아니라 연기조차 없었다.

"왕노, 이렇게 불 피우는 건 어디서 배웠어요?"

왕노는 과거를 회상하는 듯 흐릿한 시선으로 대답했다.

"소인이 아주 어렸을 때였습죠. 동네에 살고 있는 파락호 형님에게서 배웠었는데, 훔친 닭을 몰래 숨어서 잡아먹는 데는 이것 이상 없더구먼요."

"참 묘한 재주로군요."

"소인도 그렇게 생각합니다요. 어쨌건 소인이 소싯적에 배워 둔 재주가 이렇게 보탬이 될 수 있다니, 그 형님께 감사할 따름입죠."

왕노의 대답에 진팔은 그러려니 하고 넘어갔지만, 사실 이것은 살수들만이 익히는 기본적인 기술들 중 하나였다. 최대한 자신의 존재가 남에게 발각되지 않아야만 살아남을 수 있는 직업적인 특성상, 살수라면 응당 이런 특이한 기술 몇 가지는 필수적으로 익혀야만 했던 것이다.

천지문에 주어진 임무는 두 가지다. 하나는 조선소에서 건조 중인 배들을 불태우는 것. 그리고 또 하나는 조선소에서 일하는 장인들을 죽이든지, 아니면 구출하는 것이다. 그렇다면 작전을 추진함에 있어서 천지문을 두 개의 조로 나누는 것이 한 가지 방편이 될 수 있을 것이다. 하나는 불 지르는 패거리. 또 하나는 조선공들을 처리하는 패거리. 물론 상황이 허락한다면 구출하는 것이 옳겠지만, 그렇지 못할 때는 없애버리는 것이 좋을 것이다. 그편이 시간이 훨씬 절약될 것은 분명하니 말이다.

진팔이 천지문도들 중에서 제법 윗줄에 놓이는 제자들을 모두 다 불러 모아 소연과 함께 이런저런 계책들을 상의하고 있을 때, 묵향은 자신을 찾아 양양성에서 급히 달려온 마화를 만나고 있는 중이었다.

"그래, 무슨 일인데 여기까지 왔느냐? 내일이면 안 그래도 돌아갈 텐데……."

마화에게 질문하는 묵향의 어조에는 궁금증이 묻어 있었다.

마화는 철영 부교주의 눈치를 슬쩍 살핀 다음 조심스럽게 말을 꺼냈다. 묵향에게 양녀가 있다는 사실을 철영에게 알리고 싶지 않았던 것이다.

하지만 철영은 이미 교주에게 양녀가 있음을 잘 알고 있었다. 과거 흑월야사라고 불리던 전설적인 살수에게 딸의 호위를 부탁했을 때, 우연히도 바로 그 옆에 있었기 때문이다. 그때의 일을 철영은 아직도 잊지 않고 있었다. 교주가 흑월야사에게 한 말이 너무나도 충격적이었기 때문이다.

　최선을 다해 딸을 보호하라. 하지만 능력이 안 된다고 느껴지면 딸의 생사에 연연하지 말고 곧바로 탈출하여 흉수가 누군지만 알려달라는 것이었다. 지켜주지는 못하더라도 복수라면 확실히 해 주겠다는 말이었다. 그 말을 듣고 철영은 소름이 돋는 것을 느꼈다. 딸의 존재는 결코 그의 약점이 될 수 없었다. 그것을 모르고 교주의 딸을 건드린 자는 필사(必死)! 그의 역린을 건드리는 것이 될 것이기 때문이다. 그것을 안 이후 철영은 교주에게 딸이 있다는 사실 자체를 잊어버리려고 노력했다. 괜히 그것을 알고 있다는 것을 내세워 봐야 좋을 것이 하나도 없었으니까.

　"이번에 장인걸을 상대로 비밀 작전이 시작된다는 보고를 드렸었지 않습니까?"

　마화의 말에 묵향은 대수롭지 않다는 듯 대꾸했다.

　"아, 난 또 무슨 일이라고. 그건 전에 내가 별일 아니라고 말했었잖아."

　"교주님의 명을 거역한 것은 송구스럽습니다만, 속하는 그 작전에 대해 좀 더 조사를 해 봤습니다."

　"쓸데없는 일을 했군."

　마화를 탓하는 듯 했지만, 묵향의 표정은 궁금증을 안고 있었다. 그로서도 사랑하는 소연의 안위가 걸려 있는 일이었기에 결코 냉담할 수 없었던 것이다.

　"쓸데없지는 않았습니다. 정보를 취합해 본 결과 인선에 문제가 좀 있었습니다."

　그 말에 묵향은 급히 되물었다. 이제 더 이상 냉담함을 가장하고 있기는 힘들었던 것이다.

"어떤 문제가?"

마화는 지금까지 취합된 정보를 보고하고, 관지 장로가 지적한 문제점들을 알려 줬다. 물론 바로 옆에서 흥미롭다는 듯 철영이 귀를 기울이고 있었기에, 구체적인 문파명은 물론이고 소연의 이름까지 제외한 상태였다. 하지만 그 정도만으로도 묵향에게 자신의 생각을 전하는 데는 모자람이 없었다.

"뭣이! 수라도제가 빠졌다고? 그렇다면 다른 놈들은? 하다못해 황룡무제나 패력검제 쯤은 거기에 동참했을 것 아닌가?"

"이번 작전의 책임자는 하북팽가의 팽선 장로라고 합니다."

묵향은 욕지거리를 내뱉으며 중얼거렸다.

"팽선이라고? 이런 빌어먹을. 그따위 미끼로 장인걸을 속이려고 들다니."

지금껏 옆에서 가만히 듣고 있던 철영이 슬그머니 끼어들었다. 속사정까지야 말을 안 해주니 알 수가 없었지만, 옆에서 들어 보니 별것도 아닌 것을 가지고 심각하게 대화하고 있다고 느꼈던 것이다.

"교주님, 그런 것에 마음 쓰실 필요가 뭐가 있겠습니까? 요는 조선소를 초토화시키기만 하면 되는 것이 아니겠습니까? 속하가 수하들을 이끌고 박살내 버릴까요?"

철영으로서는 기껏 생각해서 꺼낸 제안이었는데, 묵향은 일언지하에 거절했다.

"말도 안 되는 소리. 네가 밖으로 나설 때는 장인걸의 숨통을 조일 때 외에는 없어. 만약 이쪽이 모습을 드러내면 장인걸이 빈틈을 드러낼 것 같으냐?"

"그, 그것도 그렇군요."

마화는 묵향의 말이 지당하다고 여기며 덧붙였다.

"마공을 익힌 고수들은 마기가 너무 두드러지기에 그 근처에 매복조차 시킬 수 없을 겁니다. 그렇다고 흑풍대를 투입하자니, 회하가 큰 장애물입니다. 어떻게 하면 좋겠습니까?"

교주와 부교주 간의 대화에 그녀가 끼어들어 부교주가 어떤 부분을 놓치고 있는지 꼬집어 설명하는 것은 어쩌면 목숨까지도 위태로운 행위였다. 하지만 교주와 마화 간의 묘한 분위기를 이미 알고 있었던 철영이었기에 그는 아무런 질책도 하지 않았다.

더 이상 생각해 볼 것도 없다는 듯 묵향은 마화에게 외쳤다.

"당장 작전을 중지시켜라."

"예? 하지만 그들이 작전을 중지하려고 할까요? 당장 조선소를 파괴해야만 하는데 말입니다."

"이런 젠장. 일이 꼬이는군."

묵향은 자리에서 일어서며 철영에게 지시했다.

"본좌의 명령이 있기 전까지 자네는 이곳에서 꼼짝도 하지 말게. 알겠나?"

"예, 교주님."

묵향은 초조할 수밖에 없었다. 어느 정도 위치를 알고 있었다고는 하지만, 마화가 대별산맥까지 자신을 찾아오는데 소요한 시간을 계산한다면 지금 묵향에게 주어진 여유는 거의 없었다. 묵향은 철영 일행으로부터 충분히 거리가 멀어진 후에야 점점 더 속도를 올리며 마화에게 명령했다.

"본좌는 먼저 갈 테니 너는 천천히 와도 돼."
"소 소저에게 직접 가실 겁니까?"
순간 묵향은 어리둥절한 표정을 짓더니 말도 안 된다는 듯 내뱉었다.
"자네 그렇게 생각이 없나? 만약 거기에 장인걸이 와 있다면 목을 따 버리면 그만이겠지만, 그렇지 않을 때는 어쩔 건가? 본좌가, 아니 본교가 이번 전쟁에 개입했다는 것을 그놈에게 알려주는 꼴이 될 건데, 그건 생각해 보지 않았나?"
"죄송합니다, 속하의 생각이 짧았습니다."
"젠장. 그래서 내가 빨리 가 봐야 하는 거라구. 너는 이번 일에 별 필요 없으니 천천히 와도 돼. 그럼 나는 먼저 간다."
"예."
묵향은 마화의 대답을 채 듣지도 않고 전속력으로 그녀의 시야에서 사라져 버렸다. 그 엄청난 속도에 마화의 눈이 휘둥그레졌다. 하지만 그렇다고 계속 넋 놓고 있을 수만은 없었다.
"나도 빨리 움직여야겠군."
마화는 더욱 속도를 내어 아래쪽에 매어 놓은 말을 찾아 달려갔다.

묵향은 양양성에 도착하자마자 관지를 찾아갔다.
"교주님을 뵈옵니다."
"너는 빨리 준비해서 팽 뭐시기라는 놈에게 가 봐라."
뜬금없는 교주의 명령에 관지는 어리둥절한 표정으로 되물었다.
"예?"
묵향은 답답하다는 듯 다시 명령했다.

"이대로는 꼼짝도 못하고 장인걸에게 당하게 생겼다며? 그러니까 자네가 흑풍대를 이끌고 가서 도우란 말이다. 출동 준비가 갖춰질 때까지 화경급 고수 두어 명 붙여줄 테니까, 그 정도 전력이라면 조선소를 박살내는데 모자람이 없을거야."

"예. 곧 준비를 갖추겠습니다."

관지가 달려 나간 후, 묵향은 곧장 만통음제의 숙소로 달려갔다. 문을 벌컥 열고 뛰어 들어오는 묵향을 보고 만통음제는 활짝 미소지으며 환대했다.

"오, 이제 오는가? 어때? 선물은 마음에 들던가?"

그런 말에 대꾸해 줄 정신이 없었던 묵향은 단도직입적으로 외쳤다.

"지금 선물타령 할 때가 아닙니다."

"무슨 일인데 그러나? 아우가 이렇게 허둥대는 건 처음 보는데……."

"쓸데없는 말씀 마시고, 지금 당장 가서 팽 뭐시기라는 놈 좀 도와주십쇼."

뜬금없는 요청에 만통음제는 어리둥절한 표정으로 되물었다.

"그건 또 무슨 말인가?"

"팽 뭐였더라? 그 하북팽가의 장로라는 놈 말입니다."

"……."

잠시 침묵이 흘렀다. 하지만 아무리 머리를 쥐어짜도 답을 얻을 수 없었던 만통음제는 맹한 표정으로 다시 한 번 묵향에게 질문을 던질 수밖에 없었다.

"우형이 알기로는 팽가의 장로는 모두 다 팽씨들인데……. 그중 누구를 말하는 것인가?"

"이런 젠장. 설명을 하려면 좀 기니까 제 수하놈에게 들으십쇼. 지금 한창 출동 준비를 갖추느라 분주하게 움직이고 있을 겁니다."

"알겠네. 하지만 자네가 그 팽 뭐시기라는 자를 도와달라는 이유를 모르겠군. 우형이 좀 알기 쉽게 설명해 주면 안되겠나?"

"제 양녀의 생명이 걸린 일입니다. 이제 되셨습니까?"

만통음제는 흔쾌히 대답했다.

"이런, 진작에 그렇게 말했으면 더 이상 군말이 필요 없지 않았나. 내 속히 가 볼 테니 염려 말게."

"그럼 좀 부탁드리겠습니다. 저는 따로 가 볼 데가 있어서 이만 가 보겠습니다."

묵향은 대충 인사를 갖춘 다음 전속력으로 사라져 버렸다.

"허어, 역시 겉은 무뚝뚝하게 행동하지만, 내 짐작대로 속정은 참으로 깊구먼. 내가 사람을 제대로 봤음이야. 참, 내 이러고 있을 때가 아니지."

만통음제는 금(琴) 속에 숨겨져 있던 혈영비(血影匕)를 꺼내어 품속에 집어넣으며 밖을 향해 외쳤다.

"설취야. 거기 있느냐?"

곧이어 부드러운 음성이 답해 왔다.

"예, 사부님."

설취는 살며시 문을 열고 들어와 고개를 조아리며 말했다.

"찾으셨습니까? 사부님."

"보관해 둔 술이 있으면 한 병만 가져다 다오."

"예, 사부님."

설취는 재빨리 달려가 몇 병 사뒀던 술들 중에서 한 병을 가져왔다.
"여기 있습니다, 사부님."
만통음제는 술병을 품속에 집어넣으며 설취에게 말했다.
"나는 일이 있어 급히 가 볼 데가 있으니 그리 알거라. 한 며칠 걸릴지도 모르겠구나."
"예. 사부님."
만통음제는 더 이상의 얘기는 해 줄 필요가 없다고 생각했는지, 서둘러 밖으로 나가 버렸다. 그리고 홀로 남은 설취는 지금껏 없었던 사부의 돌발적인 행동에 고개를 갸웃하지 않을 수 없었다.
"사숙 어르신을 만나러 가시는 건가? 아니야. 그렇다면 저리 서두르실 이유가 없지. 그렇다면 무슨 일이지?"

흑풍대는 갑작스런 출동 준비 때문인지 모두들 바쁘게 움직이고 있었다. 그런 그들 중에서 관지를 찾는 것은 조금 시간이 걸리는 일이었지만, 만통음제는 이놈 저놈 붙잡고 물어서 결국은 관지를 찾아냈다.
자신을 보자마자 다짜고짜 팽선의 위치를 물어보는 만통음제에게 관지는 공손하게 대답했다.
"어차피 저희들도 그곳으로 가는 길입니다. 제가 모실 테니 함께 움직이시면 편리하실 겁니다. 어르신."
"아니, 노부는 위치를 알아야겠네."
꼭 알아야겠다는 데야 어쩔 것인가? 관지는 무영문으로부터 통보받은 팽선의 마지막 위치를 만통음제에게 알려줬다.

"남양 방면으로 서서히 진격하며 금 세력을 압박할 것이 분명한 만큼, 그들이 그곳에 있을 가능성은 없다고 봐야 할 것입니다."

여기까지 대답한 후 관지는 만통음제의 표정을 살피며 덧붙였다. 어찌 보면 이번에 할 말이 만통음제의 자존심을 건드릴 수도 있기 때문이었다.

"저들에게도 대단히 수준 있는 고수들이 존재하는 만큼, 단독 행동을 하시는 것 보다는 저희들과 함께 움직이시는 것이 좋지 않겠습니까?"

"자네가 그런 염려까지 해줄 필요는 없네. 노부의 안전이 위험할 정도로 놈들의 세력이 강하다면, 질녀의 생명 또한 위험할 터. 그 정도 위험은 감수할 수밖에. 노부는 먼저 갈 테니, 그리 알게."

만통음제는 말을 마치자마자 재빨리 돌아서며 경공을 전개해 버렸다. 만통음제는 점점 더 가속하기 시작하더니 곧이어 전속력으로 성문 쪽으로 달려갔다. 성문이 점차 가까워지는데도 불구하고 전혀 속도를 줄이지 않는 것으로 보아 그냥 성벽 위로 뛰어오를 작정인 모양이다.

"질녀라니…, 질녀가 누구지?"

곧이어 관지는 만통음제의 질녀가 누군지 떠올렸다.

"아! 그러고 보니 교주님께서 만통음제 대협과 의형제를 맺으셨다고 마화에게 들었으니, 소 소저가 질녀가 되겠군. 그런데 소 소저의 생명이 위험하다면서 왜 혼원패권에게로 달려가시는 거지?"

관지는 고개를 갸웃하지 않을 수 없었다. 소연이 팽선 일행과 행동을 함께하지 않는다는 것을 잘 알고 있는 관지로서는 만통음제의 말을 이해할 수 없었던 것이다.

묵향이 다가오자 서문세가의 호위무사들은 긴장하며 그 앞을 가로막았다.

"무슨 일이십니까? 교주님."

"수라도제를 만나러 왔다."

"태상문주님께서는 교주님을 만날 수가 없습니다."

순간 묵향은 이놈을 박살내 버릴까 말까 심각하게 고민했다. 하지만 지금 그는 수라도제에게 한 가지 일을 부탁하기 위해 온 것이 아닌가. 그런 만큼 이 앞에서 다툼을 벌일 수는 없었다. 묵향은 성질을 참으며 호위무사에게 말했다.

"일단 기별이나 넣거라. 쓸데없는 잡소리 하지 말고."

하지만 호위무사의 말은 전과 똑같았다.

"태상문주님께서는 교주님을 만날 수가 없습니다."

이제 드디어 성질이 나기 시작한 묵향은 무시무시한 살기를 뿜어내며 호위무사를 다그쳤다.

"뭣이? 이놈이 정말 관을 봐야 눈물을 흘리겠다는 말인가? 쓸데없는 잡소리 하지 말고 기별이나 넣어 보라는데, 왜 네놈 따위가 안 된다고 하는 것이냐?"

호위무사는 묵향의 살기에 압도당해 다리가 후들거리는데도 불구하고, 필사적으로 외쳤다.

"여, 연락을 넣을 필요도 없습니다. 태상문주님께서는 교주님을……."

더 이상 들을 필요도 없었다. 묵향은 호위무사의 멱살을 틀어쥐고 으르렁거렸다.

"정녕 네놈이 죽고 싶다는 것이냐?"

"하, 하지만 어쩔 수 없습니다."

이때, 뒤쪽에서 호위무사보다는 조금 더 높은 신분을 지닌 자가 모습을 드러냈다.

"무슨 일인데 이리 소란스러운 것이냐?"

그러다가 그는 호위무사의 머리통에 가려져 있던 교주의 모습을 발견했다.

"헉! 교, 교주?"

묵향은 더 이상 하급 무사에게는 볼일이 없다는 듯 그놈을 놔준 다음, 경악감을 감추지 못하고 서 있는 상대에게 성큼성큼 다가갔다.

"수라도제를 만나러 왔다는데, 저놈이 안 된다고 해서 말이야. 자네는 그런 말도 안 되는 대답은 하지 않겠지?"

하지만 그 무사도 방금 전의 그놈과 똑같은 대답을 했다.

"태, 태상문주님을 만날 수 없소."

묵향은 이빨을 뿌드득 갈며 외쳤다.

"이런 빌어먹을! 내가 안 그러려고 했는데……. 몇 놈 잡아 죽여야 그놈을 만날 수 있다는 말이냐?"

"그렇게 하신다고 해도 태, 태상문주님을 만나 보실 수는 어, 없을 거요."

이쯤 되자 묵향도 뭔가 이상함을 느꼈다. 어떻게 모두들 한결같이 만날 수 없다는 대답을 할 수 있을까? 그리고 소란을 일으킨다면 수라도제가 곧바로 튀어나온다는 사실을 경험으로 잘 알고 있는데도 불구하고, 그렇게 해도 안 된다고 하지 않는가.

'수라도제에게 무슨 일이 생겼나?'

묵향은 도저히 참지 못하고 무사에게 질문을 던지지 않을 수 없었다.

"여기 수라도제가 있기는 있는 거냐?"

"무, 물론 계십니다. 하지만 교주를 만나시지는 않으실 겁니다."

묵향은 신경질적으로 외쳤다.

"이런 제기랄! 이것도 저것도 아니라면 도대체 어떻게 된 일이야? 어떤 놈이 속 시원하게 대답을 해 주는 것도 아니고……."

묵향은 수라도제가 있는 저 내실 안쪽으로 강렬한 투기(鬪氣)를 쏘아 보냈다. 만약 수라도제가 저 안에 있다면 무슨 일인가 하여 뛰어나올 정도로 지독한.

곧이어 넓은 장원의 여기저기에서 서문세가의 무사들이 저마다 중도(重刀)를 뽑아들고 달려 나왔다. 하지만 그들 중에 수라도제의 모습은 보이지 않았다.

"이게 어떻게 된 일이지?"

차 한 잔의 여유를 즐기고 있던 서문길은 갑자기 느껴지는 엄청난 투기에 자신도 모르게 벌떡 일어서고야 말았다.

"허억! 이, 이게 도대체 무슨 일이냐?"

마시고 있던 찻잔이 바닥에 떨어져 박살이 났지만, 서문길은 그것조차 느끼지 못했다. 순식간에 그 투기는 씻은 듯 사라졌지만, 서문길은 진저리 쳐지는 그 강렬한 느낌을 떨치지 못하고 있었다.

도저히 이해할 수가 없었다. 도대체 누가 서문세가가 자리 잡고 있는 이 장원에 이토록 어마어마한 투기를 뿌릴 수가 있다는 말인가?

'혹시 아버님이?'

이렇게 생각한 서문길은 지체치 않고 밖으로 달려 나갔다.

투기가 느껴졌던 정문 쪽으로 다가간 서문길은 자신이 무기를 가져오지 않은 것을 잠시 한탄했다. 알고 보니 아버지가 아니라 누군가 딴 사람이 서문세가 식솔들과 시비가 붙은 모양이었다.

'허참, 아버지 말고 그 누가 있어 그토록 엄청난 투기를 발(發)한단 말인가?'

확실히 상대의 투기가 엄청나긴 엄청났던 모양이다. 서문세가에서도 제법 실력 있는 고수로 통하는 사촌 형 서문료(西門了)가 두려움에 질려 창백한 안색으로 서 있는 것을 보면 말이다. 자세히 보면 그의 다리까지 후들거리고 있을 정도니 상대가 준 위압감은 더 이상 말할 필요가 없을 것이다.

서문길은 짐짓 목소리를 엄중히 하여 외쳤다.

"도대체 무슨 일이냐?"

그 말에 서문료가 대답했다. 아무리 상대가 자신의 사촌 동생이라고 하지만, 문주였다. 그렇기에 그는 공손한 어조로 대답했다.

"마교 교주가 태상문주님을 만나 뵙고 싶다고 하여……."

상대가 마교 교주라는 말에 서문길은 흠칫 놀랐다. 탈마의 고수라고 하더니 과연 엄청난 기세였다. 칠룡의 동기들과 오래전에 한 번 만난 적이 있었지만, 자신이 상대를 기억하고 있지 못하듯, 상대 또한 자신을 알아보지 못하는 모양이었다. 그렇기에 서문길은 슬쩍 포권하여 예를 갖추며 자기를 소개했다.

"처음 뵙겠소이다. 본인은 서문세가의 가주 서문길이라고 합니다. 그래, 무슨 일로 아버지를 뵙자고 하셨소이까?"

그 즉시 상대에게서 반응이 왔다. 교주는 서문길을 아래위로 훑어보더니 중얼거렸다.

"가주라고?"

순간 상대의 표정이 변했다. 냉막하던 표정이 순식간에 어찌나 부드럽게 바뀌던지 그 변화를 지켜보는 서문길이 다 무안해질 지경이었다.

"호오, 수라도제에게 이런 훌륭한 아들이 있는 줄은 처음 알았구먼. 크흐흣. 내 사실은 한 가지 긴히 부탁할 것이 있어서 찾아왔는데 말씀이야."

'단순하다고 해야 하나? 아니면 속 보인다고 해야 하나…….'

상대의 반응으로 살펴 보건데, 뭔가 아쉬운 소리를 하러 왔을 것이다. 하지만 이토록 속 보이게 행동을 하다니. 서문길은 그것을 보고 상대의 속셈이 너무나도 얄팍한 듯하여 기가 막힐 지경이었지만, 상대는 자신의 표정 변화에 스스로 만족하는 모양이었다. 서문길은 자신이 그렇게도 만만하게 보이나 싶어 내심 씁쓸함을 감추기 어려웠다.

"무슨 일이신데 그러십니까?"

교주는 주위를 휙 둘러보더니 나직한 어조로 말했다.

"여기는 이목이 좀 많은 듯하니, 어디 조용한 곳이 없을까?"

아닌 게 아니라, 방금 전의 그 투기로 인해 정문 근처에는 서문세가의 무사들로 넘쳐나고 있었다. 그것도 단단히 무장을 갖춘 상태로 말이다.

"예. 여기는 좀 어수선 하니 안으로 드시죠."

서문길은 교주를 자신의 집무실로 안내했다. 그는 하녀를 불러 차를 가져오라고 이른 후, 교주를 향해 말했다.

"부탁이 있어서 오셨다니…, 무슨 일인데 그러십니까?"
"이번에 팽모(彭某)라고 하는 자가 금을 치기 위해 고수들을 이끌고 움직였다고 들었네."
"예."
"그런데 뭔가 미심쩍은 부분이 있어서 본좌가 찾아온 것이지."
일단 상대가 왜 찾아온 것인지 파악해야 하는 것이 선결 과제다. 그래야만 뭔가 협상을 해도 할 수 있을 것이 아닌가. 그렇기에 서문길은 침착하게 질문을 던졌다.
"어떤 점이 미심쩍으신 겁니까?"
"자네도 생각해 보게나. 장인걸이 바보도 아닌 바에야 지금 그가 양동작전을 쓰려하고 있다는 것을 모르겠나?"
이번 작전에 대해 마교 쪽에는 아무런 통보도 하지 않았음에도 불구하고, 그것을 교주가 꽤 자세히 알고 있다는 것에 서문길은 내심 놀라움을 금치 못했다.
"그것을 도대체 어디서 들으셨습니까?"
하지만 교주는 그런 것을 말해 줄 생각이 없는 모양이었다.
"뭐 어디서 들었는지는 상관없지 않은가? 쓸모도 없는 것을 괜스럽게 따지고 들어봐야 양쪽이 서로 피곤하기만 한 것을. 그러니 그건 그냥 넘어가고, 사실인지 아닌지만 말해 주게."
"방금 하신 말씀이 맞을 수도 있겠지요."
"그렇기에 본좌가 한 팔 힘을 보태고자 하네."
'힘을 보태준다고?'
하지만 서문길은 상대의 말을 곧이곧대로 믿을 수가 없었다. 그럴 수밖에 없는 것이 상대는 오랜 세월 무림에서 최강의 위치를 유지한 절대적인 고수였다. 수많은 음모와 귀계가 판치는 무림에서 그런 위치를 유지하고 있다는 것은 단순히 힘만 강해가지고서는 절대로 할 수 없는 일임을 서문길은 너무나도 잘 알고 있었다.

그렇기에 서문길은 슬쩍 상대의 속을 떠봤다.

"힘을 보태신다 하심은?"

"흑풍대에게 일러 팽모를 도와주라고 일렀네. 그리고 형님도…, 아니 만통음제 대협도 도와주기로 했어. 그런 만큼 굳이 모험을 하면서까지 양동작전을 할 이유가 없어졌다는 말일세."

서문길은 교주를 빤히 바라봤다.

'도대체 어디까지가 사실인지 당최 알 수가 있어야지.'

그걸 교주도 눈치 챘는지 곧바로 허심탄회하게 말을 이었다.

"본좌가 하는 말은 모두 사실일세. 자네가 사람을 보내 알아보면 곧바로 알 수 있는 일을 본좌가 왜 거짓말을 하겠나? 여기 오기 직전에 명령을 내려놨으니 1시진도 안되어 모두들 출발할거야. 그리고 자네와 얘기가 끝난 후에는 황룡무제한테도 찾아가서 한 팔 거들라고 청할 생각일세. 자네는 젊어서 잘 모르겠지만, 장인걸 같은 자를 상대하는 데는 괜히 이런저런 꼼수를 쓰는 것 보다는 압도적인 힘의 우위로 한방에 끝내버리는 것이 훨씬 좋거든."

그러면서 은근슬쩍 자신의 노회함을 과시하고 있었다. 하지만 서문길도 그 나름대로 일문을 이끌 체계적인 교육을 아버지로부터 받은 사람이었다. 그리 호락호락한 인물이 아니라는 말이다.

"무슨 말씀이신지는 잘 알겠습니다. 하지만 그렇게 되면 이곳이 텅텅 비지 않겠습니까? 만약 이것을 이용하여 저들이 역으로 양양성으로 치고 들어온다면 그 일을 어찌 처리하시겠습니까?"

"지금은 대군을 움직이기에 적기가 아니야."

"물론 그렇습니다. 하지만 만일이라는 것도 있지 않습니까?"

"물론이지. 내 그것도 생각해 봤네. 저들이 겨울임에도 불구하고 대군을 움직여 온다면 이곳에 남아 있는 고수들만으로도 충분히 며칠 정도는 버텨낼 수 있지 않겠나?"

"하지만 장인걸이 직접 온다면……."

"여기에는 본좌도 있을 거고, 패력검제와 수라도제도 남아 있을 텐데 그게 무슨 걱정이겠는가?"

아버지 이야기가 나오자 서문길의 흥미는 급격히 떨어졌다. 아버지를 그렇게 만들어 놓은 사람하고 얘기하기가 심히 껄끄러워졌던 것이다. 그렇기에 서문길은 손을 내저으며 말했다.

"뭐, 그 얘기는 됐습니다. 교주님께서 혼원패권을 돕겠다고 하시는 점은 감사드립니다. 하실 얘기는 그것뿐이십니까?"

서문길의 시큰둥한 대꾸에 교주는 답답하다는 듯 말했다.

"본좌가 하고자 하는 말은 양동작전이 필요 없어진 만큼, 그에 따른 후속조치도 취해 줬으면 좋겠다는 말일세."

반쯤 폐인이 되어 있는 아버지 생각에 서문길은 교주를 상대로 심술을 부리기 시작했다.

"작전의 책임자는 혼원패권입니다. 제가 그의 작전에 간섭할 이유가 없고, 또 그럴 권한도 없습니다."

서문길이 그렇게 나오자, 교주는 답답하다는 듯 언성을 높이기 시작했다.

"자네 정말 이러긴가? 서문세가는 양양성에 파견되어 있는 전체 무림인들의 지휘권을 쥐고 있다고 알고 있네. 그런데 천지문 따위를 뒤로 돌리는 것이 뭐가 그렇게 힘들다는 말인가?"

"저로서는 더 이상 드릴 말씀이 없습니다. 아버지라면 혹 모를까, 저에게는 양양성의 지휘권은 없으니까요. 그럼 이만……."

서문길은 더 이상 묵향과 말하고 싶지 않은 듯 자리에서 벌떡 일어섰다. 이때, 교주의 입에서 음산한 목소리가 튀어나왔다. 치솟는 분노를 한껏 억누르고 있는 모양이었다.

"정말 관을 봐야 눈물을 흘릴 참인가?"

"그건 또 무슨 말씀이십니까? 방금 전에는 전폭적으로 돕겠다고 장담하시더니, 이제는 이유 없는 협박이라니요. 뭔가 감추고 계시는 것이 있는 듯한데, 그걸 속 시원하게 말씀해 주셔야 제가 돕든지 말든지 할 것이 아니겠습니까?"

교주는 처음에는 「어쭈? 제법인데?」 하는 듯한 표정으로 서문길을 바라봤다. 하지만 곧이어 그 표정은 서서히 변하기 시작했다. 「감히 이딴 것이 내 말에 토를 달아?」라고 말하는 듯 분노에 일그러지기 시작했던 것이다. 그 매서운 표정에 찔끔한 서문길은 감히 눈을 마주보지도 못했다.

교주는 살기어린 어조로 외쳤다.

"더 이상 해 줄 말은 없다. 그 망할 놈의 금나라 오랑캐 새끼들보다 먼저 네놈이 저세상에 가고 싶지 않다면 알아서 해라."

교주는 자신이 할 말은 다했다는 듯, 더 이상 아무런 말도하지 않고 돌아가 버렸다.

"참내, 이건 아버지보다 더 지랄 같은 사람이로구먼."

서문길은 잠시 생각에 잠겼다. 과연 어떤 일이 교주같은 냉철한 인물의 역린(逆鱗)을 건드린 것일까?

서문길은 대장로를 불러들여 방금 전에 있었던 일을 상의했다. 일단 서문길로부터 방금 전에 있었던 모든 일을 다 듣고 난 대장로는 한동안 깊은 생각에 잠기더니, 뭔가 떠올랐다는 듯 입을 열었다.

"노신의 생각으로는 아무래도 열쇠는 천지문이 쥐고 있는 듯 하군요."

"천지문이라구요?"

"예. 그게 아니라면 갑자기 교주가 여기에 발 벗고 나설 이유가 없지 않겠습니까? 교주는 무슨 이유에선지 모르지만 천지문을 각별하게 생각하고 있는 것이 분명합니다. 그게 천지문인지, 아니면 그 문도들 중의 일부만인지는 알 수가 없지만 말입니다."

"그러고 보니, 제가 여기 와서 이상한 소문을 들었던 것이 기억나는군요. 천지문의 진팔이라는 청년과 교주가 매일 같이 비무를 해 줬다는 것 말입니다."

"예. 그런 일이 있었습니다."

"아마도 그 청년을?"

"노신은 그리 생각했습니다만……."

"그렇다면 제가 어찌하는 것이 좋겠습니까?"

"아주 간단한 일입니다. 양쪽의 권위를 다 세워주면 되는 것이겠지요."

"어떻게 말입니까?"

"혼원패권에게 서신을 보내어 마교에서 제안한 작전은 이러이러하고, 또 그쪽에서 막대한 전력을 투입하여 동참하기로 했으니 이해해 달라고 양해를 구하는 것이 먼저겠지요. 그런 다음 혼원패권에게 천지문에 퇴각 명령을 내리는 것이 어떻겠느냐고 건의하는 겁니다. 혼원패권도 그리 멍청한 인물은 아닌 만큼, 즉각 천지문에 퇴각 명령을 내릴 겁니다."
 대장로의 말은 제법 타당성이 있었다. 아무리 혼원패권이 복수에 눈이 멀었다고 해도, 거대문파인 서문세가 가주의 청(請)-이 경우에는 요청을 빙자한 명령이나 다름없다-을 무시할 수 없을 것이다.
 "알겠습니다. 빨리 서신을 작성하여 혼원패권에게 보내겠습니다."

조호이산지계(調虎離山之計)

 만통음제는 엄청난 속도로 경공술을 전개했다. 흑풍대의 무사들이라면 회하를 건너는데 송의 전선(戰船)에라도 의지해야 도강을 할 수 있겠지만, 만통음제 같은 고수에게 그런 것은 전혀 불필요한 행위였다.
 회하가 코앞에 다가왔는데도 불구하고 만통음제는 전혀 속도를 줄이지 않았다. 곧이어, 놀라운 일이 벌어졌다. 만통음제의 몸이 육지에서 달려가던 그 모습 그대로 강 위를 미끄러지듯 달려가고 있었던 것이다. 정말이지 놀라운 등평도수의 경공술이었다.
 물론, 경공술을 통해 매우 민첩하게 발을 움직이고, 또 일정 수준의 경신법(輕身法)을 사용하여 몸무게를 가볍게 만들 수만 있다면 물 위를 달려가는 것은 그리 어려운 일이 아니다. 일부 경공술에 뛰어난 고수들의 경우 10장(약 30m) 정도의 폭이 좁은 개천쯤은 그냥 통과할 정도니 말이다.

물론 그건 폭이 좁을 때의 얘기다. 아무리 실력 있는 고수라도 수십 장이 넘는 폭넓은 강을 달려서 건넌다는 것은 생각처럼 쉬운 일이 아닌 것이다. 그런데도 불구하고 만통음제는 자신이 화경의 고수라는 것을 증명이라도 하듯 그 넓은 회하를 단숨에 달려서 건너 버렸다. 만약 그것을 다른 사람들이 봤다면 기절초풍했을 일대 사건이었지만 강 위를 달려가는 만통음제의 표정은 무표정하기 그지없었다.

만통음제는 회하를 건넌 후, 곧장 눈에 띄는 나무 꼭대기로 몸을 날렸다. 그는 나무 꼭대기에서 중심을 잡고 서서 주위를 두리번거리며 중얼거렸다.

"허어, 참. 이 근처라고 들었는데……. 도대체 어디에 있는 거지?"

듣고 온 정보가 그다지 많지 않다 보니 팽선 일행을 찾는 것이 결코 쉬운 일은 아니었다. 이때, 저 먼 곳에 짙은 야행복을 입은 괴한이 은밀하게 이동하는 모습이 그의 눈에 포착되었다. 머리까지 두건으로 가리고 있는 것으로 보아 결코 팽선 일행은 아닌 것이 확실했다. 수천 명이나 된다는 팽선 일행이 저렇게 얼굴을 가리고 다닐 이유가 없을 테니까.

"흐흐흐, 하늘이 나를 돕는구나. 먹잇감이 제발로 나타날 줄이야……. 저놈에게 물어보면 되겠군."

말을 마치기도 전에 만통음제의 신형은 매가 병아리를 낚아채기 위해 하강하듯, 녹의괴한을 향해 돌진해 들어갔다.

칠흑 같은 어둠 속에서 수박덩어리처럼 둥그런 것이 둥둥 떠서 흘러가고 있다. 그것은 바로 사람의 머리통이었다. 진팔이 적의 동태를 살피기 위해 한겨울에 강을 건너가고 있는 것이다. 요 근래 적진을 정찰하기 위해 밤마다 헤엄쳐서 건너다니느라 죽을 지경이었지만, 그것도 오늘로 끝이었다. 오늘이 바로 행동을 개시하는 날이었으니까.

강기슭에 도착한 상태에서도 진팔은 몸을 일으키지 않고 주위를 세심하게 살폈다.

'역시 저기 오는군.'

모든 것이 예상대로였다.

매일 밤, 이곳을 들락거린 결과 경비병들이 언제 순찰을 도는지는 이미 파악을 끝낸 상태였다. 놈들은 반시진 단위로 순찰을 도니까 저들이 한 바퀴 돌고나면 그다음 경비병들이 올 때까지 반시진의 여유가 있는 셈이다. 경비병들이 다가오자 진팔의 머리통은 슬그머니 물속으로 자취를 감췄다.

경비병의 수는 4명이었는데, 앞에 선 하나만이 밝은 횃불을 들고 있었다. 날씨가 제법 쌀쌀해서 그런지 그들의 걸음은 매우 빨랐다. 대충 형식적으로 훑어 본 다음 조금이라도 빨리 따뜻한 불가로 돌아가고 싶은 모양이었다.

경비병들이 멀어진 후, 물속에서 천천히 진팔의 머리가 떠올랐다. 진팔은 물속에서 눈만 내놓고 주위를 두리번거린 다음 그들이 완전히 갔다고 판단된 다음에야 물 밖으로 나왔다.

찬바람이 불어오자 온몸에 지독한 냉기가 돌기 시작한다. 오히려 방금 전 살얼음이 맺혀있던 강물속이 더 따뜻했던 것 같을 정도다. 공력을 일주천시켜 냉기를 막아보려 했지만, 쉬운 일은 아니었다. 진팔은 손바닥을 세차게 비벼 조금이라도 온기를 되살리려고 노력했다. 우선 손의 감각이라도 살아나야 무공을 펼치는데 수월할 테니 말이다.

'이런 떠그랄. 오늘은 날씨가 지랄 같아서 그런지 더 추운……. 아니군. 초승달까지 완전히 가릴 정도로 구름이 잔뜩 끼었으니, 오히려 하늘이 돕고 있다고 해야 하나? 어쨌건 날씨는 좋은 것 같군.'

너무 추워서 그런지 갑자기 재채기가 나오려고 한다. 진팔은 사력을 다해 참아봤지만 이건 도저히 참을 수 있는 성질의 것이 아니다. 그렇기에 그는 재빨리 입을 틀어막아 소리가 밖으로 새나가지 못하게 막았다.

"크윽."

진팔은 흘러내리는 콧물을 물이 뚝뚝 떨어지고 있는 소매로 훔치며 재빨리 주위를 둘러봤다. 다행히 아무런 이상도 발견할 수 없었다. 한동안 주위를 살펴보던 진팔은 행동으로 들어갔다. 작은 돌맹이를 들어 강의 중심을 향해 힘껏 던진 것이다. 저쪽에서 배를 타고 대기하고 있을 사저에게 신호를 보내기 위해서였다. 파공성이 흘러나올 정도로 내력을 집어넣은 것도 아니었건만, 돌맹이는 곧바로 어둠 속으로 자취를 감춰버렸다.

진팔은 곧바로 돌맹이를 하나 더 집어 들었다.

'하나 더 던질까? 아니야. 조금만 더 기다려보자. 괜히 소리를 낼 이유는 없으니까.'

진팔이 돌맹이를 하나 더 던질까 말까 궁리하며 초조하게 기다리고 있을 때, 살그머니 물길을 가르는 소리가 찰그랑찰그랑 들려오기 시작했다. 진팔은 돌맹이를 내려놓고 다시 한 번 주위를 주의 깊게 둘러보기 시작했다.

진팔은 아직까지 천지문의 행동이 적의 눈에 띄지 않았다고 자신하고 있었지만, 그건 순전히 그의 착각이었다. 천지문의 행동은 오래 전부터 장인걸 일당의 손아귀 속에 있었다. 밤마다 조선소를 살피러 오는 진팔의 행동을 장인걸은 마치 재미있는 놀이라도 되는 듯 즐겁게 관찰하고 있었던 것이다.

진팔이 돌멩이를 던지는 것을 보고 장인걸의 입꼬리는 음흉스럽게 말려 올라갔다. 오랜 기다림이 끝나고 드디어 결실의 때가 다가오고 있는 것이다. 그래서 그런지 그의 목소리는 한껏 기대감에 부풀어 있었다.

"크흐흣, 드디어 두더지들이 움직이는 것인가?"

장인걸은 옆에 서 있는 무사들에게로 슬쩍 시선을 돌렸다. 무사들은 모두 장인걸과 똑같은 시커먼 야행복을 입고 있었는데, 냉막한 표정뿐 아니라 4척이나 되는 장검(長劍)을 등에 메고 있다는 점까지 똑같았다. 그들의 몸에서는 무시하기 힘든 괴이한 기운이 감돌고 있었는데, 그 때문에 이들은 진팔의 민감하기 그지없는 이목을 완전히 속일 수 있을 만큼 멀찍이 떨어진 이 산꼭대기에 모여 있었던 것이다.

장인걸은 자신의 뒤에 늘어서 있는 4명의 무사들 중 한 명에게 질문을 던졌다.

"왕걸(王傑) 대장. 자네 생각은 어떤가? 편복대주의 말대로 화경급 고수가 나타날까?"

제6대장 왕걸이 여기 모여 있는 4명의 대장들 중에서 가장 선임이었기에 그의 의견을 물은 것이다. 하지만 왕걸은 전혀 감정이 섞이지 않은 딱딱한 어조로 대답했다.

"속하의 짐작이 무슨 필요가 있겠사옵니까?"

장인걸은 싱긋 미소지으며 말했다.

"자네 말이 옳군. 한낱 짐작 따위가 무슨 필요가 있겠는가? 조금만 기다려 보면 알 수 있는 것을."

장인걸은 슬쩍 시선을 돌려 편복대주에게 질문을 던졌다.

"혹시 그쪽에는 쓸 만한 놈이 있다고 하던가?"

장인걸이 말하는 「그쪽」은 팽선 쪽으로 가 있는 제7대를 말하는 것이었다. 편복대주는 고개를 조아리며 대답했다.

"그쪽에서는 아직까지도 화경급 고수가 모습을 드러내지 않고 있다고 하옵니다."

"흐음, 역시 나타난다면 이곳인가?"

장인걸은 좀 더 안력(眼力)을 돋워 칠흑과도 같이 어두운 강물 위를 쏘아봤다. 과연, 수십 척에 달하는 배들이 살금살금 접근해 오는 것이 보였다.

"기대가 되는 도다. 과연 몇 놈이나 올 것인지……. 기왕이면 수라도제가 왔으면 좋겠군. 크흐흐흣."

편복대주는 팽선이 이끄는 세력의 상륙 정보를 듣자마자 곧바로 이것이 놈들의 계책임을 직감했다. 하지만 잘하면 대어를 낚을 듯한 예감이 들었기에 그는 지체치 않고 장인걸에게 달려갔다.

"교주님, 이번에 대어(大魚)를 낚을 수 있을 듯하옵니다."

대어라는 말에 장인걸의 눈이 음산하게 빛났다.

"대어라고? 그래, 무슨 일인데 그런 말을 하는 것이냐?"

"무림맹에서 파견한 것으로 보이는 상당한 규모의 세력이 홍택호의 상류 쪽에 상륙했다는 정보를 보내왔사옵니다. 회하 강변을 둘러 보고 있던 순찰병들이 그들을 발견했다 하옵니다."
　심각한 표정으로 잠시 생각에 잠겨있던 장인걸은 편복대주에게 질문을 던졌다. 아무래도 놈들이 노리는 것이 뭔지 알 수가 없었던 것이다.
　"놈들이 노리는 것이 무엇이지?"
　편복대주는 품속에서 널찍한 지도를 꺼내어 장인걸이 잘 볼 수 있도록 펼쳤다. 그런 다음 그는 상륙 지점에서 적이 움직일 만한 위치를 손가락으로 가리키며 설명했다.
　"저들의 행동에 관해 구체적인 보고가 아직 올라오지 않았기에 명확히 단정할 수는 없사옵니다. 하지만 군사적인 관점에서 유추해 본다면, 현재 저들이 상륙한 곳에서 움직일 만한 곳은 서주(徐州)외에는 달리 없을 것이옵니다."
　서주는 화북평원의 운송의 중심이자 중요한 상업도시였기에 그곳이 약탈당하거나 파괴당한다면 금 제국은 엄청난 피해를 입게 될 것이다. 하지만 그런 말을 듣고도 장인걸은 이해가 안 된다는 듯 고개를 갸웃하며 중얼거렸다.
　"흐음, 서주라고? 놈들이 그리로 움직여서 뭘 하겠다는 것일꼬?"
　만약 장인걸이 진짜 군부의 장수라면 서주를 구하겠다고 날뛰었을 것이다. 하지만 장인걸은 원래가 뼛속까지 무림인이었다. 지금은 일이 워낙 꼬이다 보니 팔자에도 없는 대원수 노릇을 하고 있었지만, 군인들의 움직임보다는 무림인의 행동양식을 더 잘 알고 있었다. 그렇기에 그는 확신하고 있었다. 사파라면 혹 모르지만, 정파놈들은 결코 양민들을 학살하는 만행을 저지를 리가 없다는 점을 말이다.

"그렇기에 속하가 군사적인 관점이라고 말씀드린 것이옵니다. 만약 상륙한 대상이 송군이었다면 서주로 직행할 것이 분명하옵니다. 하지만 수하들의 보고대로 이들이 송군이 아니라 무림인들이라면 서주를 공격할 이유가 없습지요."

편복대주의 말에 장인걸은 고개를 갸웃하며 중얼거렸다.

"본좌도 이유를 모르겠구먼. 왜 저들이 저토록 드러나게 행동하는 것인지 말이야. 아무리 허접한 놈들이라도 순찰병 따위에게 발각될 정도라면, 그게 무공을 배운 놈들이라고 할 수 있겠는가? 혹시 송군 놈들이 변복(變服)을 하고 진군하는 것은 아닐까?"

"속하도 처음에는 그렇게 생각하고 즉시 편복대 제14대를 그곳으로 급파했사옵니다. 그런데 가만히 생각해 보니, 한 가지 떠오르는 것이 있었사옵니다. 그 때문에 수하들의 보고도 받지 않고 교주님께 달려온 것이옵니다."

"그래 그것이 뭔가?"

"속하의 짐작으로는 이곳이 들통난 것이 아닐까 사료되옵니다만……."

편복대주가 가리킨 곳을 본 장인걸의 눈썹이 꿈틀거렸다. 회하를 건널 군선들을 건조하고 있는 조선소가 있는 곳. 그곳이 자신에게 얼마나 중요한 곳인지 너무나도 잘 알고 있는 장인걸은 노성을 터뜨렸다.

"본좌가 그토록 비밀을 유지하는데 만전을 기하라고 재삼 명했건만, 일을 어찌 처리했단 말이냐?"

편복대주는 황급히 머리를 조아리며 말했다.

"노화를 거두시옵소서, 교주님. 오히려 이것이 하나의 기회가 될 수도 있음이옵니다."

「기회」라는 말에 장인걸의 얼굴에 슬쩍 흥미가 떠올랐다.

"기회라니? 무엇이 말이냐?"

"저자들이 치려는 것이 조선소가 맞다면, 그곳에 상륙한 것도 무림인이 확실할 것이옵니다. 송군 떨거지라면 몇만 명이 상륙한다 해도 감히 조선소를 넘볼 수는 없을 것이기 때문이옵니다. 그런데 그들이 무림인이고, 또 조선소를 넘본다고 가정한다면 한 가지 문제점이 있사옵니다."

"뭔가?"

"바로 거리이옵니다. 만약 저들이 직접 이곳을 칠 생각이 있었다면, 이렇게 먼 곳에 상륙하지는 않았을 것이옵니다. 목표 지점까지의 거리가 400리에 달하지 않사옵니까? 그자들의 전력이 아무리 뛰어나다고 해도, 단숨에 치고 들어올 만한 거리는 절대로 아니옵니다."

장인걸은 수염을 쓰다듬으며 중얼거렸다.

"흐음, 그러니까 자네의 말은 어딘가 계략이 숨어있다는 말이로구면."

편복대주는 깊숙이 고개를 숙인 후 대답했다.

"예. 속하가 판단하기로는 그것들이 감히 교주님을 상대로 어설픈 성동격서의 계책을 쓰고 있다고 사료되옵니다."

장인걸은 가소롭다는 표정으로 편복대주가 펼쳐들고 있는 지도를 살펴본 후 입을 열었다.

"그래? 자네가 그렇게 생각했다면 대응책도 마련했겠지?"

"예. 전갈을 받자마자 조선소 부근을 은밀히 수색하라고 수하들에게 일러두기는 했사오나, 보고를 기다릴 것도 없이 그 일대에 소수의 정예가 치고 들어올 준비를 하고 있을 것이 틀림없사옵니다. 속하는 아마도 그 기습조를 지휘하는 자가 최소한 화경급은 될 것이라고 생각했사옵니다. 그 정도는 되어야만 조선소를 확실하게 파괴할 수 있을 테니 말이옵니다."

편복대주가 아뢰는 계책을 듣고 있는 장인걸의 안색에는 음흉스런 미소가 짙어지고 있었다.

"본좌의 생각도 그대와 같도다. 화경급의 고수라……. 크흐흣. 안 그래도 놈들에게 뛰어난 고수가 많다는 것이 마음에 걸렸었는데, 잘 되었구나. 이 기회에 몇 놈 없애 버릴 수만 있다면 얼마나 좋겠느냐."

장인걸이 이번 작전에 투입한 천마혈검대의 고수는 5개 대, 총인원 40명씩이나 된다. 대주를 포함한 천마혈검대의 전체 인원이 81명인 것을 생각하면 엄청난 전력을 이곳에 집결시켜 놓은 셈이었다. 그들 중 이천진(李仟振) 대장이 이끄는 제7대, 8명은 팽선 장로가 지휘하는 연합세력이 침입해 온 곳에 가 있었고, 나머지 4개 대는 이곳에서 장인걸과 함께 대기하고 있는 중이었다.

이윽고 놈들의 배들이 강가에 접안했고, 수백의 인원들이 앞 다투어 병장기를 들고 뛰어내리는 모습이 보였다. 이제 곧 있으면 화경급 고수를 잡을 수 있을지도 모른다는 기대감에 장인걸의 심장은 박동수가 조금 빨라졌다.

두근두근.

"놈들의 퇴로를 막아라."

조선소 양옆에는 각기 100명씩의 병사들이 작은 배 10척에 나눠 타고는 만반의 준비를 갖춘 채 출동 명령을 기다리고 있었다. 장인걸의 말은 이들을 출동시켜 퇴로를 막으라는 명령이었던 것이었다. 물론 출동 명령은 불빛이나 소리 같은 것을 신호로 하는 것이 아니었다. 적이 모르게 은밀히 움직여 퇴로를 차단해야 하는 만큼, 그렇게 뻔히 보이는 신호를 줄 수는 없었기에, 전령이 직접 그들에게 달려가야만 했다. 편복대주가 슬쩍 눈짓으로 신호를 보내자, 두 명의 편복대원들이 각자 맡은 임무대로 매복조를 향해 달려갔다.

장인걸은 명령을 내린 후, 계속적으로 적들을 살펴봤다. 화경급 고수라 해도 모든 기척을 숨길 수 있다는 반박귀진(返縛歸眞)의 경지에 들어간 것은 아니기에, 잘 살펴보면 상대가 어느 정도로 뛰어난 고수인지 알아볼 수 있었다. 하지만 워낙 거리가 멀었기에 극마의 고수인 그라고 해도 상대의 실력을 한눈에 꿰뚫는 것은 불가능에 가까웠다. 그렇기에 일단 공격이 시작된 후, 적들이 반항을 시작해야 화경급 고수가 이 안에 섞여 있는지, 그렇지 않은지를 알 수 있게 되는 것이다.

어두운 강위로 20척의 작은 배들이 날쌔게 움직이는 모습이 장인걸의 시야에 들어왔다. 그러자 그는 즉시 공격 명령을 내렸다. 이제 퇴로가 차단된 이상 놈들은 옴치고 뛸 수 없으니 지닌 실력을 다 발휘하여 이곳을 탈출하려 할 것이 분명했다.

"지금이다! 하루아 장군에게 공격 신호를 보내라."

"옛, 교주님."

장인걸의 뒤편에 서 있던 제6대장 왕걸이 날카로운 장소성(長嘯聲)을 날렸다.

휘이이익!

그가 분 휘파람에는 강력한 내공이 실려 있어 멀리멀리 퍼져나갔다. 잠시 후, 저 산 아래쪽에서 「우와아아아!」하는 괴성이 아련히 들려오며 800명에 달하는 고수들이 적들을 향해 돌진해 들어가는 모습이 보였다. 방금 전 장인걸이 보낸 신호를 들은 하루아 장군이 적들을 공격하는 것이다.

그리고 그에 맞춰 강 위에 떠 있는 배들이 일제히 횃불을 밝혀 자신들의 존재를 드러냈다. 물론 이것은 적에게 자신들이 있음을 알리려는 의도도 있었지만, 이렇게 어두워서는 적들을 향해 화살 한 발 날리기 힘들기에 주위를 밝히기 위해 횃불을 각 배당 대여섯 개씩이나 밝혀 놓은 것이다. 일단 상대의 모습이 조금이나마 드러나자 그들은 각자 활을 꺼내들고 침입자들을 향해 화살을 날리기 시작했다.

조선소에 침입한 적들은 강쪽으로의 퇴로가 갑자기 막히고, 또 무지막지한 화살 세례가 퍼부어지자 혼란에 빠져 우왕좌왕 허둥대고 있었다. 그리고 이때, 하루아 장군이 지휘하는 800명의 고수들이 그들을 덮쳤다.

아래쪽에서 벌어지는 치열한 전투를 기대어린 눈빛으로 꼼꼼하게 살펴보던 장인걸은 곧이어 허탈한 음성으로 외쳤다.

"이럴 수가……. 그토록 만반의 준비를 하고 기다렸건만, 쓸 만한 놈은 하나도 안 왔다는 말인가?"

그 말에 편복대주는 급히 저 아래쪽으로 시선을 돌렸다. 하지만 아래쪽은 너무나도 컴컴하여 아무것도 보이지 않았다. '과연 교주의 말이 맞을까?' 하는 의구심이 잠시 들었지만, 이내 편복대주는 고개를 가로저었다. 교주는 극마의 고수. 교주가 없다고 하면 없는 것일 것이다.

편복대주는 급히 부복(俯伏)하고는 머리를 땅바닥에 처박으며 사죄했다.

"속하가 대세를 잘못 읽어 지고하신 교주님께서 헛걸음하시게 한 점 사죄드리옵니다. 속하를 벌하여 주시옵소서."

편복대주의 우려와 달리 장인걸은 그리 속 좁은 인물이 아니었다. 장인걸은 호쾌하게 웃으며 말했다.

"하하핫! 작은 부분이 틀렸다고 해서 징죄를 한다면 누가 본죄를 믿고 큰일을 도모하겠는가? 어찌되었건 자네의 말이 거의 대부분 맞았지 않은가? 그러니 일어서게."

"속하의 큰 허물을 이렇듯 너그러이 용서해 주시니 너무나도 감사하옵니다, 교주님."

장인걸은 떨떠름한 어조로 말했다. 기대가 컸던 만큼, 실망도 컸던 것이다.

"뭐, 어쩔 수 없지. 그래, 이 대주 쪽은 어떻다고 하던가?"

팽선을 상대하고 있는 제7대의 경우에도 아직까지 그 모습을 드러내지는 않고, 조금씩 미끼를 투입해 가면서 상대편의 전력을 탐색하고 있는 중이었다. 만약 그들 중에 화경급이 한 명이라도 있다면 제7대 혼자서는 상대하기가 힘들기에, 즉시 전령을 보내오기로 되어있었다.

"아직 연락이 없는 것으로 보아, 아뢰옵기 송구하오나 그쪽도 없는 모양이옵니다."

장인걸은 아쉬운 듯 입맛을 쩍쩍 다시며 말했다.

"어쩔 수 없지. 호랑이는 빠졌더라도 이 정도에서 만족하는 수밖에. 이천진 대장과 워더리 장군에게 전령을 보내어 더 이상 시간 끌 필요 없이 끝장내 버리라고 전하게. 이쯤에서 작전을 종료하는 것이 좋을 것 같구먼."

워더리 장군은 장인걸의 정예무사 1천과 그 주위에서 끌어 모은 5만에 달하는 병력을 거느린 채, 공격 명령을 애타게 기다리고 있는 중이었다. 워더리 장군이 거느린 병력으로 적들의 퇴로를 차단하고, 이천진 대장이 지휘하는 제7대가 정면에서 공격한다면 그쪽으로 진입해 들어온 무리들도 이곳에 들어온 놈들처럼 전멸을 면키 힘들 것이다.

"알겠사옵니다, 교주님."

"크흐흐흣, 가소로운 것들. 본좌를 향해 잔머리를 굴리다니……. 단 한 놈도 살아서 돌아갈 수 없음이야."

이렇게 되어 지금까지 조심에 조심을 거듭하며 편복대주가 수립한 조호이산지계(調虎離山之計)가 막 결실을 거둬들이려고 하고 있었던 것이다. 하지만 처음부터 노리고 있었던 호랑이가 그물에 걸려들지 않았으니, 말은 그렇게 했지만 장인걸로서도 내심 아쉬울 수밖에 없었을 것이다.

이때, 장인걸의 눈이 이채롭게 빛났다. 저 멀리 강 건너편 하늘 위에서 붉은 불꽃이 번쩍이는 것을 봤던 것이다. 곧이어 그것에 답하듯 그보다 훨씬 더 먼 곳에서 역시 작은 불꽃이 빛났다.

장인걸의 입꼬리가 슬쩍 위로 올라갔다. 꺼져가던 희망이 다시금 불붙기 시작한 것이다.

"호오, 뭔가 또 다른 준비가 있는 모양이군."

장인걸은 다시금 시선을 저 아래쪽의 난장판으로 돌리며 말을 이었다.

"크흐흣, 뭔지는 모르겠지만 기대가 되는군. 화경급이라도 뛰어오려나?"

장인걸이 음흉스런 웃음을 토해 내고 있을 때, 갑자기 어둠을 뚫고 녹색 야행복을 입은 사내가 달려왔다. 편복대 소속의 전령이었다. 그는 장인걸을 발견하자마자 땅바닥에 납죽 엎드리며 외쳤다.

"교주님, 이천진 대장님의 전갈이옵니다. 화경급 고수 한 명이 나타났사온데, 그 처리를 어찌해야 하올지 하명해 주시옵소서."

장인걸의 두 눈에서 불이 뿜어져 나왔다. 포기했던 꿈이 다시 열리려 하고 있는 것이다. 그렇기에 장인걸은 기대에 찬 목소리로 물었다.

"뭣이? 그래, 그놈이 누구라고 하더냐?"

"그것까지는 미처 파악하지 못했사옵니다. 턱수염을 아주 길게 기르고 있는 자이온데, 처음에는 권법을 사용하더니, 잠시 후 떨어져 있던 검을 집어 들고 사용했사옵니다."

"권법과 검을 사용했다?"

장인걸은 아쉬운 듯 입맛을 다시며 중얼거렸다.

"수라도제 그 늙은 것은 아닌 모양이군. 어찌되었건 가자. 무슨 일이 있더라도 그놈만은 필히 죽여야 한다."

막 출발하려던 장인걸이 멈칫 하더니 뒤돌아서서 제8대장, 조대삼(趙大三)을 호명했다.

"조대삼 대장."

"옛. 교주님."

"이곳에도 혹시 화경급 고수가 출몰할지도 모르니, 자네가 여기에 남아 있다가 그런 놈이 출현하면 본좌에게 속히 연락을 보내라. 그런 다음 놈을 본좌가 있는 곳으로 유인해라. 그 뒤는 본좌가 처리하겠노라."

"존명."

장인걸은 전력을 다해 경공술을 전개하여 어둠 속으로 사라져 버렸다. 그 속도가 너무나도 빨랐기에 편복대주는 혀를 내두르지 않을 수 없었다. 장인걸이 전력을 다해 경공을 전개하는 것은 그도 처음 봤던 것이다.

곧이어 제6대장 왕걸이 길게 휘파람을 불더니 장인걸의 뒤를 따라 달려갔고, 다른 대장들도 그 뒤를 이었다. 그리고 거의 동시에 저 밑에서 따로 대기하고 있던 천마혈검대원들이 대장들의 뒤를 따라 무시무시한 속도로 달려가 버렸다. 그것을 보고 있던 편복대주는 끓어오르는 자부심에 가슴이 터질 것만 같았다.

교주의 무공은 극마급이라고 들었으니 엄청나게 대단할 것을 처음부터 짐작하고 있었다. 하지만, 천마혈검대원들이 전력을 다해 경공을 펼치는 것은 지금 처음 봤던 것이다. 주위의 사람을 압도하는 엄청난 마기(魔氣)를 뿜어내기에 어느 정도 강할 줄은 예상하고 있었지만, 설마 그들 개개인의 실력이 저 정도일 줄이야. 그들이 달려가는 속도는 결코 교주에게 뒤지지 않을 만큼 빨랐다. 그런 자들이 81명씩이나 교주 휘하에 모여 있는 것이다.

'천마혈검대의 모든 고수들이 다 저 정도의 실력자들이라면, 교주님께서 중원을 취하고자 하시는 것도 결코 꿈은 아니야. 아아, 가슴이 끓어오르는구나. 나는 정말 주인을 잘 만났어.'

옆에 조대삼 대장이 없다면 광소라도 터뜨렸겠지만, 그는 감히 그 앞에서 그런 무례한 짓을 할 수가 없었다. 천마혈검대의 고수들이 뿜어내는 마기는 너무나도 강렬하여 편복대주라 할지라도 마음속 깊은 곳에서 그들을 향한 공포감은 지니고 있었기 때문이다.

편복대주는 조대삼 대장을 향해 말을 걸었다.
"조대삼 대장님."
"왜 그러시오?"
"저는 이곳의 일이 다 끝났기에 수하들과 함께 그만 돌아가겠습니다."
"그렇게 하구려. 지금껏 수고가 많았소."
"예. 수하 몇을 남겨두고 가겠으니 전령으로 이용하십시오. 그럼 저는 가 보겠습니다."
편복대주는 조대삼 대장에게 깊숙이 절을 한 후, 수하들에게 손짓을 하며 돌아갔다.

만통음제는 소연을 찾아 달려가던 중 의문의 고수들을 발견했다. 모두들 뛰어난 실력을 지닌 고수들이었는데, 몸에서 뿜어 나오는 짙은 마기만 봐도 마공을 연성했음을 단번에 알 수 있었다. 묵향이 이 일대에 투입한 마교단체는 흑풍대 뿐이었고, 그들은 저렇게 강렬한 마기를 뿜지 않는다. 그렇다면 저들은 흑살마왕의 수하들임에 분명했다.
관지에게 듣기로는 팽선은 무려 3천에 달하는 고수들을 거느리고 금군을 압박하기 위해 진격 중이라고 했다. 그리고 동생은 소연의 목숨이 위험하다는 말도 했다. 또, 관지는 자신에게 혼자 가는 것은 위험할 수도 있으니 함께 움직이시는 것이 어떠냐는 제안까지 했었다. 그렇다면 동생은, 아니 마교에서는 장인걸이 팽선의 세력을 격파하기 위해 방대한 전력을 투입했다는 정보를 어디선가 입수했음이 틀림없었다.

그리고 그 증거가 만통음제의 눈앞에 나타난 것이다. 8명이나 되는 절정고수가 수하들도 대동하지 않고 움직이고 있었다. 이들의 무공이 아무리 강하다 해도 절대 그들만으로는 3천씩이나 되는 고수를 전멸시킬 수 없다는 것을 만통음제는 경험을 통해 잘 알고 있었다.

그렇다면 이들 외에도 많은 장인걸의 수하들이 팽선을 목표로 움직이고 있을 것이 분명했다. 그렇다면 아마 이들은 팽선의 세력을 무찌르기 위한 주력세력을 도와주기 위해서 그곳으로 이동하고 있던지, 아니면 그 주력세력을 이끄는 수뇌부일 가능성이 크다고 봐야 할 것이다. 그렇다면 이렇게 좋은 기회를 놓칠 수가 없지 않은가. 만통음제는 더 이상 생각할 것도 없이 그들을 없애 버리기 위해 달려들었다.

1대 8의 싸움. 대결이 시작되자마자 상대방은 등에서 4척씩이나 되는 핏빛장검을 뽑아들었다. 그것을 본 만통음제는 이놈들이 마교에서 흑살마왕과 함께 이탈한 천마혈검대(天魔血劍隊)라는 사실을 알 수 있었다.

천마혈검대는 무림사에 일획을 그을 정도로 막강한 집단이었다. 그들 개개인의 실력도 무서운 것이었지만, 그들의 진정한 무서움은 그 엄청난 수에 있었다. 일문의 장로급에 해당하는 강자가 101명이나 되는 것이다. 그들이 한꺼번에 진을 짜서 움직이면 설혹 화경급 고수라고 해도 그들의 밥이 될 수밖에 없었다.

그렇기에 과거 만통음제의 사부는 4척이나 되는 핏빛장검 즉, 천마혈검(天魔血劍)을 사용하는 마인들을 만나면 무조건 도망칠 것을 당부했었다. 마교 최강의 단체 천마혈검대를 상대로 혼자 싸운다는 것은 그야말로 섶을 지고 불 속으로 뛰어드는 것과 같을 정도로 어리석은 행위라는 것이 그 이유였다.

　사부가 천마혈검대에 대해 그에게 말해 줄 때, 무조건 도망치라고 권한 것은 천마혈검대의 그 엄청난 숫자 때문이었다. 인간의 무공이 아무리 강하다고 해도, 그 많은 수를 혼자서는 절대로 감당할 수가 없다고 사부는 생각했던 것이다. 하지만 만통음제는 지금 사부의 뜻에 어긋나는 행동을 하고 있었다.

　만통음제가 생각하기에 천마혈검대 전체라면 응당 사부의 뜻을 좇아 도망치는 것이 옳겠지만, 그들 중 8명이라면 한번 해 볼 만한 것이다. 아니, 자신의 먹잇감으로 딱 좋은 숫자에 불과했다.

　만통음제는 그들을 빠른 시간 안에 없애 버릴 수 있겠다고 생각했었지만, 그게 결코 쉬운 일이 아님을 얼마 지나지 않아 깨달아야만 했다. 그놈들은 그로서도 처음 보는 아주 특이한 진(陣)을 짜서 대항하고 있었기에 상대하기가 조금 까다로웠던 것이다.

　1시진 정도 싸우고 나자 만통음제는 상대가 시전하고 있는 진법에 점차 익숙해지기 시작했다. 명호에 만박통지(萬博通知) 즉 만통(萬通)이라는 글자가 들어가는 그다. 진법에 대하여 해박한 지식이 있는 그에게 그 정도 시간 여유를 준다면 파훼까지는 힘들더라도 그 특성 정도는 파악하게 될 것은 분명한 사실이었다.

　이때를 기점으로 만통음제가 서서히 우위에 서기 시작했다. 허점을 파고드는 만통음제의 예리한 공격에 상대가 조금씩 손해를 보기 시작한 것이다. 그러던 어느 순간, 그들은 재빨리 도망치기 시작했다. 더 이상 상대가 불가능함을 깨달은 모양이었다.

　"흥! 그런다고 순순히 보내줄 것 같으냐?"

등을 보인 순간, 저들의 단결된 방어력은 일순간 무너졌다. 그 틈을 놓칠 만통음제가 아니었다. 순간의 틈을 이용하여 만통음제의 양손에서는 각기 다른 방향으로 두 줄기의 강기가 날아갔다. 화경의 고수가 발출한 것인 만큼 그것은 엄청난 파괴력을 내재하고 있었다. 목표물로 찍힌 둘은 재빨리 방향을 틀었지만, 뒤쫓아 오는 강기다발도 마치 눈이라도 달린 듯 순식간에 각도를 꺾으며 따라붙었다.

퍼펑!

"크윽!"

"으악!"

심장 부근을 관통당한 것이다. 볼 것도 없이 즉사였다. 두 놈이 땅바닥에 나뒹굴고 있을 때, 만통음제는 이미 공격을 가한 놈들에게는 눈길도 주지 않고 두 번째 먹이를 향해 지금까지 품속에 숨겨두고 있던 혈영비를 날렸다. 혈영비는 저녁노을처럼 붉은 광채를 뿜으며 날아갔다. 검을 사용하는 무공의 마지막 경지라는 어검술(御劍術)이었다.

날카로운 파공성을 흘리며 날아간 만통음제의 검에 다시금 세 명의 적이 땅바닥에 쓰러졌고, 그때 만통음제의 몸은 어느새 다른 적들을 따라 전력으로 달려가고 있는 중이었다. 그야말로 화경을 깨달은 자들이나 할 수 있을 법한 기민하기 그지없는 몸놀림이었다.

"이제 세 놈 남은 건가?"

이때 갑자기 만통음제는 자신을 덮쳐오는 강렬한 기운을 느꼈다.

"허억!"

'뒤로 간 놈이 있었나? 아냐! 그럴 리가, 그쪽으로 간 놈은 몽땅 다 죽였는데.'

그는 재빨리 몸을 틀어 뒤에서 가해진 기습 공격을 전력을 다해 막았다. 그의 손이 기이한 각도를 그리며 움직이며 두터운 강기의 벽을 쌓았다.

퍼펑!

공격은 하나가 아니었다. 무려 다섯 줄기나 되는 강기의 다발들. 아마도 어검술을 쓰면 파공성이 흘러나오기에 좀 더 공력 소모가 크더라도 은밀한 공격을 가할 수 있는 강기를 날린 모양이었다. 예상치도 못한 기습 공격에 만통음제는 크게 낭패를 당할 뻔 했지만, 화경의 고수답게 아무런 피해 없이 적의 공격을 막아내는데 성공했다.

이때, 만통음제의 시선에 이미 죽어서 쓰러져 있어야 할 다섯 놈이 빠른 속도로 움직이고 있는 모습이 보였다.

"한 놈도 안 죽었잖아. 이게 어찌된……"

만통음제의 뇌리를 스치는 것이 있었다.

'맞다. 귀혼강신대법(歸魂殭身大法)! 저놈들도 그걸 익혔구나. 하기야 장인걸과 함께 마교에서 떨어져 나온 것이 20여 년인데, 저놈들이 그걸 안 익혔을 리가 없지.'

수라도제와 패력검제, 황룡무제가 일차적으로 흑살마왕 패거리와 일전을 벌인 후, 그 황당함에 대하여 떠들어댄 적이 있었다. 그때는 그냥 그런 희한한 무공도 있구나 하고 생각했었는데, 막상 직접 당해 보니 이 시대 최강자들인 그들이 그토록 당황했던 것이 충분히 이해가 갔다. 심장을 바숴 버렸는데도 멀쩡하게 돌아다닐 수 있는 인간이 있다니, 정말 경악감을 감추기 힘들었던 것이다.

'저런 인간 같지도 않은 놈들과 꼭 싸워야 할까?'

하지만 이건 깊게 생각할 필요도 없이 결론은 이미 정해져 있었다.

저런 강시 같은 놈들은 기회가 있을 때 보이는 족족 없애 버리는 것이 상책이었다. 그리고 지금처럼 본대에서 떨어져 나와 있을 때가 최적의 기회라고 할 수 있었다.

"가만있자, 머리통만 박살내면 된다고 했나? 그렇다면 이건 더 이상 필요 없겠군."

만통음제는 혈영비를 다시금 품속에 집어넣은 후, 싸늘한 미소를 지으며 외쳤다.

"오늘 노부를 만난 것을 후회하게 만들어 주마."

질주(疾走)하는 고수들

 흔히 모든 성들이 그렇듯, 양양성에도 먼 지점을 살펴보기 위해 설치해 둔 망루(望樓)가 몇 개 있다. 망루는 그것을 만드는 목적상 사방이 뻥 뚫린 곳에 위치할 뿐만 아니라 높이 또한 높다. 그렇기에 겨울철 망루에 올라가는 초병(哨兵)들의 고생은 이루 말할 수가 없게 되는 것이다. 거기에다가 지금처럼 밤이 되면 그 고생은 더욱 배가된다. 살을 에는 찬바람이 곧바로 휘몰아치며 뼛속까지 얼려놓기 때문이다.
 "으으윽! 오늘은 어제보다 더 추운 것 같은데?"
 다른 초병도 조금이라도 추위를 쫓아보고자 발을 동동 구르며 맞장구를 쳤다.
 "그러게 말일세. 하지만 봄도 멀지 않았으니 조금 지나면 괜찮아지겠지."

"그런데 저 사람은 춥지도 않나? 이 한밤중에 뭐가 보인다고 저러고 있는지……."

그 말에 다른 초병의 시선도 슬쩍 한쪽으로 이동했다. 그곳에는 이 정도 추위는 추위도 아니라는 듯 부동자세로 서서 한쪽을 응시하고 있는 무사가 보였다. 망루에 올라 온지 1시진이 다 되어가는데도 불구하고 그의 자세는 처음과 변화가 없었다. 간혹가다 깜빡이고 있는 그의 눈이, 눈뜬 채로 서서 잠자고 있는 것이 아니라는 것을 대변해주고 있을 따름이었다.

"역시 황군 소속은 뭐가 달라도 다르군."

"쉿. 목소리가 크네. 여기서 같이 보초를 서고 있지만 높으신 나으리니까 언행을 조심하라고 박 군관이 당부하지 않았던가?"

"그래도 우리를 못 믿는 것도 아니고, 자기들이 직접 보초를 올려 보내다니……. 여기 와 있는 무림인들도 그러지는 않는데, 너무 심한 거 아닌가?"

"글쎄 말일세. 하지만 자기들이 본다고 뭐 달라지는 게 있겠나? 며칠 지나지 않아 그만두겠지."

초병은 곱지 않은 시선으로 상대를 힐끔 바라 본 후 낮은 목소리로 투덜거렸다.

"젠장! 저것들 때문에 졸지도 못하고 이게 무슨 짓인지 원……."

이때, 갑자기 저쪽에 부동자세로 서 있던 무사가 움직이기 시작했다. 그는 재빨리 망루 밑으로 뛰어내리더니 어딘가로 쏜살같이 달려가 버렸다. 그리고 남은 두 명의 초병들은 너무 놀라서 한동안 입을 다물지 못하고 있었다.

"허억! 여, 여기에서 밑으로 뛰어내리다니……."

그들은 저 아래쪽으로 까마득히 내려다보이는 등불을 보며 경악감을 감추지 못했다.

이미 묵향은 수하들을 통해 서문길이 팽선 장로에게 서신을 보냈다는 보고를 들은 상태였다. 서문세가가 차지하고 있는 무림에서의 위치로 봤을 때, 팽선은 결코 그 요청을 거절할 수 없을 것이다. 그런 만큼 팽선의 퇴각 명령을 받은 천지문은 며칠 내로 양양성으로 돌아올 것이 분명했다.

자신이 일을 제대로 처리해 놓았음을 스스로 흐뭇해 하며 묵향은 수하들의 보고를 듣고 있었다.

"홍택호 수군사령인 한세충 상장군이 전폭적인 지지를 약속했다고 합니다. 흑풍대의 규모가 워낙 큰지라 수군의 도움을 받는다고 해도 도강을 완료하는 데는 적어도 이틀은 걸릴 것이라고 하셨습니다."

"이틀이라……."

잠시 궁리하던 묵향은 보고를 올리고 있던 마화에게 질문을 던졌다.

"형님의 동향에 대해서 올라온 보고는 없나?"

"현재 알 수 있는 것은 그분께서는 단독 행동을 하고 계신다는 것 정도입니다. 관지 장로는 그분께서 다급히 홀로 떠나셨다고 하셨고, 또 무영문에서 보내온 보고도 그를 뒷받침하고 있습니다. 어떤 고수가 엄청난 속도로 경공술을 펼치며 질주하는 것을 포착했지만, 그가 누군지는 알 수 없다는 연락을 보내왔으니까요. 그들로서는 그분의 뒤를 추격할 엄두도 내지 못했다고 했습니다."

"당연히 그럴 수밖에 없겠지. 그런데 형님은 왜 혼자 달려간 거지?

알 수가 없구면. 그러다가 괜히 장인걸한테 걸리면 험한 꼴 당할 가능성이 큰데……. 하기야 형님 실력도 상당하니 큰일이야 있겠나?"

워낙 자신이 두서없이 설명한 탓에 만통음제가 그곳으로 급히 달려간 것은 생각지도 않고, 묵향은 그의 경솔함을 탓하고 있는 것이다. 혼자서 궁시렁거리던 묵향은 다시금 마화에게로 시선을 돌리며 질문을 던졌다.

"그건 그렇고 천지문은 언제쯤 퇴각해 올 것으로 생각하나?"

"일단 서문세가에서 명령서를 팽선에게 보낸 만큼, 그쪽에서 천지문으로 퇴각 명령을 하달하려면 시간이 좀 필요하지 않겠습니까? 조금만 기다려 보시면 결과가 나올 겁니다."

이때, 문을 벌컥 열고 제7대장 차임(車林)이 뛰어 들어왔다. 그가 소연이 있는 곳에서부터 시작해서 양양성까지 연결되어 있는 연락망을 맡고 있었다.

"교주님, 큰일났습니다!"

"무슨 일인가?"

"보, 봉화가 올랐습니다."

"봉화가?"

그 봉화가 무엇을 의미하는지 잘 모르고 있었던 묵향은 마화를 향해 물었다.

"마화! 봉화라니, 그게 무슨 말이냐?"

마화는 창백한 표정으로 대답했다.

"관지 장로께서 출진하시기 전에 천지문과 양양성 간에 구축해 놓은 연락망입니다. 봉화가 올랐다는 것은 작전이 예정대로 실행되었다는 뜻이며, 강 건너편에서 무엇인가 변괴가 일어났음을 의미하는 것입니다."

그 말에 묵향은 언뜻 이해하기 힘들다는 듯 되물었다.

"변괴라니, 그게 무슨 소리지?"

"강 반대편에서 크게 접전이 벌어졌다는 말입니다. 그러니까 적의 함정에 빠졌을 가능성이 크다는 말이죠."

더 이상 들어 볼 것도 없었다. 함정에 빠졌다는 것은, 장인걸이 이미 눈치를 채고 만반의 준비를 갖춰 놓고 기다렸다는 말이 되는 것이다. 그렇다면 그곳에는 필히 장인걸이 대기 중이리라.

묵향은 재빨리 자리에서 일어서며 마화에게 명령했다.

"아무래도 내가 직접 가 봐야겠다."

묵향은 마화의 말은 듣지도 않고 엄청난 속도로 문을 박차고 달려가 버렸다. 그런 묵향의 뒤를 잠시 멍한 표정으로 바라보던 마화는 힘없는 목소리로 중얼거렸다.

"서로 간의 거리는 거의 1200여리. 아무리 당신이라고 해도 이미 늦었을 거예요."

어느새 마화의 턱밑으로는 작은 물방울이 떨어졌다.

"이 일을 어떻게 하면 좋지? 그분께서 얼마나 상심하실까……."

"이봐, 마화. 그렇게 큰일이 났다면 철영 부교주한테 연락을 넣는 것이 좋지 않을까?"

마화는 소맷자락으로 눈물을 닦으며 일어섰다. 맞다. 묵향도 그렇지만 마화도 소연의 목숨과 연관지어 너무 큰 심적 부담을 받다 보니 철영 부교주가 마교의 주력을 이끌고 대별산맥에서 대기 중임을 깜빡 잊은 것이다.

"참, 철영 부교주가 있었지. 나는 철영 부교주에게 갈 테니까 뒷일을 부탁해."
 "뒷일이라고 해 봐야 뭐 처리할 게 있나? 여기에는 더 이상 병력도 뭐도 남아 있는 게 없는데 말이야."
 마화는 급히 밖으로 달려가 자신의 애마에 올라탔다. 대별산맥 부근에 도착할 때까지는 말을 타고 달려가는 것이 훨씬 빠를 테니까.

 남방의 비옥한 토지를 차지하기 위해서는 반드시 양양성을 차지해야만 했다. 결정적인 군사적 요충지인 만큼 과거부터 수많은 전쟁이 벌어졌던 곳이다 보니, 천혜의 험지를 끼고 있는 난공불락의 성채, 양양성이 건설된 것이다.
 3장에 달할 정도로 드높은 성벽 위에 선 조령은 발 아래로 내려다보이는 야경(夜景)이 너무나도 아름다워 눈을 떼지 못하고 있었다.
 "이만 돌아가시지요. 밤바람이 찹니다."
 무뚝뚝한 음성이었지만, 그 밑에는 조령에 대한 따뜻한 정이 듬뿍 배여 있었다.
 "아아, 어쩌면 이렇게도 아름답지?"
 "주위를 한눈에 지켜볼 수 있는 위치에 축조된 성인 만큼, 경치가 좋을 게 당연하지 않겠습니까?"
 "조금만 더 여기에 있을래."
 "밤바람이 찹니다. 그만 돌아가시지요. 수련도 빼먹으시고 여기서 이러고 계신 것을 알면 패력검제 영감이 뭐라고 하겠습니까? 패력검제 영감에게 그토록 무공을 배우고 싶어 하지 않으셨습니까?"
 쟈타르의 지적에 조령은 작은 입술을 삐죽이 내밀며 투덜거렸다.
 "쳇! 그게 무슨 지도해 주는 거야? 그런 대단한 고수라면 뭔가 엄청난 무공이라도 가르쳐 줄 줄 알았는데…….”
 조령을 바라보는 쟈타르의 무표정한 얼굴에 순간 따뜻한 미소가 어렸다. 이 주인을 모신지 적지 않은 세월이 흘렀고, 그러다 보니 그녀의 장점과 단점을 너무나도 잘 알고 있는 그였다. 사실 고수로 성장하기 위해서는 탄탄한 기본이 뒷받침되어야 한다. 곧바로 그것을 파악한 패력검제는 재미없는 기본기를 계속적으로 수련시켰고, 조령은 그것에 따분해 하고 있는 중이었다. 하지만 쟈타르는 아무런 말도 하지 않았다. 왜냐하면 그녀에게 있어서 강력한 무공은 별 필요가 없다는 것이 쟈타르의 생각이었으니까.
 이때, 저쪽에서 패력검제가 그의 아들 서량을 대동하고 어슬렁거리며 걸어오는 것이 보였다. 주위를 경계하고 있던 쟈타르는 즉시 그를 알아보고 인사를 건넸지만, 저 아래 펼쳐진 아름다운 야경에 매혹되어 있던 조령은 패력검제가 다가오는 것조차 모르고 있었다.
 “허어, 지금은 연공(내공 수련)할 시간인 것으로 알고 있는데, 여기에서 야경을 구경하고 있었구면.”
 이제야 패력검제의 등장을 눈치 챈 조령이 서당에 가지 않고 놀고 있다가 스승에게 들킨 철부지 아이처럼 어찌할 바를 모르고 있을 때, 옆에 서 있던 쟈타르가 급히 고개를 숙여 철없는 주인 대신 사과했다.
 “송구스럽습니다, 패력검제 대협.”
 “자네가 사과할 필요는 없다네. 자네는 저 아이의 말을 거스를 수 없는 입장일 테니 말이야. 그건 그렇고, 정말 경치가 좋구면. 잡다한 것은 다 잊어버릴 만도 하겠어.”
 그 말에 조령은 얼굴을 붉히며 작은 목소리로 사과했다.

"죄, 죄송합니다, 어르신. 지금이라도······."

"아니, 됐느니. 수련은 나중에 해도 되는 것이고, 여기서 먼저 마음을 씻는 것도 나쁘지는 않겠지."

성벽 밑을 내려다보며, 패력검제는 누구에게랄 것 없이 들으라는 듯 중얼거렸다.

"세월이 흐르다보면 언젠가는 고수가 되겠지만, 고수가 되기 전에 먼저 마음가짐을 확립하는 것이 중요하지. 량아, 네 생각은 어떻느냐?"

갑자기 아버지가 왜 이런 질문을 던진 것인지 알 수 없었던 서량이었지만, 그는 자신이 배운 대로 정석적인 대답을 했다.

"강절소 선생이 말씀하시기를 '하늘의 들음이 고요하여 소리가 없으니 푸르고 푸른데 어느 곳에서 찾겠는가. 높지 아니하고 또한 멀지 아니하다. 다만 모두 사람의 마음에 있다(天聽寂無音 蒼蒼何處尋 非高亦非遠 都只在人心)'고 하셨습니다. 그런 만큼 선인의 지혜를 본받아 각자 마음의 수련에 힘써야 하겠습니다."

명문의 후계자답게 글공부도 착실히 한 모양이다. 아들의 대답이 마음에 들었는지 패력검제는 고개를 끄덕이며 칭찬했다.

"좋은 대답이다. 세상만사 모든 것은 사람의 마음에 달려 있는 것이지. 무공이 높다는 것의 기준은 누가 정하는 것이냐. 촌부들의 눈에는 저 아이 정도만 되어도 대단한 고수로 비칠 것이다. 그런 만큼 상대적인 잣대인 남의 이목에 신경쓰지 말고, 천천히 단계를 밟아 꾸준히 무공을 수련하는 것이 가장 중요하다고 봐야 하겠지. 그렇지 않고 과욕을 부린다면 오히려 아니 익힌 것만 못한 사태를 밟게 되는 것이니."

이때, 그 말을 조용히 듣고 있던 서량의 표정에 먼저 변화가 찾아왔다. 억지로 웃음을 참고 있었던 것이다. 그리고 그 모양새를 보고서야 조령은 패력검제가 은근히 자신을 질책하고 있다는 것을 깨닫고는 얼굴이 새빨갛게 상기되었다. 뭔가 현묘한 대화가 오가며 깊은 가르침이라도 있는가 해서 귀를 기울이고 있었는데, 그게 바로 자신의 욕을 하고 있는 것이었다니…….

'이런 쪼잔한 영감 같으니라구. 처음에는 괜찮다고 해 놓고, 계속 그 부분을 물고 늘어지면서 은근히 욕을 해대다니…….'

조령은 마음이 상했지만 뭐라 대꾸를 할 수 없었다. 이치에는 맞는 것 같았기에 뭐라고 꼭 꼬집어 반론을 제기할 거리가 없었던 것이다.

이때, 갑자기 패력검제가 획 뒤로 돌아섰다. 그의 갑작스런 움직임에 모두들 의아한 시선으로 그를 바라봤을 때, 그들은 놀라운 광경을 목격하게 된다. 엄청난 파공성을 흘리며 누군가가 성벽 위로 날아가 버렸던 것이다.

"허억! 저, 저게 사람이라는 말인가?"

십여 장을 도약하여 단숨에 성벽을 뛰어넘은 괴한은 어둠 속으로 순식간에 사라져 버렸다. 그 뒷모습을 지긋이 바라보고 있던 패력검제는 서량에게 지시했다.

"나는 무슨 일인지 알아보고 오겠다. 뒷일은 네가 알아서 처리하거라."

"아버지, 그러실 필요가 있겠습니까?"

패력검제는 단호한 표정으로 암흑 속에 가려져 있는 성벽 아래로 몸을 날리며 말했다.

"저 정도 속도라면 아마도 교주는 지금 자신이 지닌 전력을 다해서 경공을 펼치는 것일 게다. 지금껏 교주가 전력으로 경공을 펼친 적이 없었던 만큼 무슨 큰일이 있는 듯하구나."

패력검제의 모습은 어둠에 완전히 가려져 있어 저 밑에 서 있는 것인지, 아니면 교주가 간 방향으로 이미 치달려가고 있는 중인지 전혀 알 수가 없었다. 하지만 이것 하나는 확실했다. 도대체 어떻게 된 일인지 그의 목소리는 바로 옆에서 말하는 듯 나지막하면서도 또렷하게 들린다는 것이었다.

조령은 알지 못했지만, 그녀보다 훨씬 고수들인 쟈타르나 서량은 패력검제가 성 밑에 착지하는 순간 맹렬한 속도로 달려갔음을 알고 있었다. 그렇기에 그들은 방금 전에 들려온 패력검제의 지시가 보통 수준의 무예로는 구현하기 힘든 것을 잘 알고 경외감을 느끼고 있는 중이었다.

하지만 그런 것은 전혀 안중에도 없는 조령은 딴 생각을 하고 있었던 모양이다. 그녀는 갑자기 생각났다는 듯 외쳤다.

"교주? 그렇다면 방금 전의 그 사람이 교주라는 거예요?"

그녀의 물음에 서량은 친절하게 대답해 줬다.

"그런 모양입니다, 조 소저."

"사람이 저렇게 날아갈 수 있다고는 상상조차 해 본 적이 없었어요."

"조 소저께서는 잘 모르시는 모양인데, 각 문파에는 단숨에 높은 곳까지 도약할 수 있는 신법이 하나 정도는 있습니다."

"혹시 그것도 문외불출(門外不出)의 비전(秘傳)인가요?"

"뭐, 비전이랄 것까지도 없습니다. 겉모습은 조금씩 다르더라도 그 근본은 똑같으니까요. 근력을 뒷받침하는 것이 내공이 아닙니까? 목표한 곳으로 뛰어오르며, 근력에 더해 내공을 함께 사용하는 것이 요령이지요. 강력한 내공의 뒷받침만 있다면, 3장에 달하는 성벽쯤은 손쉽게 오를 수 있습니다."

「강력한 내공의 뒷받침」이라는 말이 조금 마음에 걸리기는 했던 모양이지만, 조령은 희망을 잃지 않고 질문을 던졌다.

"저… 저도 가능할까요?"

그 말에 서량은 난처한 표정으로 대답할 수밖에 없었다. 조령에게 그것을 기대하는 것은 참새보고 단숨에 천 리를 날아가라는 말과 똑같았으니까.

"아마 그건 좀……."

"그렇다면 서 소협께서는 그게 가능하세요?"

"해 본 적은 없지만, 아마도 가능할 겁니다."

서량이 어느 정도 실력의 고수인지 대충은 짐작하고 있는 조령이었다. 그런 그가 겨우 가능할 정도라면, 자신은 언제쯤에나 그걸 할 수 있을까. 생각해 보면 한숨만 나오는 조령이었다.

패력검제는 죽을힘을 다해 달려갔다. 하지만 아무리 달려도 교주와의 거리는 전혀 좁혀지지 않았다. 아니, 오히려 서로 간의 거리는 점차 멀어지고 있었다. 오로지 그가 교주를 추격할 수 있는 단서는 저 앞에서 느껴지고 있는 무시무시할 정도로 거대한 존재감이었다. 상대도 전력을 다하고 있는 만큼, 그 기척은 눈을 감고도 알아낼 수 있을 만큼 선명하게 파악되고 있었다.

"정말 지독히도 빠르구나."

묵향은 황룡무제와 만통음제만으로도 충분할 것으로 판단하고, 패력검제에게는 아무런 도움도 청하지 않았었다. 그렇기에 패력검제는 지금 묵향이 무슨 일로, 어디를 이렇게 급히 달려가는 것인지 전혀 알지 못했다. 그렇기에 패력검제는 교주가 그토록 급히 가는 곳이 어디인지 궁금해서 뒤쫓아 간 것이다. 하지만 그것도 잠시. 전력 질주가 2각 이상 지속되자 제아무리 화경급 고수인 패력검제라고 해도 슬슬 무리를 느끼기 시작했다. 이성적인 판단대로라면 그때 그는 이 쓸모없는 추격전을 단념했어야만 했다.

하지만 슬슬 오기가 발동하기 시작한 패력검제는 이를 악물고 추격을 계속했다. 왜냐하면 이것은 자신의 자존심이 걸려 있는 문제라는 생각이 들었기 때문이다. 꼭 서로 간에 경주를 하고 있는 것은 아니었지만, 이대로 그냥 물러선다면 자신의 패배를 인정하는 것이라고 할 수 있었다. 무공에도 한참 밀리지만, 경공술까지 뒤처진다는 것을 그는 도저히 용납할 수가 없었다.

과거 사부께서 세상을 떠나실 때, 자신이 살아남을 수 있었던 것은 오로지 경공술이 뛰어나다는 점 하나였다. 그 때문에 그는 화경에 오른 후에도 지속적으로 경공술을 갈고닦았다. 그렇기에 그는 상대가 자신보다 한 단계 높은 경지를 개척했다고 할지라도 결코 경공에서만큼은 뒤지지 않을 거라고 확신하고 있었다.

그런데, 지금 그것이 무너지려 하고 있었다.

"이익! 저놈도 사람일 테니 지칠 때가 오겠지. 아니, 저놈도 나처럼 악착같이 달리고 있을게야. 암. 그렇고 말고."

온몸의 근육이 비명을 질러대고 있었고, 공력 또한 차츰 고갈되어 가고 있었다. 하지만 패력검제는 그것을 무시했다.

저 앞쪽으로 시커먼 물결이 출렁이는 넓은 강이 나타났다. 워낙 전속력으로 달려가고 있는 만큼 그가 앞쪽에 강이 있음을 인지하고 얼마 지나지도 않아 강은 그의 코앞에 다가와 있었다. 하지만 이번에도 그는 속력을 줄이지 않았다.

패력검제는 등평도수의 경공술을 이용하여 놀라운 속도로 강물 위를 내달리기 시작했다. 아마도 이 장면을 조령이 봤다면 기절초풍할 만큼 놀랐을지도 모르지만, 그는 그런 잡생각을 할 여유조차 없었다.

내달리기 시작한지 이제 1시진이 다되어가는 것이다. 화경이라는 지고한 경지를 개척한 그였음에도 불구하고 호흡은 이미 하수들의 그것마냥 거칠어진지 오래였다.

"헉헉! 질 수 없다. 질 수 없어. 헉헉! 사부님의 이름을 걸고… 결코… 질 수 없음이야."

처음보다는 그 속도가 많이 줄었지만, 그래도 패력검제의 신형은 엄청난 속도로 어둠 속을 질주하고 있었다. 달려가는 그의 입속은 바짝바짝 말라 들어가다 못해, 단내까지 풍기고 있었다.

악전고투(惡戰苦鬪)

 장인걸 등은 편복대의 도움을 받아 화경급 고수가 발견된 곳으로 달려갔다. 상대의 정체가 누군지는 알 수 없었지만, 일단 그의 위치가 포착된 이상 확실하게 없애 버려야만 했다. 현재 그는 상대편에 화경급 고수 3명이 있다고 알고 있었다. 일전의 격돌을 통해 화경급 3명에게 둘러싸여 곤욕을 치른 경험이 있기 때문이다.
 자신의 휘하에 있는 신검합일급 고수는 천마혈검대의 존재로 인해 그 수가 적들에 비해 우월하면 우월했지, 결코 상대방에 비해 모자란다고 생각하지는 않았다. 하지만 그 윗단계로 올라가면 절대적으로 이쪽이 밀리는 것이다. 장인걸 혼자서 상대편 셋을 상대하기는 너무나도 벅찼다. 전에는 운이 좋아서 살아서 나왔지만, 다음은 어떻게 될지 알 수가 없는 것이다. 그런 만큼 이번 기회에 한 명이라도 상대편 화경급 고수의 수를 줄여야만 했다.

"교주님을 뵈옵니다."

자신을 향해 부복하는 편복대 대원을 향해 장인걸은 서둘러 외쳤다.

"놈은 지금 어디에 있느냐?"

"옛. 지시받은 대로 이천진 대장께서 그를 상대하고 계시옵니다."

"그렇다면 아직 그놈을 놓치지 않은 모양이로군. 크흐흐훗. 하늘이 본좌를 돕는도다."

장인걸은 자신을 따라온 천마혈검대원들을 둘러본 후 말했다.

"제6대만 본좌를 따라오고, 나머지는 이곳에서 대기해라."

그 말에 제6대장 왕걸의 얼굴에 의문이 떠올랐다. 상대는 화경급 고수. 아무리 교주께서 친히 나서신다고 하지만, 전력을 다하지 않는 이상 놈을 처치한다는 보장이 없었다. 그만큼 상대의 실력은 엄청난 것이었다. 그런 상황에서 2개 대를 이곳에 남겨 둔다니. 그러고도 놈을 없앨 수 있을까? 하지만 그는 자신의 의문을 교주에게 말하지 않았다. 상명하복(上命下服). 윗사람의 명령은 무조건 따라야 하는 것이 마교의 율법이었으니까. 그는 애써 교주에게 어떤 계책이 있으니까 이런 명령을 내리는 것일 거라고 자위(自慰)하고 있었다.

장인걸은 야행복 속에 들어 있는 복면을 꺼내어 뒤집어쓰며 제6대의 대원들에게 명령했다.

"모두들 복면을 써라."

제6대 대원들이 복면을 착용하고 있을 때, 장인걸은 제9대장 진각(陣慤)에게 말했다.

"진각 대장, 자네 검을 빌릴까? 어차피 여기서는 필요도 없을 테니."

말이 떨어지기가 무섭게 제9대장 진각은 등에 매고 있던 장검을 검집째 풀어 장인걸에게 바쳤다. 장인걸은 다른 천마혈검대 고수들처럼 천마혈검을 등에 메며 지시했다.

"본좌가 신호를 보내면 곧바로 달려와라. 추호의 실수도 있어서는 안 될 것이다."

장인걸의 명령에 제9, 10대장은 고개를 조아리며 낮지만 힘있게 외쳤다.

"존명!"

"가자."

모두들 똑같은 복색이었고, 거기에 복면까지 뒤집어쓰니 겉모습만으로 그들 중에서 누가 장인걸인지 찾아내는 것은 결코 쉬운 일이 아니었다. 물론 극마의 특징인 마기를 완벽하게 감출 수 있다는 점을 이용한다면 그를 찾아낼 수 있겠지만, 지금은 그것으로도 장인걸의 기척을 찾아낸다는 것은 불가능했다. 왜냐하면 장인걸은 복면을 뒤집어씀과 동시에 지금껏 억누르고 있던 마기의 일부를 개방하여 동행하는 천마혈검대원들과 똑같은 수준의 마기를 흘리기 시작했기 때문이었다. 그렇기에 지금 이 상태에서는 그보다 월등하게 뛰어난 고수인 묵향 정도나 되어야 그를 찾아낼 수 있을까, 그보다 수준이 떨어지는 사람들이라면 이들이 모두 다 천마혈검대원들인 줄 착각하게 될 것이 분명했다.

장인걸이 난투장에 도착했을 때 그를 기다리고 있는 것은 머리통이 박살나서 죽은 일곱 구의 시체였다. 그리고 웬 화경의 고수가 마지막으로 살아남은 한 놈까지 마저 없애 버리기 위해 쫓고 쫓기는 숨

막히는 추격전을 벌이고 있는 중이었다.

'과연 화경급 고수. 적잖은 피해를 보리라고 예상은 했지만, 이 정도일 줄은 몰랐군. 모두들 대법을 극성까지 익히고 있기에 대부분 살아 있을 것이라고 생각했건만…….'

수하들에게 이 정도 피해를 입힌 것만 봐도 확실한 화경급 고수였다. 순간, 장인걸의 입가에 살기어린 미소가 감돈다. 장인걸은 등 뒤에서 천마혈검을 뽑아들어 상대를 겨누며 싸늘한 어조로 외쳤다.

"쳐랏!"

"우와아아!"

장인걸의 명령에 따라 흑의복면을 한 수하들이 불꽃을 보고 뛰어드는 불나방처럼 만통음제를 향해 달려들었다. 하지만 만통음제는 결코 피하지 않았다. 오히려 아홉씩이나 되는 새로운 먹잇감이 나타난 것을 내심 좋아하고 있었다. 놈들의 실력은 이미 파악이 끝난 상태. 놈들이 사용할 무공부터 시작해서 진법. 거기에다가 귀혼강신대법의 대응책까지 알고 있으니 무엇이 두렵겠는가.

역시 그들과 부딪친 결과는 만통음제의 예상과 전혀 다르지 않았다. 방금 전 여덟 놈을 상대할 때와 똑같은 검술과 진법이었다. 그것을 확인한 이상 이제 천천히 놈들의 힘을 빼놓고, 그다음에 술래잡기만 하면 이놈들도 머지않아 처음에 덤벼들었던 그놈들처럼 시체로 화할 것이 분명했다.

방금 전까지 만통음제의 공격을 피해 죽자고 도망다니던 그놈도 새로운 지원군의 합류에 힘을 얻었는지 곧장 그들과 가세하여 만통음제를 공격해 왔다. 만통음제로서는 가소로운 일이었다. 지원군이 도착했을 때, 그때를 놓치지 않고 도망쳤다면 목숨만은 건졌을 텐데…….

한동안 정신없는 공방전이 서로 간에 또다시 전개되었다. 바로 이 때, 만통음제가 예상도 하지 못했던 사태가 벌어졌다. 뒤쪽에서 가해진 공격을 포착한 만통음제는 재빨리 뒤로 돌아서며 그에 대한 방어를 했다. 장기전을 각오해야 하는 만큼, 공력을 아끼기 위해 적당한 수준으로 만통음제가 응대한 것이 탈이었다. 상대의 공격이 그의 방어막을 꿰뚫고 들어왔던 것이다.

퍽!

"크윽! 이…, 이럴 수가!"

호신강기 덕분에 큰 상처를 입지는 않았지만, 만통음제는 이놈들 중에 다른 놈들과 차원이 다를 정도로 강한 놈이 숨어 있음을 직감적으로 느꼈다. 그렇다면 아주 힘든 싸움이 될지도…….

이때, 방금 전에 자신을 향해 일격을 날린 놈이 뒤쪽으로 슬쩍 빠지더니 날카로운 신호음을 토해 냈다. 일부러 그런 행동을 한 것으로 미루어 어쩌면 이들 외에 매복하고 있는 고수들이 더 있는 모양이다. 만통음제는 더욱 초조해지기 시작했다. 기회는 지금뿐일지도 모른다. 더 많은 적들이 도착한 후라면 아예 탈출조차 불가능할지도 모른다. 바로 저쪽에서 응원세력을 불러들이기 위해 웅혼한 공력이 실린 장소성(長嘯聲)을 날리고 있는 놈은 결코 자신의 아래가 아니었으니까.

그런 생각이 들자마자 만통음제는 그것을 행동에 옮겼다. 그는 순식간에 자신이 지닌 공력을 모두 끌어모아 패도적인 공격을 가했다. 그의 앞길을 가로막는 적의 고수 둘을 해치웠을 때, 그의 뒤에서 또다시 예의 그 특이한 느낌의 장력이 날아옴을 느꼈다. 피할 시간 여유는 없었다. 그렇다고 뒤돌아서서 그것을 막을 수도 없었다. 그러고 있는 사이 방금 전 자신의 무리한 공격으로 뚫어 놓은 탈출로가 막힐 가능성이 컸던 것이다.

뒤쪽으로 공력을 모아 적의 공격에 대비하며 만통음제는 무작정 치달렸다.

펑!

"크윽!"

호신강기를 극한으로 끌어모아 대비했건만, 내장을 뒤흔들 정도의 강력한 충격이 전해져 왔다. 하지만 그는 뒤에서 가해진 충격까지 더하여 더욱 빨리 달아나기 시작했다.

"크흐흐. 제아무리 화경의 고수라 할지라도 본좌의 흑살마장에 격중된 이상 살아남을 수 없을 것이야."

이때, 제7대장 이천진이 고개를 조아리며 사죄했다.

"교주님께서 맡기신 수하들을 모두 잃어 송구할 따름이옵니다. 속하의 죄를 용서하여 주시옵소서."

장인걸은 오히려 이천진 대장을 부드러운 어조로 격려했다.

"자네가 무슨 죄를 지은 것이 있겠는가? 오히려 본좌의 무리한 명령을 이행하느라 수고한 것에 치하는 못할망정, 무슨 죄를 용서한다는 말인가. 본좌가 올 때까지 그놈을 잡아두는 것이 결코 쉬운 일은 아니었을 텐데, 정말 수고가 많았다."

"감사하옵니다, 교주님."

"자네는 이곳에서 기다리고 있다가 제9, 10대가 도착하면 그들을 본좌에게로 인도하라."

장인걸은 등에 지고 있던 검집을 끌어 제7대장 이천진에게 건네주며 말을 이었다.
"그리고 이것은 진각 대장에게 전해 주게."
"옛."
"그럼, 가자."
장인걸은 제6대를 이끌고 만통음제의 숨통을 끊어 놓기 위해 달려갔다.

방금 전까지 쥐새끼처럼 도망치는 마교놈을 잡느라 동분서주했었던 만통음제는 이제 거꾸로 자신이 도망다니는 신세가 되어 버렸다. 물론 화경급 고수인 그를 추격할 수 있는 자들은 최소한 그와 동급이거나 그 이상은 되어야 가능할 것이다. 하지만 현실은 그렇지 않았다. 왜냐하면 그는 지금 극심한 부상을 당한 상태였던 것이다.
처음 그가 탈출할 때만 해도 상처는 그리 심한 편이 아니었다. 하지만 시간이 흐를수록 점점 더 상처가 악화되는 것 같은 느낌이 들었다. 처음에는 그저 그러려니 했었는데, 상처에서 느껴지는 통증이 점차 증대되자 만통음제는 뭔가 이상함을 느꼈다. 그때 그의 뇌리를 스치는 것이 있었다.
과거 그의 사부께서는 마교에서 내려오는 패도적인 마공들에 어떤 것이 있는지 가르쳐 준 적이 있었는데, 그중에서 가장 지독한 것이 바로 흑살마장이었다. 흑살마장은 마교가 만들어낸 독성(毒性)을 이용한 장법 중 가장 궁극적인 형태를 띈 무공이었다. 일반적인 독공들의 경우 그 바탕이 되는 독이 아무리 강하다고 해도, 결국 체내에 침투한 것만 없애 버릴 수 있다면 중독에서 벗어날 수 있었다. 하지만 흑살마장은 그런 법칙을 깬 무공이기에 독공의 궁극이라는 말을 듣는 것이다.

흑살마장의 무서움은 그 독기가 상대의 체내에 침투하여 조직을 파괴하고 썩게 만드는 것으로 그치지 않고, 그 썩어 들어가는 조직에서 새로운 독기를 만든다는 데 있었다. 그렇기에 아무리 적은 분량의 독기가 침투하더라도 결국 상대를 죽음으로 내몰 수 있게 되는 것이다.

하지만 흑살마장은 그것이 지닌 위력만큼이나 익히기가 매우 까다로운 마공이었다. 장력의 사거리가 짧은 것이야 독공들이 지니는 공통적인 특징이었지만, 흑살마장은 거기에 더해서 발출하는데 걸리는 시간까지 아주 길었다. 고수들 간의 싸움은 시간과의 싸움이 아닌가. 그런 상황에서 장심에 독기를 모은다고 낑낑거리고 있다가는 칼맞아 죽기 십상인 것이다.

그런 이유로 과거에는 흑살마장을 익히기만 까다로울 뿐, 고수들을 상대로는 별 효과도 내지 못하는 엽기적인 독공 정도로만 치부되어 왔었다. 하지만 장인걸이 그것을 극성까지 익혀 그 엄청난 살상능력을 과시한 이후, 흑살마장이야 말로 마교의 장법을 대표하는 가장 극악무도한 마공으로 인정받게 되었다. 그리고 장인걸은 그날 이후 흑살마왕으로 불리고 있었다.

왜 사부님께 배운 것이 지금에야 떠오르는 것인지 머리통을 쥐어뜯고 싶어지는 만통음제였다. 생각이 나려면 그 전에 날 것이지.

"젠장. 그때 재빨리 응급조치를 취하고, 독기가 퍼지지 않도록 내공으로 억눌렀어야 했거늘. 상대가 장인걸임을 뻔히 알면서도 그걸 놓치고 말았구나."

지금이라도 늦은 것은 아니었다. 그는 몇 군데 혈도를 점한 후, 내공을 이용하여 독기를 억눌렀다. 하지만 이건 단순한 응급조치에 불과했다. 어딘가에 숨어들어가서 흑살마장의 독기를 뽑아내야만 했다. 그렇지 않으면 점점 더 상처가 악화되어 결국에는 더 이상 손을 쓸 수도 없을 지경이 되고 말 것이다.

하지만 뒤에서 적들이 쫓아오는데, 어디에 숨어들어가서 운기조식을 할 수 있다는 말인가. 부상을 당한 상태라 그런지 평상시 달리던 것에 비해 속도도 많이 떨어졌다. 더군다나 전력으로 경공술을 전개하는 것만도 벅찬 일이었기에, 독기를 완벽하게 억누른다는 것은 사실상 불가능한 것이었고, 그것을 틈타 독기가 조금씩조금씩 더 깊은 곳으로 침투해 들어오고 있는 중이었다.

만통음제는 저들과의 거리가 조금 떨어지자 곧장 방향을 남쪽으로 틀었다. 팽선 일행이 있는 곳으로 저들을 끌고 갈 수는 없다고 생각했기 때문이다. 물론 그들에게 조금의 도움을 받을 수 있을지도 몰랐다. 3천씩이나 되는 고수라면, 저들을 상대로 약간의 시간 정도는 벌어줄 수 있을 것이다. 그리고 그동안 자신은 어딘가에 숨어 조금이나마 상처를 치료할 수 있지 않겠는가.

하지만 문제는 질녀였다. 질녀가 그곳에 없다면 모르되, 있다는 것을 뻔히 알면서 저런 엄청난 적들을 끌고 그곳으로 갈 생각은 전혀 없었다. 잘못하면 질녀의 생명까지 위태로워질 수 있으니 말이다.

회하의 드넓은 수면이 모습을 드러내자, 만통음제는 이것만 잘 이용해도 희망이 있을지도 모른다는 생각이 들었다. 만통음제는 속도를 줄이지 않고 재빨리 강을 향해 뛰어들었다. 그리고 그의 몸은 극상승의 경공술을 선보이며 그 넓은 회하 위를 미끄러지듯 달려가기 시작했다.

"미꾸라지 같은 놈. 도망치는 것 하나는 타고난 것 같구나. 하지만 오히려 그 때문에 자기 무덤을 파고 있다는 것은 모르는 모양이군. 크흐흣."

천마혈검대의 대원 중에는 이토록 넓은 강을 단숨에 건널 만한 실력자는 단 한 명도 없었다. 그렇기에 모두들 흩어져서 자신의 몸무게를 조금이라도 분산시키기 위해 발바닥에 널찍한 나무판을 붙이고 있는 중이었다. 그 시간 동안 생쥐 같은 놈은 좀 더 멀리 도망칠 수 있을 것이다. 그렇다면 만통음제를 잡기가 더욱 힘들어질 것이 분명한데, 왜 장인걸은 미소를 짓고 있을까?

그 이유는 간단했다. 천마혈검대 같은 절정급 고수들조차도 단숨에 건널 수 없을 정도로 회하의 폭은 넓었다. 그런 곳을 성한 몸도 아닌 상태에서 단숨에 건너려면 필히 몸에 무리가 가게 되어 있는 것이다. 그것은 곧 흑살마장의 독기가 더욱 몸속 깊이 퍼진다는 것을 의미했다. 아마 이 강을 건넌 후쯤 되면 저놈의 상처는 이미 돌이킬 수 없을 정도로 악화되어 있을 것이 분명했다.

그런 것을 다 알면서도 장인걸은 그 혼자 단독으로 추격전을 감행하지 않았다. 왜냐하면 아무리 부상을 당했다고 해도 상대는 화경급 고수였다. 자신의 몸이 아무리 귀혼강신대법에 의해 보호받고 있다고 해도, 불사의 몸은 아니었다. 지속적으로 추격하여 상처를 치료하지 못하게 방해만 해도 놈은 필사(必死)였다. 그걸 뻔히 알면서, 괜한 위험을 감수할 이유는 없다고 장인걸은 판단했던 것이다.

"자, 모두들 준비되었으면 가자."

장인걸이 앞장서서 등평도수의 경공술을 이용하여 달려 나갔고, 그의 수하들은 발바닥에 붙인 넓은 나무판의 힘을 빌려 물 위를 달려가기 시작했다.

만통음제는 강 건너편에서 기다렸다. 기회는 한 번 뿐. 놈이 수하들과 떨어져서 혼자 강을 먼저 건너왔을 때뿐이었다. 수하들이 도착하기 전에 저놈만 어떻게 없애 버릴 수 있다면, 겨우 8명밖에 안 되는 천마혈검대쯤은 충분히 따돌릴 수 있다고 생각한 것이다.

그런데 저놈은 그토록 압도적인 우위에 있음에도 불구하고 홀로 행동하지 않고, 수하들을 대동하고 강을 건너고 있는 것이다. 욕설이 절로 나올 수밖에 없었다.

"이런 비겁한 새끼! 너 같은 놈은 무인도 아니야. 사내놈이 그렇게 간덩이가 작다니."

만통음제는 장인걸이 수하들을 대동하고 강을 건너오는 것을 보고, 더 이상 미련을 가지지 않고 재빨리 자리를 떠났다. 그곳에 있어 봐야 좋을 것이 하나도 없기에.

* * *

조선소 일대에서 벌어진 전투는 처음 잠시 동안은 우열을 가리기 힘든 치열한 공방전이 벌어졌다. 하지만 얼마 시간이 지나지 않아서 침입자들이 서서히 밀리기 시작했다. 장인걸이 동원한 고수들이 숫자도 많았지만, 질적으로도 천지문도들보다 훨씬 뛰어났기 때문이다.

모두들 살아남기 위해 최선을 다하고 있었기에, 조선소 일대는 각종 병장기가 부딪치는 소리가 날카롭게 울려 퍼지고 있었고, 살기 또한 하늘을 찌를 듯 진동하고 있었다. 하지만 그곳에 있는 인물들 중 유독 여덟 명만은 따분한 듯한 표정으로 간혹 하품까지 해대며 지루함을 달래고 있었다. 이들의 눈에는 이 치열한 격전이 오히려 지루하게만 느껴지는 모양이었다. 그도 그럴 수밖에 없는 것이 이들은 천마혈검대라는 무적의 단체에 소속된 고수들이었다. 여기서 싸우고 있는 놈들과는 그 차원이 다른 강자들인 것이다.

제8대장 조대삼은 조선소에 침입한 적들을 격퇴하라는 교주의 명령을 받았지만, 전혀 흥이 나지 않는 상태였다. 이곳에 동원된 방어 병력은 무려 천 명. 모두 다 마공을 수련한 제법 쓸 만한 고수들이었다. 이들만 동원해도 적들을 완전히 소탕할 수 있는데, 굳이 자신들이 나설 필요가 없었다. 닭 잡는데 소 잡는 칼까지 쓸 필요가 없듯이 천마혈검대가 이곳에서 할 일은 하나도 없다고 생각한 조대삼 대장은 수하들과 함께 멀찍이 떨어져서 구경이나 하고 있는 중이었다.

처음 얼마 동안은 모든 것이 조대삼 대장의 예상대로였다. 실력은 물론이고, 숫자까지 이쪽에서 적들을 압도하다 보니 사방에서 죽어 나가는 놈들은 다 침입자들이었던 것이다. 하지만 이때, 그의 눈에 상당한 실력의 계집과 사내놈이 포착되었다.

"큭큭큭, 제법이로군."

마교도들과 달리 정파의 인물들은 그 기척을 읽기가 어려워 실력이 어느 정도 되는지 알아차리기가 힘들다. 그런데 이 두 연놈은 특히나 그 기척을 철저하게 감추고 있어서, 수하 몇을 잃고 난 후에야 그들의 실력을 알아본 것이다. 그냥 놔둬도 결국은 이길 것이 분명했지만, 괜히 부하들을 희생시킬 이유는 없었다.

"이런 철통같은 곳을 기습하는데, 아무려면 저 정도는 되는 것들이 와야 정상이겠지. 누가 저놈들을 상대하겠느냐?"

조대삼 대장의 제안이 떨어지자마자, 재빨리 둘이 앞으로 나섰다.

"제가 하겠습니다."

"저를 보내주십시오, 대장. 가만히 서 있자니 심심해서······."

자신의 말이 떨어지기 무섭게 둘이 지원하자 조대삼 대장은 잠시 난처한 표정을 지었다. 한 명만 가도 충분할 텐데, 둘씩이나 보내기에는 천마혈검대의 이름이 지닌 자부심이 마음에 걸렸던 것이다. 그렇다면 이놈들 중에서 누구를 보내야 하나?

이때, 두 번째로 신청했던 음침한 표정의 사내가 조대삼 대장에게 제안했다.

"대장도 지금 심심할 것 아니오? 내가 화려한 구경거리를 제공해 드리지요. 계집의 옷이 한 겹씩 벗겨져 나가면 그 구경하시는 재미가 쏠쏠하실 겁니다."

확실히 구미가 당기는 제안이었다. 그렇기에 조대삼 대장은 고개를 끄덕이며 말했다.

"좋다, 네가 가라. 대신 저 녀석들이 적들을 완전히 제압할 때까지는 구경거리를 제공해 줘야 한다."

부하들이 적들을 완전히 제압할 때까지 시간을 보낼 구경거리를 달라는 뜻이었고, 그것은 음침한 사내의 구미에도 맞았다.

"대장을 실망시켜 드리지 않겠습니다. 크흐흐훗."

그는 등 뒤에서 천마혈검을 뽑아들고는 어슬렁거리며 상대를 향해 걸어갔다. 저것들을 어떻게 요리하는 것이 좋을까 궁리하면서 말이다.

소연과 진팔은 각기 구역을 맡아 문도들을 지휘하며 격전을 벌였다. 조금이라도 적들에게 밀리는 곳이 있으면 그들이 달려가서 도왔기에 처음 얼마 동안은 천지문이 어느 정도 대등하게 싸울 수 있었던 것이다. 물론 그들 둘이 전력을 다해 싸운다면 상당한 희생을 각오하기는 해야겠지만, 적들을 물리칠 수 있었을 것이다. 하지만 그들은 그럴 수가 없었다.

소연은 큰 기술을 사용하지 않고 한 놈을 해치운 다음 재빨리 저 뒤쪽에 포진하고 있는 마인들의 눈치를 힐끔 살폈다. 소연과 진팔이 전력을 다하지 못하는 이유는 바로 저들의 존재 때문이었다. 저 뒤쪽에서 따분한 얼굴로 서 있는 마인들. 그들이 어느 정도로 강한지 정확히는 알 수 없었지만, 주위를 압도하는 듯한 그 엄청난 마기만으로도 그들이 엄청난 강자들임을 한눈에 알 수 있었다. 그런 놈들이 여덟 명이나 있는 것이다. 저들이 만약 움직인다면 이곳에서 살아남을 가능성은 전무했다.

그렇다면 방법은 한 가지 뿐이었다. 저들로 하여금 방심하게 하여 조금이라도 빈틈이 드러나도록 유도하는 길 뿐이었다. 그것 외에는 이곳에서 살아서 도망칠 방법은 없다고 생각했다. 하지만 적들의 전체적인 실력이 훨씬 우세하다 보니, 그들은 한 번씩 큰 기술을 쓸 수밖에 없었다.

이때, 소연의 감각에 뭔가 강렬한 기파가 느껴졌다.

"흡!"

다급히 경악성을 내지르며 소연이 몸을 옆으로 트는 순간, 그녀가 위치하고 있던 곳으로 시뻘건 강기다발이 통과하는 것이 보였다. 간

발의 차이로 목숨을 건진 것이다. 소연이 급히 시선을 돌려 바라보니, 어느새 다가왔는지 장대한 핏빛 혈검을 든 흑의무사 한 명이 다가와 있었다.

"클클클, 내 일 검을 피하다니, 제법이야. 제법 감춰 놓고 있는 실력이 있는 모양이군. 그래봐야 나를 좀 더 즐겁게 해 주는 정도겠지만."

마인은 뱀이 핥듯 끔찍한 시선으로 소연의 몸을 구석구석 훑었다. 그는 음탕스러운 시선으로 소연의 몸 구석구석을 훑어본 후, 음흉스럽게 중얼거렸다.

"훌륭하군. 극상품이야. 크흐훗."

그는 천천히 고개를 돌려 뒤에 서 있는 동료들을 돌아봤다. 상대가 눈앞에 있는데도 전혀 안중에도 없다는 듯한 움직임. 소연은 이 틈을 노려 공격할까 생각했지만, 이내 그 생각을 포기하고 방어자세를 갖췄다. 아무래도 뭔가 꺼림직한 생각이 그녀의 행동을 가로막았기 때문이다.

마인은 다시금 시선을 소연에게로 가져간 후, 천천히 검을 들어 올리며 외쳤다.

"자, 관중들을 위해 눈요기감부터 선물해야겠지? 흐흐훗."

마인은 서두르지 않았다. 아니 서두를 필요가 없었다. 하루아 장군이 부하들을 독려하고 있었지만, 놈들의 반항은 제법이었다. 아마도 이 상태대로 간다면 놈들을 전멸시키는데 최소한 한두 시진은 걸릴 것 같았기에 시간은 넉넉했던 것이다.

천마혈검대는 수십 년 전부터 중원 최강이었고, 마교 내에서 호법원을 제외한다면 가장 우수한 고수들만의 집합체였다. 거기에다가 장인걸의 마교 이탈 후, 수십 년 동안 인원 충원 없이 계속 유지되어 왔기에, 개개인이 극마 직전에 이른 최강의 고수들만 모여 있다고 봐도 과언이 아닌 단체가 되어 있는 것이다.

과연 그의 무공은 천마혈검대라는 이름에 부끄럽지 않게 너무나도 공포스러웠다. 4척이나 되는 천마혈검을 자유자재로 사용하며 소연을 압박해 들어왔다. 아무리 소연이 뛰어난 고수라고 하지만, 결정적으로 실전 경험이 적은데다가, 상대는 그녀보다 실력도 높을뿐더러 실전 경험이 풍부한 백전의 노장이었다. 그렇기에 둘 간의 대결이 시작되자 소연은 일방적으로 밀리기 시작했다.

그런데 이때, 소연에게는 한 가지 기회가 있었다. 적은 고양이가 쥐를 가지고 놀 듯 소연에게 결정적인 타격을 가해오지 않고 있다는 점이었다. 놈의 공격이 가해질 때마다 소연의 옷이 조금씩 그 여파로 인해 찢겨져 나가고 있었다. 이토록 치욕스러운 일을 지금껏 단 한 번도 당해 본 적이 없었던 소연은 당황하지 않을 수 없었다. 하지만 상대는 소연에게 너무 많은 시간을 줬다. 조금씩 조금씩 옷이 찢겨져 나가며 그녀의 속살이 드러나고 있었고, 상대는 그걸 즐기고 있었다. 무수한 공방이 오갔음에도 불구하고 그녀에게는 단 하나의 작은 상처조차 없었다. 그것만 봐도 상대가 얼마나 뛰어난 고수인지 알 수 있었다.

〈사제. 기회는 단 한 번이야. 이놈을 없앤 후 곧바로 탈출한다.〉

소연의 전음에 진팔은 약간 난처한 어조로 답해 왔다.

〈그, 그렇다면 동문들은 어떻게 합니까?〉

〈어쩔 수 없다. 이대로 계속 있어도 전멸이야. 최소한 너만이라도 살아서 돌아가야지.〉

〈사, 사저…, 그건……. 제가 남으면 안 되겠습니까?〉

〈안 될 말. 그건 내 몫이야. 1대 제자들에게 지시를 해라. 이놈을 쓰러뜨린 후 그때가 기회라고 말이야. 나는 남은 제자들과 함께 사력을 다해 놈들을 저지하겠다.〉

소연은 이미 마음을 굳힌 듯 했고, 진팔은 그녀를 막을 방법이 없음을 깨달았다. 저 마두를 쓰러뜨렸을 때, 얻을 수 있는 시간은 그야말로 순간에 불과할 것이다. 놈들이 동료를 잃은 충격에 잠시 우왕좌왕할 때, 그때가 기회였다. 그리고 그 기회를 사저와 자신이 말다툼하는 것으로 보낸다면 탈출은 불가능. 서로가 맡은 일에 최선을 다해도 일부가 살아서 나갈 수 있을까 말까 할 정도로 지금의 상태는 최악이었다.

어느덧 진팔의 눈에 물기가 어리기 시작했다.

'사저께서는 끝까지 자신을 희생하시는군요. 좋습니다. 한 명이라도 더 살 수 있도록 저도 최선을 다하겠습니다. 안녕, 내 사랑이여.'

〈명을 따르겠습니다, 사저.〉

진팔은 주위의 적병들과 접전을 벌이는 와중에 슬그머니 상대의 공세에 밀리는 척 하며 마인을 향해 조금씩 접근해 들어갔다.

〈지금!〉

소연의 신호와 함께 두 사람은 마인을 향해 자신이 할 수 있는 최고의 공격을 퍼부었다. 앞과 뒤에서 공격이 가해진 만큼, 마인이 아무리 그들보다 몇 등급 윗줄에 놓이는 고수라고 해도 죽음을 피하기는 어려울 듯 보였다.

하지만, 도저히 불가능해 보이는 움직임을 그는 해 보였다. 핏빛

장검이 마치 단검이나 되듯 기쾌하게 움직이며 그의 앞뒤로 두터운 보호막을 형성한 것이다. 붉은 천마혈검이 마인의 앞뒤를 빠른 속도로 휘돌며 움직였기에, 순간 그 사내의 전신이 붉은빛에 가둬진 듯 보였다.

카캉!

완벽해 보였던 소연과 진팔의 회심의 일격을 마치 기다렸다는 듯 튕겨낸 후 마인은 음충한 미소를 지으며 말했다.

"크흐훗, 이런 난장판을 수없이 헤쳐 나온 노부가 저놈의 움직임을 계산에 넣지 않고 있는 줄 생각했었느냐? 크흐흐훗. 정말 요즘 젊은 것들은 무슨 생각을 하는 건지……."

상대는 실력도 고강했지만, 실전 경험은 진팔과 소연의 것을 합해 놓은 것보다 몇 배는 된다. 마교라는 철혈의 세계에서 이만한 위치에 올라선 강자인 만큼, 이런 한 수에 걸려 저세상에 간다는 것이 오히려 이상한 것이다. 그것을 깨달은 소연의 표정에 처음으로 절망감이 어리기 시작했다.

"크흐훗. 그래, 좋은 표정이야. 암, 처음부터 그랬어야지. 하지만 관객들은 처음의 그 모습을 더 좋아하겠지. 모든 것을 포기해 버린 계집에게서 더 이상 무슨 구경거리가 남아있겠나. 그렇다면 내가 정신 좀 차리게 만들어 줘야겠는 걸?"

말이 떨어지기가 무섭게 핏빛 검은 진팔을 노리고 뱀의 혓바닥처럼 민활하게 움직이기 시작했다. 천마혈검은 그 길이가 4척이나 되는데다가 두께 또한 중검처럼은 아니었지만 보통 검보다는 조금 두꺼운 형태를 지닌 검이었다. 상당한 무게를 지녔을 것이 분명한데도 그 검은 너무나도 화려하면서도 민첩하게 움직이고 있었다. 정말이지 성격은 개차반이었지만, 지닌 바 무공 하나 만큼은 엄청난 인물이었다.

검기와 검강이 난무하는 가운데 진팔은 몇 번씩이나 치명상을 입을 뻔 했지만, 가까스로 상대의 공격을 막아냈다. 만약 요 근래에 마교 교주에게 받은 특훈(?)이 아니었다면 벌써 몇 번은 저세상에 갔을 것이다. 이때, 옆에서 소연이 끼어들어 지원하기 시작했다. 마인의 검은 그녀가 공격에 가세하는 것을 마치 기다리고 있었다는 듯 유려한 움직임을 그려냈다.

한동안 숨 돌릴 틈 없는 접전이 전개된 후, 마인은 마치 자신이 만들어 놓은 작품을 감상할 여유가 필요하다는 듯 잠시 뒤로 물러서서 소연의 몸매를 감상했다. 그제서야 소연은 깨달았다. 이제 허벅지까지 드러난 상태라는 것을. 그리고 놈이 얼마나 교묘하게 옷을 잘라냈는지 한쪽 유방까지 반쯤 드러나 있었다.

"사, 사저."

진팔이 얼굴을 붉히며 자신의 웃옷을 벗으려는 찰나 마인의 차가운 목소리가 들려왔다.

"지금 당장 죽고 싶지 않다면 멈춰! 누가 네놈의 볼품 없는 옷을 벗어주라고 했나?"

소연은 고개를 가로저은 다음 다시 한 번 마인에게로 뛰어들었다. 상대가 아무리 백전의 노장이라고 하지만, 계속 싸우다보면 언젠가는 빈틈이 드러날 가능성이 있었다. 지금 포기하면 결국 남은 것은 죽음밖에 없었다.

압도적인 실력을 지닌 적들을 상대로 진팔과 소연이 악전고투하고 있을 때, 팽선 패거리쪽의 사정도 그와 크게 다르지 않았다. 갑자기 엄청난 병력이 사방에서 몰려들며 치열한 접전이 전개된 것이다. 무기와 무기가 부딪치며 날카로운 파공성을 울리고 있었고, 그 결과 영혼과 육체가 분리되며 듣기에도 섬뜩한 비명성이 울려 퍼지고 있었다. 도대체 얼마나 많은 병력들이 동원되었는지 알 수가 없었지만, 적병들이 사방에서 새까맣게 몰려들고 있었다.

팽선 장로는 하북팽가의 고수들과 함께 몰려드는 금군들을 상대로 혈전을 벌이고 있는 중이었다. 팽가의 대부분의 고수들은 중도(重刀)를 이용하여 적과 싸우고 있었지만, 일부 권법에 일가견이 있는 자들은 패도적인 권법을 이용하여 적과 싸우고 있었고, 팽선도 그들 중 하나였다.

"하압!"

퍼억!

푸르스름한 강기를 내포하여 강철만큼이나 단단하게 변한 팽선의 권이 병사의 갑옷을 관통하여 몸속 깊이 틀어박혔다. 팽선이 주먹을 뽑아내자, 그의 손은 진득한 피로 시뻘겋게 물들어 있었다. 팽선은 손에 묻은 피를 슬쩍 핥으며 살기어린 웃음을 터뜨렸다.

"크흐흣, 안 그래도 목이 말랐었는데 너무나도 달콤하구먼."

그 흉칙한 모습을 보고 팽선을 포위하고 있던 금군 병사들의 얼굴이 창백하게 질렸다. 물론 이것은 적들에게 공포감을 심어주기 위한 연극이었다. 피를 먹는 것을 좋아할 리 없는 팽선이 이런 짓까지 해야 할 정도로 현재의 전황은 너무나도 안 좋았다.

'5천의 금군 병사들을 물리친 후, 곧바로 후퇴했어야 했어.'

아무리 후회해도 이미 지나간 일이다. 아마도 놈들은 그 5천을 통해 이쪽이 지닌 전력을 저울질해 본 모양이다. 그런 다음 갑자기 수만이나 되는 병력을 한꺼번에 투입해 왔다. 물론 병사들의 무공은 형편없었기에 자신들의 상대가 될 수 없었지만, 놈들은 두터운 갑옷과 방패로 무장하고 있다는 문제점을 지니고 있었다. 거기에다가 화살까지 여기저기서 날아오니 여간 상대하기 껄끄러운 것이 아니었다.

이때, 팽선은 강한 마기를 뿜어내고 있는 자들이 접근해 오는 것을 봤다. 겉으로는 금군 병사들과 다를 바 없는 복장을 하고 있었지만, 깊은 수준의 마공을 연성한 고수임에 틀림없었다. 안 그래도 금군 병사들을 상대로 힘겨운 싸움을 벌이고 있는데, 저들까지 가세한다면 어쩌면 이곳에서 뼈를 묻어야 하는 사태까지 벌어질지도 몰랐다. 그렇기에 팽선은 힘껏 외쳤다.

"후퇴하라!"

하지만 아무도 팽선의 지시를 따르는 자가 없었다. 그럴 수밖에 없는 것이 사방에 적병들 천지인데, 후퇴하는 것이 말만큼 쉬운 것이 아닌 것이다. 팽선은 자신을 향해 달려드는 금군 병사 다섯을 해치운 후, 다른 문파의 수장들을 찾아 이동하기 시작했다. 우선 이 사지에서 벗어나기 위해서는 힘 있는 자들끼리라도 뭉치는 것이 최선이었다.

소연과 진팔, 그리고 마인의 대결은 그런 식으로 진행될 듯 보였지만, 이때 한 가지 변수가 등장했다. 토굴에 남아 있으라는 소연의 명령이 있었는데도 불구하고, 왕노는 이번 기습 작전에 가담했다. 토굴에 혼자 남아 있는 것이 무섭다고 하면서, 불지르는 것 하나는 자신이 있으니 자신을 꼭 데려가 달라고 소연에게 매달렸던 것이다. 소연은 차마 그의 청을 거절하지 못했다. 잠시의 여유 시간을 이용하여 불만 지르고 튀면 되는 임무였다. 위험도도 그렇게 높지 않다고 생각하고 있었던 소연이었기에, 그녀는 마지못해 왕노의 청을 수락했었던 것이다.

지금 어딘가 구석에 숨어 벌벌 떨고 있어야 할 왕노가 바로 이 격전의 한복판을 향해 조금씩 거리를 좁혀오고 있었다. 겁에 질린 그가 천지문도들 중 가장 실력이 뛰어난 소연에게 본능적으로 의지하듯, 그렇게 그녀의 뒤에 숨으려는 듯 보였다.

찰나의 순간, 마인은 믿지 못하겠다는 듯 자신의 가슴을 꿰뚫고 들어온 비수를 바라봤다.

"크윽!"

마인으로서는 전혀 생각해 본 적도 없었던 일격이었다.

왕노의 비수는 마인의 심장을 꿰뚫자마자, 즉각 뒤로 빠져나왔다. 그런 다음 다시 한 번 원호를 그리며 마인의 가슴어림을 깊게 갈라놨다. 왕노의 비수에서 뿜어 나오는 싸늘한 검기만으로도 그가 뛰어난 실력을 숨기고 있는 고수임을 한눈에 알아볼 수 있었다.

돌발적인 상황에 소연과 진팔은 너무나도 경악하여 왕노를 멍청하게 바라보고 있었다. 그 순간을 이용하여 도망쳤어야 하는데 말이다. 왕노는 답답하다는 듯 외쳤다.

"아가씨! 빨리 몸을 피하십시오."

살수의 장기는 일격필살. 무공은 상대보다 훨씬 떨어지지만, 최대한의 기회를 노려 상대에게 치명상을 입히는 것이 그들이 추구하는 무공이었다. 그런 의미에서 저런 압도적인 무위를 지닌 마인에게 일격에 치명타를 가한 그는 살수의 정점에 선 자라고 할 수 있었다.

하지만 이번만은 그의 선택이 어긋났다. 무엇보다 상대에 대한 정보가 부족했던 탓이다. 마인은 피를 뿜으며 비틀비틀 뒤로 물러나기는 했지만, 왕노의 예상과 달리 쓰러지지는 않았다. 대신 마인의 상처는 급속도로 아물기 시작하더니, 잠시 후에는 가슴에 미세한 붉은 상흔만이 남았을 뿐이었다.

"이런 빌어먹을! 네놈도 실력을 숨긴 고수였다는 말이냐?"

왕노, 아니 흑월야사 전룡은 경악감을 감출 수 없었다. 중원 최강의 고수라던 묵향마저도 자신의 암습에 치명상을 당했었는데, 자신의 일격을 당하고도 멀쩡한 저놈은 도대체 뭐란 말인가? 도저히 사람이라고 생각할 수가 없었다.

"처음에는 대충 놀아줄 생각이었는데, 감히 노부의 몸에 상처를 내다니."

마인의 몸에서 풍기던 기운이 일변했다. 지금까지와는 달리 그의 몸에서는 살기가 넘쳤다.

"철저히 짓밟아 주마."

괴멸(壞滅), 그리고 부녀 상봉

　무시무시한 속도로 달려가고 있는 묵향. 그는 지금 정신없이 달려가고 있는 중이었기에, 자신이 지금 얼마나 빨리 달려가고 있는지조차 생각하지 않고 있었다. 오로지 그의 머릿속을 지배하고 있는 것은 한시라도 빨리 소연이 있는 곳에 도착해야만 한다는 생각뿐이었다.
　양양성에서 회남까지는 그 거리가 엄청나게 멀다. 더군다나 크고 작은 강이 몇 개씩이나 가로막고 있기에 단시간에 간다는 것은 거의 불가능에 가깝다. 하지만 묵향은 그것을 가능으로 만들어 나가고 있는 중이었다. 그는 지금 강이고 들판이고 가리지 않고 전광과도 같은 속도로 달려가고 있는 중이었다.
　"제발, 살아만 있어다오."
　까마득히 멀리 떨어진 곳임에도 불구하고 병장기 부딪치는 날카로운 소리가 조금씩 들려온다. 아무리 묵향의 이목이 뛰어나다고 해도 그토록 먼 거리에서 싸우는 소리가 여기까지 들릴 리는 없다. 있다면 바로 내공의 고수들이 지금 격돌하고 있다는 말일 것이다. 그 소리를 듣는 순간, 묵향은 조금이나마 마음이 놓였다. 아직까지 소연이가 살아남아 있다는 증거나 다름없으니까.

 조대삼 대장은 격전의 소용돌이에서 멀찍이 떨어진 곳에서 남은 대원들과 함께 수하 한 명이 연놈을 족치는 것을 구경하며 시간을 보내고 있던 중, 순식간에 회하를 가로질러 오는 정체 모를 고수를 발견하고는 도저히 믿어지지 않는다는 듯 중얼거렸다.
 "도대체 저게 사람이냐? 어찌 사람이 저 넓은 회하를 단숨에 건널 수 있다는 말이냐?"
 조대삼의 옆에 모여 있던 여섯 명의 수하들은 상관의 중얼거림을 듣고 재빨리 고개를 돌렸다. 과연 어둠을 뚫고 엄청난 속도로 자신들을 향해 돌진해 오는 인물을 발견할 수 있었다. 낮이라면 모를까, 아직은 서로 간의 거리가 꽤 멀리 떨어져 있었기에 상대의 얼굴까지 알아볼 수는 없었다.
 바로 이때, 갑자기 강물 위를 환하게 밝히고 있던 20여 척의 배들 가운데 다섯 척이 거대한 폭발을 일으켰다. 물 위를 등평도수(登萍渡水)의 신법으로 달려오는 것도 모자라, 괴인은 강 위에 떠 있는 배들까지 공격한 것임에 틀림없었다. 그걸 본 조대삼의 안색이 하얗게 질리기 시작했다. 회하를 단숨에 건너는 것만 해도 도저히 믿기가 힘든 일인데, 그러고도 여력이 남아서 그 상태에서 무공까지 사용할 수 있다니. 이건 말도 안 되는 일이었다.
 "엄청난 고수인 것 같습니다, 대장. 즉시 교주님께 연락을 드려야 하지 않겠습니까?"

 옆에 서 있는 부하가 건의했지만, 조대삼은 전령을 보낼 엄두조차 낼 수 없었다. 상대가 다가오는 속도는 상상을 초월하는 것이었다. 이미 전령을 보내기에는 너무 늦었다. 아니, 전령을 보내기는 고사하고 탈출할 시간 여유조차 거의 없다는 생각이 들 정도였다.

 "이미 늦었다. 모두 각개 탈출하라! 탈출에 성공하는 자는 즉시 이 사실을 교주님께 알려라."

 조대삼의 명령이 떨어지자마자 그들은 재빨리 움직였다. 그들은 일제히 일곱 방향으로 흩어져서 내달리기 시작했다. 자신들 중 몇은 저 괴물같은 고수에게 죽임을 당할지 모르지만, 최소한 몇 명은 살아서 돌아갈 수 있을 것으로 생각한 모양이다.

 "가소로운 것들! 소연이를 건드리고도 살아서 돌아갈 생각을 하다니."

 놈들의 퇴각을 눈치 챈 묵향이 재빨리 공격에 나섰다. 그의 손에서 푸른빛이 나는 일곱 개의 작은 구슬처럼 생긴 것들이 거의 빛과 같은 속도로 쏟아져 나갔다. 구슬들은 엄청난 속도로 목표물과의 거리를 좁혀나갔다. 천마혈검대의 고수들은 상대가 괴이하게 생긴 암기를 발사했음을 알고 재빨리 회피기동을 했지만, 구슬들은 마치 눈이라도 달린 것처럼 목표물의 움직임을 따라갔다.

 그들은 도저히 이 암기를 피할 수 없다고 생각하고, 재빨리 반격에 나섰다. 그들은 모두 다 극마의 경지에 거의 근접한 고수들이었기에, 그 반격은 너무나도 매서웠다. 천마혈검을 뽑아 휘두르자 수십 개의 강기들이 불을 뿜는 것을 보면, 그들이 얼마나 검술에 매진한 검귀들인지 알 수 있을 것이다.

하지만 푸르게 빛나는 구슬은 핏빛 강기를 뚫고 들어왔다.

"허억!"

경악성을 지를 틈도 없이 그들은 다음 행동을 시작했다. 눈앞에 있는 모든 것을 파괴할 듯한 강맹한 검초가 순간적으로 펼쳐졌고, 그들이 쥐고 있는 혈검은 불타오르듯 붉은 빛으로 이글거렸다. 순식간에 극성의 천강혈룡검법(天降血龍劍法)을 통해 어검술을 펼친 것이다.

하지만 그들이 사용한 검법과 구슬이 부딪치는 순간 엄청난 대폭발이 일어났다.

콰쾅!

"크허어억!"

조대삼 대장은 비틀비틀 물러섰다. 얼마나 엄청난 폭발이었는지, 마교가 자랑하는 명검인 천마혈검(天魔血劍)은 박살이 나 버렸고, 그의 오른손까지 흔적도 없이 핏덩어리로 화한 후였다. 제8대장은 치명적인 내상까지 입었는지 무너지듯 쓰러지며 내장부스러기까지 토해 내고 있었다. 그래도 그는 좀 나은 편이었다. 수하들은 모두 다 그 폭발의 충격을 이기지 못하고 저세상으로 떠나 버린 상태였으니까. 웬만한 상처쯤은 대법을 통해 치유할 수 있는 능력을 지니고 있었지만, 이번에 받은 충격은 치유력을 한참 넘어서는 너무나도 치명적인 것이었던 것이다.

이 엄청난 폭발 때문에 주변에서 벌어지고 있던 격투는 순식간에 종료되었다. 압도적인 승리를 거두고 있는 와중이었던 장인걸의 수하들이 무슨 일이 벌어진 것인가 하고, 뒤로 물러서며 폭발이 일어난 곳으로 슬쩍 시선을 돌렸던 것이다.

하지만 천지문도들은 폭발 따위에 신경 쓸 여유조차 없었다. 그들은 뒤로 물러난 적들이 다시금 공격해 올 때까지 가쁜 숨을 몰아쉬며 몸을 추스르고 있는 중이었다. 그들은 얼마나 지독한 격전을 벌였는지, 멀쩡한 사람은 단 한 명도 없을 정도였다.

이때, 경악에 찬 부르짖음이 터져 나왔다.

"허억! 교, 교주!"

방금 전까지 천지문의 젊은 무사와 격돌하고 있었던 천마혈검대의 고수 한 명이 묵향을 알아보고 내지른 경악성이었다. 그와 동시에 여기저기에서 쑤근거리는 소리가 들려왔다.

"교주라니? 그게 무슨 말이야?"

하지만 그런 반응을 보인 것은 극소수에 불과했다. 왜냐하면 여기 모여 있는 고수들의 거의 대부분은 여진족이었기에 한어를 알아들을 수가 없었던 탓이다.

이때, 묵향 또한 경악성을 지른 쪽을 향해 시선을 보내고 있는 중이었다. 묵향은 그곳에서 피투성이가 되어 있는 진팔을 발견할 수 있었다. 그의 앞에 서 있는 두 명의 천마혈검대원들과 비교했을 때, 그의 행색은 너무나도 처참한 것이었다.

'진팔이만 있다? 그렇다면 소연이는?'

재빨리 주위를 훑던 묵향의 시선에 피투성이가 되어 쓰러져 있는 소연의 모습이 눈에 들어왔다. 어두운 밤이었지만 묵향은 확실히 볼 수 있었다. 얼마나 출혈이 심했는지 창백하게 질려 있는 소연의 얼굴을 말이다.

그 순간, 묵향은 소연을 향해 달려들었다. 그리고 살아남아 있는 천마혈검대원들 한 명의 입에서 괴상한 목소리가 튀어나왔다. 하지만 그의 목소리가 울려퍼짐과 동시에 주위에 흩어져 있는 금군 병사들의 표정이 확 변했다. 아마도 그것이 여진어로 된 명령이었던 모양이다. 그리고 그 명령이 무엇인지는 곧이어 금군 병사들의 행동으로 드러났다. 금군 병사들이 목숨을 아끼지 않고 묵향을 향해 악귀처럼 달려들었던 것이다.

묵향은 분노하지 않을 수 없었다. 지금 그는 소연의 상처가 어느 정도인지 꼭 확인하고 싶었다. 여기서 얼핏 느끼기에는 그녀의 기감이 거의 잡히지 않을 정도인 것을 보면, 소연의 상태는 대단히 위중하다고 봐야 했다. 그런데, 이런 버러지 같은 것들이 소연과 자신 사이를 갈라놓고 있는 것이다.

"크합!"

순간, 묵향을 중심으로 다섯 곳에서 거대한 강기의 폭발이 일어났다. 과거 묵향이 검을 이용하여 대지의 기와 자신의 기를 충돌시키던 최강의 검법. 바로 그것이 검 없이 다섯 곳에서 동시에 일어난 것이다. 물론 묵향이 보낸 다섯 줄기의 기가 대지의 기와 충돌을 일으킨 것이다.

쿠콰콰쾅!

엄청난 폭발과 함께 수십, 아니 수백에 달하는 금군 병사들이 도대체 어떻게 된 것인지도 모른 채 목숨을 잃어야만 했다. 그들의 시체는 엄청난 강기의 회오리 속에서 조각조각 찢어져 분해되고 있었다.

이 단 한 수에 금군 병사들은 전의를 상실했다. 그들은 저마다 살아남기 위해 사방으로 흩어져서 전력으로 도망치기 시작했다. 방금 전 죽음을 불사하며 묵향을 향해 달려들던 그들의 얼굴에는 이제 짙은 공포 외에는 남아 있지 않았다.

금군 병사들을 공격하게 만든 후 그 틈을 이용하여 도망치려고 했던 천마혈검대원은 너무나도 황당스러울 수밖에 없었다. 병사들이 순간의 시간도 자신에게 벌어주지 못한 것이다. 병사들을 향해 일격을 날린 묵향은 곧바로 다음 공격을 천마혈검대원을 향해 가해 왔다. 엄청난 기운이 응축되어 있는 예의 그 작고 시퍼런 강기의 구슬. 그 밝은 빛덩어리가 자신을 향해 쏜살같이 접근해 왔을 때, 그는 자신의 운명을 파악하고 반항조차 잊은 채 눈을 질끈 감았다.

쾅!

방금 전까지 진팔과 소연을 상대로 압도적인 힘의 우위를 과시하고 있던 그는 시체도 건지기 힘들 정도로 산산조각이 되어 흩어져 버렸다. 아무리 상대가 탈마급의 고수라고 하지만, 방금 전까지 압도적인 위용을 자랑하고 있던 그의 모습을 생각한다면 너무나도 허무한 최후였다.

거의 모든 옷가지들이 찢겨져 나가 나신이나 다름없는 민망한 상태로 쓰러져 있었지만, 묵향은 그런 것은 생각하지도 않고 다급히 소연을 끌어안으며 정신없이 외쳤다.

"소연아, 소연아! 괜찮느냐?"

그렇게 물어 보고는 있었지만, 지금 소연의 상태를 모를 리 없는 묵향이었다. 묵향도 오랜 세월 마교에 몸담았었기에 무적의 천마혈검대를 상대로 아직까지도 숨이 끊어지지 않았다는 것이 기적임을 그도 잘 알고 있었다. 하지만 그건 이성적인 판단일 뿐이었고, 감정적인 것과는 아무런 상관이 없다. 온몸의 경혈이 가닥가닥 끊겨나가 있었고, 여기저기에 난 수많은 상처를 통해 끊임없이 그녀의 생명을 지탱해 줘야 할 피가 빠져나가고 있었다.

 고수들 간의 대결에서 이토록 작은 상처가 많이 날 수는 없는 법. 이것은 분명히 방금 전 묵향이 해치워 버린 그 두 놈들이 이들을 상대로 고양이가 쥐를 가지고 놀 듯 가지고 놀고 있었음을 의미하는 것이었다. 물론 그 덕분에 그녀가 묵향이 이곳에 도착하기 전까지 목숨을 부지하고 있었던 것이지만 말이다.

 묵향은 더 이상 지체하지 않고 소연을 치료하기 시작했다. 먼저 급한 대로 혈도를 짚어 지혈부터 시킨 후, 강제적으로 기를 돌려 그녀의 막힌 혈도를 뚫기 시작했다. 그러는 한편으로, 묵향은 옆에 망연히 서 있는 진팔을 향해 살기어린 시선을 보냈다. 묵향의 판단으로는 아무리 진팔이 자신에게 특훈을 받았다고 하지만, 아직까지는 소연이 그보다는 한 수 위였다. 그런데 어찌 저놈은 아직 무사한데, 눈에 넣어도 아프지 않을 소연이만 이 지경이란 말인가. 그것은 소연이 진팔을 보호하기 위해 사력을 다하다가 이 모양이 되었음이 틀림없었다.

 "이런 찢어죽일 놈! 사내놈이 되어가지고 내 딸을 방패로 삼아?"

 묵향의 살기어린 눈길을 온몸으로 받은 진팔은 필사적으로 변명하려고 했다. 이 순간 그에게는 그 어떤 생각도 떠오르지 않았다. 오로지 살아야겠다는 생각뿐.

 "저… 그…, 그건……."

 "내 딸이 죽기만 해봐. 내 네놈을 결코 가만히 놔두지 않을……."

 묵향의 말은 갑자기 끊겼다. 피문은 소연의 손이 천천히 힘겹게 올라오며 자신의 얼굴을 더듬어왔기 때문이다.

 "나를 알아보겠느냐? 소연아. 애비다. 애비야."

묵향의 격렬한 외침에 소연은 힘없는 어조로 대답했다. 거친 숨을
연신 내쉬며 말을 이었기에 그녀의 말은 알아듣기조차 힘들었다.
"저, 정말 아빠셨… 군요. 설마 아빠가… 교주셨을 줄은……. 정말
하나도…, 하나도 변하지… 않으셨네요."
이렇게 말하는 그녀의 입가로 쉼없이 핏물이 흘러나오고 있었다.
그러다가 그녀가 쿨럭하고 기침을 하자, 작은 내장부스러기까지 흘
러나왔다.
하지만 그런 엄청난 상처에도 불구하고 소연의 정신은 너무나도
또렷했다. 아무리 묵향의 치료가 제대로 먹혀 들어갔다고 해도 이건
너무 갑자기 상태가 좋아진 것이다. 그렇다면 이것은 바로 회광반조
(迴光返照)임이 틀림없었다. 바야흐로 숨이 끊어지기 직전에 순간적
으로나마 약간의 기운이 돌아오는 현상. 그렇다면 지금 묵향에게 남
은 시간 여유는 찰나에 불과하다는 말이었다.
출혈 과다에다가 극심한 내상과 외상. 아무리 묵향의 공력이 뛰어
나다고 하지만, 공력을 나눠준다고 해서 살릴 수 있는 상태가 아니었
다. 그것을 확인한 묵향은 더 이상 소연의 말을 들을 생각도 하지 않
고 다급히 손을 썼다. 그의 장심(掌心)이 소연의 심장 부근에 놓여지
는 순간, 놀랍게도 그의 손이 투명하게 빛을 뿜기 시작했다. 극성에
달하는 소수마공(素手魔功)이 발현되는 듯한 형상이었다. 아예 치료
를 포기하고 소연을 냉동시켜 버리기로 작심한 것이다.
이런 식으로 투명한 빛을 뿜는 것을 진팔은 전에 한 번 본 적이 있
었다. 그것은 바로 교주의 아버지가 쟈타르의 떨어져나간 손을 이어
줬을 때다. 빛의 느낌이 그때와는 달리 너무나도 차갑게 느껴졌지만,
그것이 무슨 대수겠는가.

교주가 사저를 치료하는 것을 옆에서 지켜보며 진팔은 혼란에 빠져 있었다. 조금 여유가 생기자 방금 전 교주가 자신에게 따졌던 말들이 떠올랐던 것이다.

'맞아. 사저를 보고 딸이라고 했지. 딸? 설마……'

이때, 진팔의 뇌리에 과거 묵향이 처음 사저와 대면하던 장면들이 떠올랐다.

'맞아. 그래서 그때 사저를 보는 교주의 눈빛이 그랬었던 거로구나.'

소연을 치료하는 묵향의 표정에서 진팔은 소연에 대한 그의 깊은 사랑을 엿볼 수 있었다.

치료가 끝난 후 교주는 아직까지도 자신의 얼굴에 올라와 있는 딱딱하게 굳어 있는 소연의 손을 이끌어 얌전히 누워 있는 자세로 만들었다. 차근차근 소연의 매무새를 정리하는 교주의 손길은 너무나도 섬세하기 그지없었다. 흡사 소연의 몸이 유리로 만든 것이라도 되는 듯…….

부녀간의 애틋한 사랑에 진팔이 깊은 감동을 느끼고 있을 때, 갑자기 교주가 벌떡 일어서더니 하늘을 향해 으르렁거리기 시작했다.

"만약 내 딸이 죽는다면 그에 관계된 놈은 단 한 놈도 살아남지 못할 것이다. 설혹 그것이 무림 전체라 해도!"

그의 음성에는 너무나도 짙은 살기를 내포하고 있어 듣는 이로 하여금 공포에 떨게 만들었다. 과연 탈마에 이른 무적의 고수다운 엄청난 신위(神威)였다. 신검합일에 이르렀다는 진팔조차 두려움에 질려 주저앉을 정도이니 다른 생존자들이야 더 이상 말할 나위도 없었다.

두려움에 떨던 진팔은 묵향에게서 뿜어 나오던 짙은 살기가 조금씩 시간이 지나면서 점점 옅어지자 조금이나마 정신을 차릴 수 있었다. 그는 새삼스럽게 묵향을 바라봤다. 성질 더러운 고수쯤으로 생각될 뿐, 지금껏 진팔은 묵향의 진면목을 단 한 번도 본 적이 없었다. 방금 전에 펼쳐졌던 경천동지할 무공에다가, 기세만으로도 진팔 정도의 고수를 두려움에 떨게 할 정도의 압도적인 무위. 남을 괴롭히는 것을 즐기던 악동(惡童) 같은 인상이 사라지며 무림 최강의 고수로서의 존재감이 진팔을 압도하고 있었던 것이다.

1각 정도나 흘렀을까? 치밀어 오르던 분노가 어느 정도 가라앉자 묵향은 통나무처럼 굳어 있는 소연을 안아들었다. 응급조치도 끝났겠다, 이제 총타로 그녀를 옮기려고 하는 것이다. 이때, 갑자기 철푸덩하는 소리가 묵향의 귀에 들려왔다. 재빨리 묵향이 그쪽으로 시선을 돌렸을 때, 그곳에는 물에 빠져 허우적거리는 사람이 보였다.

'화경급 고수?'

이곳까지 달려오며, 양양성에서부터 시작해서 누군가가 줄기차게 뒤따라온다는 것은 묵향도 알고 있었다. 다만 상대가 정확히 누군지를 모르고 있었을 뿐. 처음에는 워낙 소연의 일이 위급했기에 그의 존재를 무시해 버렸고, 나중에는 너무나도 분노가 치밀어 그를 잊어버렸었다. 그런데 지금 상대가 내는 기척을 보고 그의 존재를 다시 기억해 낸 것이었다.

"하늘이 나를 돕는구나."

묵향은 소연을 조심스럽게 내려놓은 다음 지체하지 않고 상대를 향해 달려갔다. 통통 뛰듯 물 위를 달려간 묵향은 이제 막 힘이 다해 익사하려는 상대의 멱살을 잡아 들어올렸다.

"어? 패력검제였군. 경공술이 제법인데? 양양성에서 여기까지 따라온 것을 보면 말이야."

진팔은 묵향이 패력검제의 멱살을 붙잡고는 질질 끌면서 물가로 걸어 나오는 모습을 보며, 자신의 눈을 의심했다. 물 위를 달리는 것이야 등평도수라고 하여 그것이 짧은 거리라면 웬만한 고수라도 시도해 볼 가능성을 안고 있었다. 경신술을 이용하여 몸의 무게를 최대한 줄인 다음, 최대한 빨리 내달리기만 하면 이론적으로 가능하니까.

하지만 지금 묵향이 보여주는 것은 그런 얄팍한 차원이 아니었다. 전설로만 전해져 내려오는 무력답수(無力踏水). 인간이 생각해 낼 수 있는 가장 고난이도의 경신술을 동원해야만이 그것이 가능하다는 의견이 지배적이었지만, 그런 허황된 경공술은 존재할 수 없다고 단언하는 인물들도 있을 정도로 지금껏 그 존재 자체가 의심되던 경공술이었다. 사실 물 위를 달리는 것보다 천천히 걷거나, 아니면 서 있는 것이 월등히 힘들 것은 당연한 이치가 아니겠는가. 그런데 묵향은 물 위에 가만히 서 있는 것에 만족하지 못하고 웬 사람을 하나 물속에서 꺼내가지고는 마치 탄탄한 대지 위를 걷듯 질질 끌고나오고 있는 것이다.

강가에 도착한 묵향은 주위에 떠도는 기를 흡수하여 패력검제쪽으로 유도하여 그의 몸속에 방대한 양의 기를 채워 넣어줬다. 안 그래도 공력의 고갈로 인해 한동안 운기조식이라도 하며 기를 보충해야 할 패력검제였다. 그런 상황에서 기가 보충되자 그의 몸은 순식간에 어느 정도 평상수준으로 회복되기 시작했다.

패력검제는 교주가 자신에게 기를 나눠주고 있는 것을 보고 너무나도 놀랐다. '그 먼 거리를 전력 질주 해 오고도 이자는 아직 나에게 나눠줄 정도의 공력이 남아 있었다는 말인가? 허어, 탈마라는 것은 참으로 대단한 것이로구나. 그런데 정말 이상한 일이군. 저자는 마공을 익혔을 텐데, 어찌하여 그의 내공이 내 것과 충돌을 일으키지 않는 것이지?'

하지만 마냥 그런 생각만 하고 있을 수는 없었기에, 그는 교주에게 포권하며 고마움을 전했다.

"고, 고맙소이다. 교주."

몸속에 다시금 내공이 차오르자 거칠었던 그의 호흡이 점차 정돈되기 시작했다. 그리고 난장판이 된 주위의 광경도 그의 눈에 들어왔다. 그것을 보는 순간 패력검제는 경악했다.

"허억!"

그를 놀라게 만든 것은 여기저기 쓰러져 있는 수많은 시체들이 아니었다. 양양성 공방전에서 수많은 금군 병사들을 죽였었던 패력검제인 만큼, 이곳에 널려 있는 시체들을 좀 본다고 해서 경악할 이유는 없었다.

패력검제가 놀란 것은 수십, 아니 어쩌면 수백에 달하는 사람이 흔적도 없이 파괴된 듯 보이는, 살점들과 핏물의 흔적 때문이었다. 그 흔적이 가장 짙게 남아 있는 곳 중심에는 커다란 구덩이가 다섯 개나 파여져 있었다. 물론 그 구덩이 부근에는 아예 핏물 따위의 흔적조차 없었다. 강력한 파괴력 덕분에 한 방울의 핏물도 남기지 않고 날아가 버렸기 때문일 것이다.

'어… 어찌 저것이 인간의 무공이 남긴 흔적이라 할 수 있겠는가.'

패력검제는 주춤주춤 걸어가 커다란 웅덩이 주위를 살폈다. 하지만 묵향은 이런 식의 시간 낭비를 용납할 수 없었다.

"이봐. 쓸데없는 데 신경쓰지 말고 내 부탁이나 한 가지 들어주는 것이 어때?"

패력검제는 멍한 표정으로 대꾸했다.

"부탁이라고 하심은?"

"저 아이를 총타로 보내줘야겠어. 본좌는 지금 급히 해야 할 일이 있거든. 어때? 내 부탁을 들어주겠나?"

말은 그렇게 하지만 묵향에게서 뿜어져 나오는 분위기로 보아 이것은 부탁이 아니라 협박이었다. 사실 묵향은 상대가 거절하면 적당히 다져놓은 후 다시 한 번 더「부탁」할 생각을 하고 있었으니까.

하지만 그 말을 듣고 있는 패력검제로서는 기가 막힐 수밖에 없었다. 자신이 누군가. 정파의 기둥으로 추앙받는 3황5제 중의 한 명이 아닌가. 그런 자신을 보고 마교로 심부름을 가 달라니. 그것이 말이 되는가?

"그게… 말이외다. 교주께서는 어떻게 생각하고 계신지 모르겠지만, 저도 정파의 일원이고."

젊잖게 거절하려고 했지만 그의 말은 곧바로 묵향에 의해 가로막혔다.

"허어~, 거 참. 세상사 모든 일을 그렇게 딱딱하게 생각할 필요가 뭐가 있는가? 탁 터놓고 부탁함세. 내 딸아이를 총타로 데려다 주게."

"딸이라구요?"

"만약 형님의 신상에 위급한 일이 있지만 않았다면 자네에게 이런 부탁을 하지도 않았을 것이야. 물론 자네에게 있어서 거절은 용납되지 않는 것 알지? 내가 부탁할 사람은 아쉽게도 지금 자네밖에 없어."

만약 거절한다면 두들겨 패서라도 심부름을 보내야 한단 말일세."

자신을 깔보는 말에 패력검제는 슬슬 부아가 치밀기 시작했다. 물론 자신 외에 부탁할 사람이 없다면 솔직히 사정을 설명하고 간곡하게 청해오면 될 것이 아닌가? 그런데 꼭 말을 저렇게 삐딱하게 해야만 할까?

하지만 패력검제가 어떻게 생각하건 묵향의 말은 계속되었다.

"자, 시간이 없으니 빨리빨리 대답하게."

그러면서 파락호들이 행인들을 위협하듯 주먹을 꽉 쥐고 뼈마디를 뚜둑거리는 행동을 해대고 있었다. 그것을 보고 이제는 허탈한 느낌마저 드는 패력검제였다.

「도대체 나를 어떻게 보고 그런 말도 안 되는 위협을 하시는 거요?」

이렇게 반론을 제기하려던 패력검제의 뇌리를 스치는 것이 있었다. 방금 전에는 그냥 흘려들었던 것인데, 그것이 갑자기 떠오른 것이다. 교주의 형님이라면 바로 만통음제를 말하는 것이 아닌가?

"형님이라면… 만통음제 대협 말씀이오?"

묵향이 고개를 끄덕여 수긍하자, 패력검제는 곧바로 본론에 들어갔다.

"그분이 위험하다니, 그게 무슨 말씀이시오?"

묵향이 패력검제가 이곳에 나타난 것을 보고 「하늘이 나를 돕는다」는 말을 한 이유는 바로 그 덕분에 만통음제라는 존재가 그의 뇌리에 떠올랐기 때문이다.

천지문이 함정에 빠졌다는 소식을 듣고 묵향은 이곳에 장인걸의 주력이 있을 것을 믿어 의심치 않았다. 하지만 이곳에 장인걸은 없었다. 소수의 천마혈검대원들만 있었을 뿐이다. 그렇다면 장인걸은 어디로 간 것일까?

깊게 생각해 볼 것도 없었다. 그가 천마혈검대원들을 이끌고 움직일 이유는 단 한 가지 뿐이었으니까. 그는 뭔가 굵직한 먹잇감을 찾아내고 그쪽으로 간 것이 틀림없었다. 팽선 따위는 결코 장인걸이 탐내는 먹잇감이 될 수 없다. 그렇다면 장인걸은 만통음제의 움직임을 포착했다는 말일 것이다.

만약 이곳에 패력검제가 나타나지만 않았다면, 묵향은 만통음제가 어찌되건 생각도 안 해보고 그냥 총타로 내달렸을 것이다. 하지만 만통음제가 위험하다는 것을 인지한 지금, 묵향에게 남은 선택은 단 한 가지 뿐이었다. 그것은 바로 소연을 총타로 보내는 일은 패력검제에게 맡기고, 자신은 만통음제를 구하기 위해 달려가야 한다는 것이었다.

"현재 돌아가는 상황을 본다면, 분명히 장인걸은 이곳에서 함정을 파고 기다리고 있었어야 했어. 하지만 그는 여기에 없었지. 그렇다는 말은 뭔가 아주 굵직한 먹잇감을 발견하고 그쪽으로 갔다는 걸 의미하는 거야."

"그 먹잇감이 만통음제 대협이시라는 말씀이오?"

"물론. 장인걸 하나만 해도 승리를 장담할 수가 없는데, 그 녀석에게는 천마혈검대가 있어. 그렇기에 본좌는 지금 당장 형님을 구하러 가야 한단 말이야. 안 그래도 시간이 없는데 쓸데없는 질문으로 시간 보내지 말고 빨리 대답해. 바로 해 줄 거냐? 아니면 몇 대 맞고 해 줄 거냐?"

다른 사람이라면 몰라도 정파의 원로고수인 만통음제를 위한 것이라는 데야 거절할 도리가 없었다.
　"좋소. 만통음제 대협을 위해서라면 그 정도 수고는 해 드리기로 하겠소. 물론 귀하의 무력이 겁나서 해 드리는 것은 절대로 아니니 오해하지 마시기 바라오."
　허락이 떨어지자 묵향은 그에게 몇가지 당부 사항을 전달한 후, 부랴부랴 한 가지 대법(大法)까지 전수한 다음 서둘러서 만통음제를 구출하기 위해 동쪽으로 달려 가 버렸다. 그리고 그곳에 남은 패력검제는 나무토막처럼 꼿꼿하게 얼어붙어 있는 소연을 어떻게 들고 갈 것인지 궁리해야만 했다. 업고 갈 도리는 없으니, 안고 가야하나? 아니면 들고 가야하나?
　패력검제가 어떻게 운반할지 궁리하고 있을때, 갑자기 묵향이 되돌아왔다. 그는 아직까지 패력검제가 이곳에 남아 있는 게 다행이라는 듯 말했다.
　"여기 있었군."
　"가신게 아니었소이까?"
　"가다 보니 한 가지 잊은 게 있어서 급히 되돌아왔지."
　가다가 되돌아온 것을 보면 아주 중요한 일인 모양이었다. 그렇기에 패력검제는 궁금증을 안고 질문을 던졌다.
　"무슨 일인데 그러시오?"
　"천마동에 내려가서 혹시 생명의 위협을 당할 우려가 있을지도 모르는데 말이야."
　자신에게 생명의 위협이라니. 패력검제는 절대로 그런 일이 있을 리가 없다고 생각했지만, 그래도 달려와 준 상대의 정성이 있기에 뭐라 대꾸하지 않고 가만히 들었다.

"그때는 암호를 하나 말하면 돼. 다크가 아빠에게 부탁하더라고, 그리고 사랑한다고 하더라고 말해. 잊어버리지 마. 알겠어?"

다크가 아빠에게 부탁한다고? 그리고 사랑한다고? 거참 희한한 암호도 다 있군. 어떤 멍청이가 그런 낯 간지러운 암호를 생각해 냈는지 모르지만 참 웃기는 녀석이었다. 하기야 그토록 중요한 암호라면 상대가 전혀 예상하기 힘든 암호를 만드는 것이 좋기는 하겠지. 그런 의미에서 제대로 만든 암호일지도 모른다.

"알겠소. 꼭 기억하도록 하리다."

그의 대답이 채 끝나기도 전에 묵향은 다시금 어둠 속으로 사라져 버렸다. 그리고 그곳에 남겨진 패력검제는 어이없는 표정으로 서 있었다.

'자기가 탈마급이라서 화경인 나는 아예 물로 보이는 모양이지? 참 내. 어이가 없어서.'

이때, 진팔이 비틀비틀 다가와 패력검제에게 간절한 표정으로 부탁했다.

"어르신. 저도 부탁드리겠습니다. 마교 총타에 가시는 것이 썩 마음에 내키시지는 않으시겠지만, 그래도 거기에 가면 사저를 살릴 가능성이 조금이라도 있다고 하지 않습니까?"

진팔은 패력검제가 뭔가 탐탁치 않은 듯한 얼굴로 서 있는 것을 보고 노파심에서 다시 한 번 부탁해 온 것이었다. 하지만 그것은 오히려 패력검제의 성질을 긁는 말이었다.

'이놈이 나를 어떻게 보고 그딴 부탁을 해? 나를 일구이언(一口二言) 하는 소인배로 생각했다는 말인가? 나는 한 번 내뱉은 말은 책임을 지는 사람이야.'

화가나서 진팔에게 호통을 치려던 패력검제는 문득 과거에 있었던 일이 한 가지 떠올랐다. 자신이 이리저리 진팔을 긁어댔을 때, 유일하게 반응을 보였던 진팔의 약점. 그것은 바로 소연이었다. 그때의 일이 떠오르자 패력검제의 분노는 눈 녹듯 풀려 버렸다.
'뭐 사랑하는 여인을 위해 자존심을 굽히고 부탁할 수도 있겠지.'
이런 생각이 들자, 패력검제는 호통을 치는 대신 부드러운 어조로 대꾸했다.
"자네가 그런 부탁하지 않아도 갈 걸세. 그건 그렇고 자네는 어찌 할 건가?"
"어쩔 것이나 있겠습니까? 먼저 임무를 완수한 후, 생존자를 수습하여 양양성으로 돌아갈 겁니다."
"그 임무가 도대체 뭔가?"
"바로 저기에 있는 배들을 모두 불사르는 겁니다. 그리고 장인들도 구출해야 하구요. 지금 이곳에 남아 있는 금군 병졸들은 한 명도 없으니, 그럭저럭 해 낼 수 있을 겁니다."
"그런가? 그럼 수고하게. 나도 가 봐야겠군."
"예, 어르신. 부탁드리겠습니다."

혼비백산(魂飛魄散)의 장인걸

　패력검제와 헤어진 후 묵향은 전속력으로 동쪽을 향해 달려갔다. 자신이 팽선을 도와주라고 부탁했었던 만큼, 만통음제는 팽선 일행과 함께 있을 것이 분명했다. 한참 달려가던 그의 기감(氣感)에 강렬한 마기가 포착되었다. 그 순간 묵향은 달리던 것을 멈추고 그 자리에 서서 좀 더 감각을 집중하여 주위를 살폈다.
　마기가 느껴지는 곳은 회하 건너편이었다. 이상한 일이 아닌가? 묵향은 고개를 갸웃하지 않을 수 없었다. 놈들이 팽 뭐시기를 치러가는 것이 맞다면 분명 강 건너편이 아니라 이쪽 편에 있어야 옳은데, 왜 저쪽에 있다는 말인가? 그것도 한둘이라면 정찰을 목적으로 이동하는 것이라고 생각할 텐데, 그 수는 거리가 멀어 정확히 알 수 없었지만 절대로 한둘 정도가 아니었다.
　"팽선이 있을 거로 생각되는 저쪽으로 달려가야 하나? 아니면 이쪽인가?"

고민이 되지 않을 수 없었다. 그렇다고 마냥 이곳에서 궁리하고 있을 시간 여유도 없었다. 만통음제가 아무리 뛰어난 고수라고 해도, 천마혈검대원들을 거느린 장인걸을 상대로 절대로 이길 수는 없었다.

이때, 묵향은 갑자기 생각났다는 듯 탄성을 질렀다.

"맞다. 저놈들만 없애면 간단하게 해결될 일이잖아."

그렇다. 구태여 묵향이 만통음제를 꼭 만나야 할 이유는 없었던 것이다. 그의 생명을 위협하는 것은 장인걸과 합쳐진 천마혈검대였다. 장인걸 혼자라면 결코 그의 생명을 위협하기 힘들었다. 몇 수 교환해 보고 힘들 것 같으면 도망치면 될 테니까. 그런 만큼 저놈들만 없애 버리면, 일단 형님의 목숨은 안전하다고 봐도 무방해진 것이다.

생각을 정리하자 묵향은 전속력으로 마기가 느껴지는 곳을 향해 달려갔다.

장인걸이 수하들과 함께 회하를 건넜을 때, 순간적으로 적의 위치를 놓친 적이 있었다. 그로서는 다 잡은 먹이를 놓칠 수도 있는 상황이었다. 하지만 그는 침착하게 대응했다.

놈은 자신의 흑살마장에 두 방을 맞았다. 복부에 한 방, 그리고 도망치는 과정에서 등에 한 방. 복부에 먹인 것은 비교적 놈이 방비하기 쉬웠기에 막아냈을 가능성이 컸지만, 등판에 먹인 것은 제대로 먹혀들었다. 호신강기로 등판을 보호했다고 해도, 치명적인 부상을 당했을 것이 분명했다. 아니, 백 보 양보해서 그마저도 큰 부상을 입히지 못했다고 해도, 조금의 상처라도 입었다면 지금쯤 놈의 몸은 흑살마장의 독기로 엉망이 되어 있을 것이 분명했다.

"수하들을 보내어 양양성으로 들어가는 통로들부터 차단하도록 하겠습니다."

선임인 제6대장이 건의해 왔지만 장인걸은 그의 의견을 따르지 않았다.

"아니, 그럴 필요 없다. 놈이 바보가 아닌 이상, 양양성으로 직행했을 리가 없다. 우선 우리들을 따돌리기 위해 양양성 쪽이 아닌 다른 방향으로 움직이고 있을게 분명하다. 놈은 부상 때문에 빨리 움직일 수가 없다. 주위부터 시작해서 차근차근 이 잡듯 뒤져라."

"존명."

"놈을 발견하면 절대 공격하면 안 된다. 적당한 거리를 두고 뒤에서 추격하며 놈을 포착했음을 알리기만 하면 된다."

"존명."

그때부터 도망치는 화경급 고수와 장인걸의 추격전이 시작되었다. 물론 여기서 압도적인 우위를 점하고 있는 것은 장인걸이었다. 처음에는 8명밖에 되지 않던 수하들은 얼마 지나지 않아 9, 10대와 이천진 대장이 합류하며 25명으로 불어났다. 아무리 상대가 화경급 고수라고 하지만, 중상을 당한 상태에서 그 많은 인원이 쳐놓은 그물망을 빠져나갈 수는 없었다.

장인걸은 상대를 지속적으로 압박하여 결국 절벽이 있는 곳까지 몰아붙였다. 비틀거리며 사력을 다해 도망치던 상대는 그곳에서 멈춰섰다. 한쪽이 절벽으로 가로막혀 있는 이상 사방에서 포위될 염려가 없기에, 이곳에서 최후의 승부수를 던지려는 모양이었다.

깎아지르는 듯한 절벽을 중심으로 천마혈검대는 물샐틈없는 포위망을 구축한 채 장인걸의 명령을 기다렸지만, 어찌 된 일인지 그는 공격 명령을 내리지 않고 있었다. 그는 팔짱을 낀 채 느긋한 표정으로 포위망의 중심에 갇혀 있는 화경급 고수를 바라보고 있었다.
"크흐흣. 이제 도망칠 여력도 없는 것인가?"
흐뭇한 웃음을 짓고 있는 장인걸을 향해 제6대장 왕걸이 제안했다.
"교주님. 명령을 내려주십시오. 이제 놈은 독안에 든 쥐나 다름없습니다."
제6대장은 자신만만하게 청했지만, 장인걸은 고개를 가로저으며 그의 청을 물리쳤다.
"모르는 소리. 아무리 치명적인 상처를 입었다고 하지만, 놈은 무서운 발톱을 감추고 있는 맹호(猛虎)다. 저놈은 지금 이쪽에서 공격해 주기를 애타게 기다리고 있겠지. 우리들 중의 한 명이라도 저승길 동반자로 삼기 위해서 말이다. 그냥 놔둬도 죽을 놈 때문에 본좌의 소중한 수하를 한 명이라도 잃을 수는 없다."
장인걸의 말에 제6대장의 얼굴에 엷은 감동의 빛이 떠올랐다. 수하들을 이토록 생각해 주는 것에 감동한 모양이지만, 장인걸로서도 이건 선택의 여지가 없는 일이었다. 저 망할 화경급 고수를 없애는데 이미 제7대 대원 7명을 잃어야만 했다. 원대한 자신의 꿈을 이루려면, 더 이상의 고수를 희생시킬 수는 없었다. 과거 그가 마교 총타를 차지하고 있을 때와 달리, 더 이상 최상급 고수의 충원은 불가능했기에.
"왕걸 대장."

"옛."

"자네의 철령전을 빌릴 수 있겠나? 본좌에게는 무거운 암기가 없어서 말일세."

각각의 암기가 지니고 있는 장단점이 조금씩 달랐기 때문에, 대부분의 무림인들의 경우 한 가지 이상의 암기를 휴대했다. 암기의 종류를 크게 나눈다면, 우모침(牛毛針)처럼 아주 작고 가늘어서 적이 포착하기 힘든 것도 있었고, 철령전(鐵翎箭)처럼 크고 묵직한 것도 있었다. 우모침은 은밀하게 적을 공격한다는 암기의 목적에 가장 충실하게 제작된 것이기는 했지만, 그 파괴력이 너무 약했기에 독을 병행하여 사용해야만 했다. 그 때문에 독기를 막아줄 특수한 장갑을 끼어야만 하는데다가 웬만한 내공의 고수라고 해도 3장 이상은 날리기 힘들다는 단점을 안고 있었다.

그에 비해 철령전 같은 무거운 암기는 그 특성이 정반대였다. 크고 무겁기 때문에 독의 힘을 빌릴 필요도 없이 적을 격살할 정도로 강한 파괴력을 지닌데다가 멀리까지 투척할 수 있다는 큰 잇점이 있었지만 파공성(破空聲)을 감추기 힘들기에 적이 눈치 채고 회피할 가능성이 크다는 단점 역시 지니고 있었다. 하지만 대규모 접전이 벌어지고 있는 난장판이라면 파공성을 쉽사리 포착하기 힘들기에 철령전 같이 쉽게 쓸 수 있으면서도 강력한 암기가 그 진가를 발휘했다.

제6대장 왕걸은 재빨리 품속에서 철령전 다섯 대를 꺼내어 교주에게 바쳤다. 왕걸이 애용하는 것은 삼릉철령전(三陵鐵翎箭)이었는데, 6치나 되는 비교적 큰 크기를 가진 그것은 세모꼴의 강철 살대에 역시 세 조각의 얄팍한 강철 깃털이 달린 화살 같은 형태의 암기였다.

장인걸은 그중 하나를 집어 들고 가볍게 적을 향해 날렸다.

쐐에에엑--!

묵직한 무게 덕분인지 서로 간의 거리가 무려 10장에 달했는데도 불구하고 철령전은 날카로운 파공성을 흘리며 상대에게로 날아갔다. 순간 인사불성인 듯 보였던 적의 몸이 튕기듯 날아올랐다. 아마도 암기를 피하기 위한 회피동작인 모양이었지만, 장인걸이 던진 철령전은 그의 발밑으로 통과하는 대신 곡선을 그리며 위쪽으로 떠올랐다. 막 그의 몸이 철령전에 꿰뚫리려는 순간, 화경급 고수의 몸에 붉은 빛의 장막이 번쩍이더니 철령전은 가루가 되어 흩어졌다. 밑으로 내려오는 그의 손에 붉은 빛이 나는 짧은 단검이 들려 있는 것을 보면 그것을 이용하여 철령전을 박살내 버린 듯 보였다. 하지만 갑자기 몸을 움직인 것이 화근이었는지 땅에 착지하는 순간 비틀거리더니, 곧바로 땅바닥에 주저앉아 버렸다.

"봤나? 아직까지 놈에게는 힘이 남아 있어."

"속하의 생각이 짧았습니다, 교주님."

"그렇게 사과할 필요는 없네. 본좌가 저놈을 공격한 것은 자네의 잘못을 탓하고자 한 것이 아니니까."

"……."

"한 번씩 이렇게 자극을 줘야 놈이 상처를 치료하지 못할 것이 아닌가? 그리고 더불어서 공력 소모와 함께 독성이 저놈의 몸속으로 더욱 깊게 침투하게 되겠지. 크흐흣. 이제 놈이 버틸 수 있는 것도 얼마 남지 않았을 거야."

장인걸은 창백한 얼굴로 자신을 노려보고 있는 화경급 고수를 향해 비웃음을 보내고 있었다.

장인걸이 목표물이 죽기만을 기다리고 있을 때였다. 갑자기 저 먼 곳에서 무시무시한 속도로 접근해 오는 인물이 있었다. 그가 얼마나 전력을 다해 경공술을 펼치고 있는지는 모르지만, 미처 자신의 존재감을 감출 여유도 없는 모양이었다. 그렇기에 그의 모든 것이 하나도 걸러지지 않은 채 장인걸과 그의 수하들에게 전해지고 있었다. 상대는 엄청난 고수였다. 장인걸 같은 초고수조차 저 가슴 밑바닥에서 막연한 두려움을 느낄 정도로.

"대체 어떤 놈이지?"

제6대장은 재빨리 장인걸에게 외쳤다.

"다른 화경급 고수가 지원하러 오는 모양입니다, 교주님."

제6대장은 다른 대주들을 향해 외쳤다.

"모두들 새로운 적에 대비하라. 전투 준비!"

"그게 아니다. 이 느낌은… 본좌로 하여금 이토록 두려움을 느끼게 하는 것은?"

얼마 전 화경급 고수 세 명을 상대로 싸울 때도 이 정도의 압박감은 받지 않았었다. 만약 이것이 일부러 자신의 기척을 극대화하여 자신을 기만하는 것이 아니라면, 이 정도 존재감을 뿌릴 만한 고수는 장인걸이 알기에 단 한 명뿐이었다.

"서, 설마 그놈이 살아 있었다는 말인가?"

장인걸은 더 이상 생각할 것도 없이 자신이 낼 수 있는 한 가장 빠른 속도로 도망치며 수하들에게 명령했다.

"모두들 도망쳐라! 빨리!"

장인걸의 갑작스런 후퇴 명령에 수하들은 일순간 당황했다. 그들이 지금껏 장인걸이 이토록 당황한 모습을 본 적이 있었던가? 그것도 「후퇴」라는 말도 아니고 「도망」이라니. 하지만 그들은 저마다 당황스러움을 감추며 재빨리 장인걸의 뒤를 따랐다. 후퇴하라면 후퇴해야 하는 것. 일단 교주의 결정이 내려진 상태에서 반론은 용서되지 않았다. 그것이 장인걸의 방식이었으니까.

그들이 떠나고 얼마 지나지 않아 묵향이 도착했다. 저 멀리 절벽 밑에 만신창이가 되어 앉아 있는 만통음제의 모습을 본 순간 묵향의 가슴은 터질 것만 같았다.

"이런 빌어먹을 새끼들이!"

묵향은 재빨리 절벽 위로 몸을 날렸다. 아직 늦지 않았다. 꽤 먼 거리는 했지만 수십 개가 넘는 강렬한 마기가 이동하는 것이 느껴지고 있는 것이다. 빠른 속도로 멀어지고 있었지만, 그렇다고 포기할 묵향이 아니었다.

"이거나 먹어랏!"

순간, 묵향의 손에서 수십, 아니 수백 개에 달하는 응축된 강기의 구슬들이 연속적으로 쏟아져 나갔다. 적이 아무리 먼 곳에 있다고 하더라도 묵향 같은 고수라면 충분히 몇 개의 구슬만을 발출한 후, 그것들을 기로 조종하여 놈들의 일부만이라도 확실하게 저세상에 보낼 수 있었다.

하지만 묵향이 그렇게 하는 대신 무차별 공격만 퍼붓고 끝내 버린 것은 놈들과의 거리가 너무 멀다는데 이유가 있었다. 아무리 강기가 날아가는 속도가 빠르다고 하지만, 놈들과의 거리가 너무 멀다. 더군다나 놈들은 매우 빠른 속도로 멀어져 가는 상태였기에, 그 거리는 더욱 늘어날 것이 분명했다. 그 시간 동안 구슬들의 움직임을 조종하고 있을 시간 여유가 그에게는 없었다. 한시라도 빨리 사경을 헤매고 있을 만통음제를 도와줘야 하는 것이다.

상대를 향해 강기의 구슬들을 날린 후, 그 결과를 확인하지도 않은 채 묵향은 절벽 아래도 뛰어내렸다. 절벽 밑에 내려선 묵향은 만신창이가 된 만통음제를 보고 눈물이 핑 도는 것을 억지로 참았다. 이 모든 것이 자신의 탓이었다. 괜히 잘 있는 사람을 보고, 딸아이를 도와달라고 해 가지고는 이 모양을 만들다니.

자책감과 함께, 질녀를 구하겠다고 모든 위험을 감수하고 홀로 뛰어든 만통음제에게 너무나도 큰 고마움을 느꼈다. 사실, 이 정도 위험을 당한 상태라면 팽선에게로 달려가 도움을 청할 수도 있었을 것이 아닌가? 그런데도 만통음제는 팽선에게로 가지 않고 이쪽으로 도망쳐 온 것이다. 그쪽으로 가면 질녀가 위험할 테니까. 그것을 묵향이 모를 리 없었던 것이다.

"아니, 화경씩이나 되는 분이 상처가 이 지경이 될 때까지 뭐한 겁니까?"

퉁명스럽게 쏘아대는 말과 달리, 묵향의 눈에 눈물이 그렁거리는 것을 보고 만통음제는 씨익 미소지었다. 온몸이 찢어질 정도로 아플 텐데도 그에 대꾸하는 만통음제의 목소리는 유쾌하기까지 했다. 동생에게 걱정을 끼치고 싶지 않았던 탓이리라.

"난들 그렇게 되도록 놔두고 싶어서 놔뒀겠나? 저놈들이 치료를 할 여유를 줘야 말이지."

"제가 호법을 서 드리겠습니다. 일단 운기조식을 하여 독기부터 몰아내십시오."

"내 몸 상태는 그 누구보다도 내가 잘 알고 있네. 공력의 소모가 너무 심했어. 지금 운기조식 해 봐야 이미 늦었다네."

"공력이라면 제가 나눠드리겠습니다."

묵향은 다급히 말했지만, 만통음제는 처연히 미소지으며 힘없이 중얼거렸다.

"마음은 고맙지만 이건 내 자신의 몫일세. 자네가 지닌 것은 역혈의 내공. 정종의 내공을 쌓은 나를 어찌 도울 수 있겠는가. 그러지 말고 이것을 내 제자놈에게 전해 주게."

그러면서 만통음제가 품속에서 꺼낸 것은 작은 비수였다. 하지만 묵향은 비수 따윈 거들떠보지도 않고 다급히 외쳤다.

"다 방법이 있습니다. 그러니까 지금이라도 늦지 않았습니다. 저를 믿고 빨리 운기조식이나 하십시오."

"어쩔 수 없군. 내 동생 말대로 함세. 대신 만일의 사태를 대비하여 유언(遺言)은 남겨야 할 것이 아닌가?"

"빨리 말씀하십쇼. 시간 없습니다."

"비수는 첫째에게. 그리고 금은 동생에게 주겠네. 제자놈들 중에서 그걸 제대로 쓸 수 있는 놈은 하나도 없으니까 말이야. 받아주겠나?"

만통음제는 심각하게 꺼내는 말이었지만, 그것을 듣고 있는 묵향은 건성으로 대꾸했다.

"물론이죠. 감사히 쓰겠습니다. 자, 다 끝나셨으면 빨리."

"뭐가 그렇게 급한가? 아직 숨넘어가려면 다소 여유가 있네. 다소 염치없는 부탁이기는 하지만, 내가 죽는다면 제자놈들을 부탁하겠네."

"염려 마십쇼."

"그리고……."

"아, 내가 알아서 모두 다 완벽하게 처리해 줄 테니, 쓸데없는 말지껄이지 말고 빨리 운기조식이나 하라는 말입니다."

급기야 묵향이 벌컥 화를 내자, 만통음제는 어쩔 수 없이 운기조식을 시작했다. 끝까지 희망을 잃지 않고 있는 묵향이 슬퍼할까봐 말을 꺼내지 못했지만 그는 이미 모든 것을 포기한 상태였다. 독기가 내장까지 침투해 온 상태에서 공력까지 바닥을 보이고 있었다. 적들을 피해 이리저리 도망치는 한편, 끓어오르는 독기를 억누르다 보니 공력 소모가 극심했던 탓이다. 이런 상태에서 어찌 살기를 바랄 수 있겠는가.

이때, 어디선가 어마어마한 공력이 쏟아져 들어오기 시작했다.

'허억! 동생이 손을 쓴 건가?'

순간 그는 더욱 심한 절망감을 느꼈다. 역혈의 심법을 통해 쌓은 마교도의 공력이 자신의 공력과 합해질 수 없음을 누구보다 잘 알기 때문이었다. 이제 그것이 자신의 공력과 충돌을 일으키는 순간, 자신의 목숨도 끝날 것이다.

이때, 놀라운 일이 벌어졌다. 충돌할 것으로만 여겨졌던 두 개의 공력은 순식간에 합류하며 세차게 그의 몸속을 치달리기 시작한 것이다.

'이럴 수가. 동생이 탈마의 고수라서 그런 것인가? 하지만 아무리 경지가 높아진다고 해도, 내공의 기본적인 성질이 바뀔 수 있다는 말인가? 아차! 이럴 때가 아니지.'

만통음제는 정신을 차리고 세차게 흐르는 기운을 조종하기 시작했고, 곧이어 시커멓게 썩어 들어가고 있던 그의 상처에서는 시커먼 피고름과 진물이 콸콸 흘러내리기 시작했다. 그의 몸속 깊이 퍼져 있던 모든 독기가, 그 부산물들과 함께 밖으로 밀려나오기 시작했기 때문이다.

거의 반각 정도가 흘렀을까. 상처에서 흘러나오던 진물은 점차 연해지기 시작하더니 이윽고 그 흐름을 멈췄다. 잠시 후 만통음제는 눈을 뜨더니 감동섞인 어조로 묵향에게 감사했다.

"우형의 목숨을 살려주어 무어라 감사해야 할지 모르겠구먼."

묵향은 흘러내리는 눈물을 옷섶으로 닦아낸 후, 퉁명스럽게 대꾸했다.

"무슨 말씀을 그렇게 하십니까? 오히려 형님을 사지로 보낸 꼴이 되어 제가 더 죄송합니다. 이제 독기는 어느 정도 몰아내셨습니까?"

"그런 것 같으이. 하지만 이미 완전하게 썩어 들어간 부분은 도려내야 할 것 같구먼."

"그렇다면 빨리 양양성으로 가는 게 좋겠군요. 거기에는 실력 있는 의생들이 많으니 말입니다."

묵향은 아직 몸이 완전히 회복되지 않은 만통음제를 등에 업고 양양성을 향해 달려갔다.

밖에서 요란스러운 말발굽소리가 들린 후, 곧이어 마화의 다급한 목소리가 이어졌다.

"교주님은 무사하셔?"

마화의 목소리에 이어 정삼의 목소리가 이어졌다.

"교주님께서는 괜찮으시지만, 만통음제 대협이 큰 부상을 당하셨어. 지금 의생이 치료 중이야."

곧이어 내실로 통하는 문이 벌컥 열리며 마화가 모습을 드러냈다. 그녀는 묵향이 무표정하게 앉아서 술잔을 기울이고 있는 것을 보고,

안도의 한숨을 내쉬었다. 어쨌건 그의 몸은 무사한 것 같았으니까.

마화가 들어오는 것을 보고 묵향이 먼저 말을 걸었다. 하지만 그의 어조로 봤을 때 그 일이 전혀 궁금한 것 같지 않았지만, 마화에 대한 예의상 그걸 물어본다는 인상을 강하게 던져주고 있었다.

"정 대장에게 들으니, 철영에게 갔었다면서? 그래, 갔던 일은 어떻게 되었나?"

마화는 그 말을 듣자마자 화를 벌컥 냈다. 묵향이 묻는 의도가 어찌되었건, 그녀는 지금 화가 머리끝까지 나있었고 그녀는 때마침 그 돌파구를 찾은 셈이었다.

"아니, 그렇게 말이 안 통하다니, 어떻게 그럴 수가 있죠?"

뾰족한 마화의 외침에 묵향은 빈 술잔에 술을 따르며 말했다. 하지만 그의 어조는 여전했다. 왜냐하면 그는 마화가 왜 화가 난 것인지 이미 알고 있었기 때문이다. 그렇지만 그는 마화의 분노를 달래주기 위해 다 알면서도 말을 걸었다.

"그게 무슨 말이야?"

"교주님께서 위험하시다고 철영 부교주에게 전한 후, 수하들을 이끌고 그곳으로 가 달라고 말했어요. 그랬더니, 퉁명스러운 어조로 교주님께서 직접 명령하셨는지 물으면서, 공식적인 명령서를 달라고 하더라구요. 기가 막혀서."

묵향은 입속에 술을 털어 넣은 후, 부드러운 어조로 마화를 달랬다.

"그건 당연한 거야. 내가 명령하지 않는 한 절대로 움직이지 말라고 그 녀석에게 명령해 놨으니 그로서는 달려가서 싸우고 싶어도 어쩔 수 없는 노릇이었겠지. 마화가 이해하라구."

"그래도 교주님의 목숨이 위험할지도 모른다고 말했으면 뭔가 반응이 와야 하는 거 아니에요?"

"어쩌면 초류빈이었다면 내가 있는 곳으로 달려왔을지도 모르지. 하지만, 철영은 절대로 그런 행동을 하지 않아. 본교에서 성장한 만큼, 그 녀석은 철혈의 율법에 길들여져 있거든. 그놈이 내 명령에 위반되는 행동을 할 때는, 바로 나를 없애고자 할 때뿐이겠지."

"어떻게 그런 무서운 말을 그렇게 아무렇지도 않게 할 수가 있죠?"

"어쩔 수가 없지. 나도 그놈과 똑같은 환경에서 성장했으니까. 어쨌건 나를 위해서 수고해 줘서 고마워. 하지만 다음부터는 그럴 필요 없다. 나는 그렇게 약하지 않으니까."

"예."

서로 간에 대화가 끊기자 마화는 묵향의 안색을 살피며 말을 꺼낼까 말까 망설이고 있었다. 무표정한 묵향의 얼굴만 보고는 그가 갔던 일이 잘되었는지, 아니면 잘못되었는지 도저히 알 수가 없었다.

화경을 뚫었다는 만통음제까지 중상을 당해 실려왔을 정도다. 그만큼 장인걸 쪽에서 단단하게 준비를 하고 이쪽을 기다렸다는 말인데, 그런 상황에서 소연이 살아남을 수 있었을까? 어쩌면 지금 묵향은 딸을 잃은 아픔을 속으로 삭이고 있을지도 몰랐다. 그런 그에게 그 얘기를 꺼내 상처를 다시 헤집어 놓을 수는 없는 노릇이었다.

계속 마화가 자신의 눈치를 보고 있자, 묵향이 먼저 말을 걸었다.

"뭐 하고 싶은 말이 더 있나?"

"만통음제 대협께서는 괜찮으신가요? 정삼에게 들으니 중상을 당하셨다고 하던데요."

"위급한 고비는 이미 넘겼으니 네가 걱정할 필요는 없어. 썩어 들어간 살덩이를 도려낸 다음, 잘 치료하면 조만간에 완쾌하실 거야."

"잘됐네요."

그렇게 대답한 마화는 다시 한 번 묵향에게 소연에 대한 것을 물으려고 시도하다가 그만뒀다. 이번 작전이 어떻게 진행되었는지에 관한 것은 무영문을 통해서도 알아볼 수 있을 것이고, 그렇지 않다면 서문세가를 통해 알아볼 수도 있을 것이라는데 생각이 미쳤던 것이다.

마화는 묵향의 앞에 슬쩍 앉더니 그가 입으로 가져가려던 술잔을 가로채서 입속에 털어 넣은 다음, 묵향에게 술잔을 권하며 말했다.

"만통음제께서 위기를 넘기셨는데, 축배를 들어야겠죠? 자, 한잔 드세요."

"왜 같이 대작이라도 해 주려고?"

"혼자 마시는 것 보다는 같이 마시는 게 좋잖아요."

넉살 좋은 마화의 대답에 묵향은 키득거렸다. 그녀가 은근슬쩍 자리를 잡고 앉아 자신의 슬픔을 달래주려고 하는 것이 재미있었던 것이다.

"물론 나도 같이 마시고 싶기는 하지만, 아무래도 오늘은 그럴 시간이 없을 것 같아."

"왜요? 뭐 할 일이 있으세요?"

"그래. 내가 아니고 네가."

"제가요?"

"응. 잊고 있었는데, 천지문에 사상자가 아주 많은 것 같았어. 이쪽에서 도와주지 않는다면 아주 힘들 거야."

"알겠어요. 지금 바로 준비해서 떠나겠어요. 혹시 지시하실 말씀은

혼비백산(魂飛魄散)의 장인걸 209

없으신가요?"

"그런 것은 없으니 마화가 알아서 처리해 줘."

"예. 그럼 속하는 가 보겠습니다."

마화는 묵향에게 예를 올린 후, 밖으로 나가며 생각했다.

'중상자가 많다고 하셨으니, 준비를 철저하게 해야겠는데? 일단 의생과 약재. 그리고 부상자를 운반할 마차는 필수겠고…….'

패력검제 마교를 가다

  마교 교주와 헤어진 패력검제는 소연을 어깨에 들쳐 메고 서둘러서 마을을 찾아갔다. 마침 어두운 밤이었기에 망정이지, 거의 벌거벗은 것이나 다름없는 그녀를 운반하는 것을 다른 사람들이 봤다면 기절초풍했을 것이 분명했다. 패력검제는 소연을 숲 속에 숨겨놓은 다음 그녀에게 입혀놓을 만한 옷부터 구입했다. 하지만 그녀의 몸이 워낙 딱딱하게 굳어있었기에 도무지 그것을 입힐 방법이 없었다.
  그렇기에 패력검제가 차선책으로 생각한 것이 그녀를 관 속에 집어넣어 운반하는 것이었다. 밤이 늦었기에 문을 연 장의사가 단 한 곳도 없지만, 패력검제는 그런 것에 개의치 않았다. 잠자던 장의사를 두들겨 깨워 관을 구입한 그는 재빨리 소연에게로 돌아갔다. 그는 소연을 관 속에 집어넣은 후, 그녀의 몸을 옷으로 덮었다. 나중에 총타에 도착하게 된다면 필요하게 될 테니까.

그런 다음 그는 관을 들고 객잔(客棧)으로 달려갔다. 객잔의 점소이는 웬 사내가 관을 들고 들어오는 모습을 보고 기겁했지만, 패력검제가 돈푼을 던져주자 두말하지 않고 바로 방으로 안내했다. 만약 그 속에 사람이 들어있다는 것을 알았다면 아무리 돈을 많이 쥐어준다 해도 절대 방을 빌려주지 않았겠지만, 점소이는 전혀 그런 것은 예상조차 하지 않았다. 왜냐하면 패력검제는 그 관이 마치 빈 관이나 되는 듯 아주 손쉽게 다뤘으니까.

방에 들어온 패력검제는 쓰러지듯 침상에 누워서 골아 떨어졌다. 아닌 밤중에 잠도 자지 않고 천 리가 넘는 거리를 전력 질주 했으니, 피곤하지 않다면 그건 사람도 아닐 것이다.

패력검제가 눈을 뜬 것은 해가 중천에 떠오른 다음이었다. 그는 일어나자마자 운기조식부터 한 다음 객점(客店)으로 내려가 텅 빈 뱃속부터 채워 넣었다. 충분한 휴식과 영양가 있는 식사로 어느 정도 몸을 회복한 패력검제는 방으로 돌아와 관 뚜껑을 열었다. 관 속에는 소연이 창백한 얼굴로 누워있다. 교주가 시전한 대법에 의해 완벽하게 냉동되어 있는 상태인 것이다.

패력검제가 관을 연 것은 교주의 당부 때문이었다. 지금이 겨울이라 그렇게 자주 해 줄 필요는 없지만, 하루에 두 번은 꼭 대법을 시전하여 그녀의 냉기를 지속시켜 줘야만 했다. 안 그러면 도중에 냉기가 풀리면서 소연의 목숨이 끊어질 우려가 있는 것이다.

패력검제는 양손을 뻗어 한 손은 그녀의 심장에, 또 다른 한 손은 그녀의 단전에 장심(掌心)을 밀착시켰다.

'처음 하는 건데 잘 될지 모르겠군. 그러니까 이 상태에서 운기(運氣)를 어떻게 했더라?'

패력검제는 어젯밤을 떠올렸다.

「대법이라고 해 봐야 별로 어려울 것은 없어. 한 손은 이곳에, 또 다른 한 손은 이곳에 장심을 밀착시킨 후 운기를 하는 거야. 내가 기(氣)를 이끌어줄 테니 그 경로를 꼭 명심해. 그리고 그대로 하기만 하면 돼.」

그런 교주의 말에 패력검제는 질문을 던지지 않을 수 없었다.

「이게 도대체 어떤 대법이오?」

「사람을 냉동시키는 거라고 할 수 있지. 물론 다른 사람에게 이 방법을 써봤자 헛일이야. 그 뒷감당을 할 수가 없거든. 하지만 총타에는 유일하게 그 뒷감당을 해 줄 만한 사람이 하나 있지. 그분이 할 수 없다고 한다면 그건 어쩔 수 없는 노릇이겠지만, 어쩌면 소연이를 살릴 수 있을 거야. 본좌는 거기에 희망을 걸고 있네.」

어찌 보면 아주 무책임한 소리였다. 하지만 패력검제는 그 말을 하고 있는 교주의 열기어린 표정에서 희미한 희망을 발견했다. 그는 여기에 마지막 희망을 걸고 있는 것이 분명했다. 사실 이런 편법이라도 동원하지 않았다면 이미 죽었을 것이 분명한 소연이었으니까.

교주가 알려준 대로 기를 움직이자 패력검제의 손은 투명하게 변하면서 은은한 빛이 뿜어져 나오기 시작했다.

'오옷! 뭔지 모르겠지만, 제법 시각적인 효과는 쓸 만한 걸?'

아직까지도 자신이 무슨 짓을 하고 있는 것인지 확실히 인지하지 못하고 있던 패력검제는 교주가 알려준 대법이 보여주고 있는 시각적 효과에 매료되고 있었다. 그의 손은 투명할 정도로 희게 변하기 시작했고, 벽옥처럼 푸르스름한 광채를 은은하게 뿜어내고 있었다. 너무나도 차가운 느낌을 주는 푸르스름한 광채였다. 냉동시킨다고 하더니 과연 교주가 알려준 대법이라는 것은 상당한 수준의 빙공임이 분명했다.

'이거 뜻하지 않게 기연을 얻은 셈인가? 이 정도 수준의 무공을 익힐 수 있는 기회는 흔치 않은데 말이야. 예상보다는 공력의 소모가 조금 크기는 했지만, 뭐 감당 못할 수준은 아니니까 제법 쓸 만하겠어. 그런데, 이걸 실전에서 쓴다면 어떨까?'

혼자서 좋아하며 이런저런 초식들을 생각하고 있던 패력검제는 갑자기 고개를 갸웃하며 중얼거렸다.

"이상하군. 이거 비슷한 무공이 있다는 소리를 어디선가 들었던 것 같은데, 그게 뭐였을꼬? 마공이었던가? 아니야. 기의 자연스러운 흐름으로 봤을 때 정종무공이 분명해. 그렇다면 마교 교주가 어째서 이런 무공을 익혔지? 도저히 이해할 수가 없구먼."

패력검제가 마교의 정예들과 직접적인 대결을 자주 벌였었다면 곧바로 해답을 찾아낼 수도 있었을 것이다. 이것이 바로 그 이름도 무시무시한 소수마공(素手魔功)의 변형된 형태인 무공이라는 것을 말이다.

그런데 마교의 간판급 무공들 중의 하나인 소수마공을 왜 그가 생각해 내지 못한 것일까? 그것은 그가 지금껏 들었었던 소수마공과 방금 전 자신이 사용한 대법이 상당한 차이점을 보이고 있었기 때문이다.

우선 소수마공이라고 하면 모두들 소수(素手) 즉, 흰 손일 것이라고 생각한다는 점이다. 물론 투명하고 하얀 손이 맞기는 하지만, 그의 경우 하얗다 못해 푸르스름하게 보일 정도의 깊이를 담고 있었다. 더군다나 소수마공의 경우 상대를 압도하는 지독한 마기를 뿜어낸다고 알려져 있었지만, 이것은 그 어떤 사이한 기운도 느껴지지 않았다. 그래서 패력검제는 이것이 소수마공일 것이라고는 짐작조차 못했던 것이다.

모든 준비가 갖춰지자 패력검제는 길을 떠났다. 그는 관을 어깨에 메고 가급적이면 소연에게 큰 충격이 가지 않도록 조심하며 경공을 전개하여 달려갔다. 마차를 빌리면 간단히 해결되지 않겠느냐고 생각되겠지만, 마차의 구조상 노면의 굴곡에 따라 잦은 흔들림과 충격이 고스란히 소연에게 전달될 수밖에 없다. 교주는 최대한 충격을 주지 말아줄 것을 그에게 당부했었다. 그 때문에 패력검제는 관을 들고 달릴 수밖에 없는 처지에 놓이게 된 것이다.

총타까지 1만 리에 달하는 엄청난 길을 달려가야 한다. 그런 만큼 얼마 전에 교주를 추격하는 만용을 부릴 때처럼 전력 질주는 절대로 할 수가 없었다. 안 그래도 그 때문에 아직까지도 근육들은 피로가 안 풀려서 제대로 된 힘을 못 내고 있을 정도였으니 말이다.

그렇다고 쉬엄쉬엄 달려갈 수도 없었다. 교주가 가급적 이 일을 빨리 완료해 주기를 원했었으니까. 교주는 아무리 늦어도 칠주야(七晝夜)를 초과하면 안 된다는 단서까지 붙였었다. 그 이상 경과되면 소연이 영원히 잠들지도 모른다는 말을 하면서. 그렇다면 그가 하루에 달려야 하는 거리는 최소한 1천5백 리는 되어야 한다는 결론에 도달한다.

"그때 내가 왜 교주를 따라갔을꼬? 허허이~, 참. 내가 뭔가에 씌었던 게야."

낮은 어조로 투덜거리기는 했지만, 패력검제는 교주와의 약속을 어길 생각은 추호도 없었다. 그럴 셈이었다면 그는 처음부터 못하겠다고 거절했을 것이다. 그는 그런 사람이었으니까.

*　　*　　*

아무리 봉우리의 수가 많다고 해도 결코 10만 개씩이나 될 리 없었지만, 어쨌건 사람들은 수많은 봉우리들을 가지고 있다고 하여 십만대산(十萬大山)이라 부르고 있는 거대한 산악이 저 오지(奧地) 깊은 곳에서 하늘이라도 뚫을 듯 솟아올라 있다. 이곳은 저 먼 옛날부터 마교의 본거지로서 이름을 떨치고 있었는데, 워낙 튼튼한 방비와 천연적인 악조건으로 말미암아 단 한 번도 외세의 침입을 허용하지 않은 것으로 더욱 유명한 곳이다.

　십만대산은 수십 겹의 방어선이 쳐져 있었는데, 그것을 크게 나눈다면 두 가지로 구분되었다. 바깥쪽은 외총관 휘하의 외곽 경비대원들이 맡는 구역으로써, 그들의 무공수위는 비교적 낮았다. 그리고 안쪽은 내총관 휘하의 자성만마대원들이 투입되어 있어, 상대적으로 그 방비가 튼튼했다. 그리고 총타로 들어오는 가장 중요한 통로들은 염왕대가 맡고 있었으며, 그 외 다른 단체들은 총타 내부를 경계하거나 빈자리가 생겼을 때를 대비한 대기조의 역할을 맡고 있었다.

　하지만 지금은 주요 무력세력들의 거의 대부분이 총타를 떠나 버린 상태였다. 관지 장로가 흑풍대를 이끌고 떠난 것을 시작으로, 얼마 전에는 철영 부교주가 혈랑대와 수라마참대, 그리고 천랑대를 이끌고 교주가 내린 임무를 수행하기 위해 떠나 버렸다. 그렇기에 지금 현재 십만대산 내부의 경비는 오로지 자성만마대와 염왕대의 고수들만으로 이뤄지고 있었다.

　이곳은 십만대산의 가장 초입으로 연결되는 널찍한 관도상. 이곳을 경계하고 있는 것은 외곽 경비대 제15조로서 그 수는 총원 112명. 그리 무공이 뛰어난 편도 아니었기에, 마교의 입장에서는 그냥 생색용으로 앞에 세워놓은 무사들이었다.
　도로상에 목책(木柵)을 세워놓고 검문하고 있던 마졸(魔卒) 셋이 갑자기 쑤근거리기 시작했다. 저 멀리서 웬 사내가 관처럼 생긴 커다란 나무 곽을 등에 지고 눈길을 헤치고 달려오는 것이 보였기 때문이다. 달려오는 발걸음이 가벼운 것으로 보아 짐은 그 크기에 비해 아주 가벼운 듯 보였다. 그렇다면 관 속의 내용물이 매우 수상쩍어진다. 저 정도 크기에 그토록 가벼운 물건이 존재하다니 말이다.
　지금껏 그들이 이곳에 있으면서 총타로 공급되어 들어오는 각종 물품을 실은 마차들을 수없이 검문해 봤지만, 저런 행색으로 물건을 공급하는 인물은 단 한 명도 없었기에 그들은 더욱 의아함을 가질 수밖에 없었던 것이다.
　"오늘은 워낙 추워서 들어오는 물건이 하나도 없을 줄 알았는데, 뭔가 하나 있기는 있는 모양이군."
　"서라! 그 곽에 들어 있는 것이 무엇이냐? 출입증부터 내놓고, 곽을 열어라."
　상대가 자신들의 앞에 멈춰 서자, 경비무사들 중의 한 명이 품속을 뒤져 검사도구를 꺼내들었다. 혹시 물품 속에 독극물이라도 들어 있는지, 그런 것을 검사할 준비를 하는 것이다.
　그런데 상대는 여기에 처음 와 보는 모양이었다. 방문자는 우선 곽을 옆에 내려놓고 출입증부터 제시해야 할 텐데, 그는 곽을 땅바닥에 내려놓을 생각조차 하지 않고 있었던 것이다. 그렇게 해야 이쪽이 출입증의 진위 여부를 먼저 판단한 후, 출입증에 기록된 내용과 곽 속에 들어 있는 물건이 동일한 것인지 확인할 수 있을 텐데 말이다. 물론 그때 독극물 검사도 함께 하는 것이 정해진 순서였다.
 하지만 그는 곽을 등에 진채 품속을 뒤져 뭔가를 꺼내 보이며 말했다.

 패력검제는 묵향과 헤어진지 80시진(160시간) 만에 십만대산에 도착했다. 그 짧은 시간에 커다란 짐-관-을 들고 1만 리 길을 돌파하는 기록을 세운 그는 지금 너무나도 지쳐있었다. 공력 소모를 줄이고자 답설무흔(踏雪無痕)의 경공 따위는 때려 치운지 오래였기에, 발목까지 푹푹 빠지는 눈길은 그의 체력 소모를 더욱 부채질하고 있었다.
 십만대산에 도착하기만 했다고 모든 일이 끝난 것은 아니었다. 십만대산 외곽을 지키고 있는 마교의 졸개들이 모습을 드러내자 그제서야 패력검제는 자신이 마교의 총타에 왔다는 실감이 났고, 동시에 뭔가 새로운 것을 탐사하는 듯한 묘한 설레임까지 들고 있었다.
 십만대산에 마교 총타가 있음을 모르는 사람은 아무도 없었다. 그리고 십만대산의 위치도 웬만한 무림인이라면 다 알고 있었다. 십만대산에 발이 달려 이리저리 이동하는 것도 아닌 만큼 그건 당연한 사실이었다. 하지만 그토록 유명한 곳임에도 불구하고 그 어떤 정파고수도 안에 들어가는데 성공하지는 못했다. 그만큼 십만대산은 철옹성이었던 것이다.
 패력검제는 마졸들의 외침에 교주에게서 건네받은 흑룡패를 품속에서 꺼내들어 응수(應酬)했다.

"수석장로에게 안내하거라."

교주가 이것을 자신에게 건네주며 말했었다.

「이것을 보여주면서 수석장로에게로 안내하라고 해. 그러면 해 줄 거야.」

흑룡패를 꺼내들자, 과연 반응이 있기는 있었다. 하지만 그것은 전혀 패력검제가 생각했던 반응은 아니었다. 마졸들은 한동안 흑룡패를 살펴보더니 수상쩍다는 듯 그를 다그쳐왔던 것이다.

"이것이 뭔데 네 녀석이 감히 지고하신 수석장로님을 뵙게 해 달라는 것이냐?"

그 옆에 서 있는 놈은 한술 더 떠서 관을 손가락으로 가리키며 이죽거렸다.

"이거 수상한데? 혹시 저 속에 뭔가 이상한 물건이라도 들어 있는 거 아냐? 빨리 곽부터 열어라. 네놈이 수석장로님을 팔면 우리들이 겁먹을 줄 알았던 모양인데, 이곳은 그리 허술한 곳이 아니다."

그들의 눈에 눈길을 씨근덕거리며 달려온 패력검제가 결코 고수처럼 보였을 리가 없었다. 마교의 고수들처럼 강렬한 마기가 드러나는 것도 아니었고, 만 리 길을 달려오느라 지쳐서 허연 입김을 연신 뿜어내고 있는 그의 모습에서 고수의 풍도를 찾으라는 것은 너무나도 무리한 주문이었던 것이다. 더군다나 무장을 하지도 않은 채 커다란 관 하나만 달랑 등에 지고 있는 것으로 보아 짐꾼으로 밖에는 볼 수 없었다.

"그 물건이 뭐냐? 빨리 내려놓지 못하겠느냐?"

각자 무기를 겨누며 이런 식으로 위협해 오자 패력검제로서는 황당스럽기 이를 데 없었다. 사실 이 흑룡패가 제작된 것이 요 근래였기에 그것을 제대로 알아볼 수 있는 사람이 그리 많지 않다는 것도 문제기는 했지만, 가장 큰 문제는 이런 하급무사들에게까지 그 모습이 알려질 정도로 흑룡패가 하찮은 물건이 아니라는데 있었다. 최소한 조장급 이상은 되어야 이것이 지닌 가치를 알아볼 수 있었던 것이다.

"허허, 말이 안 통하는 놈들이로다. 교주의 부탁으로 수석장로를 만나러 왔거늘……."

하지만 그의 말은 씨알도 먹히지 않았다. 왜냐하면 그들의 입장에서 그가 칭하는 사람들은 너무나도 지고한 위치에 계신 높으신 분들이었으므로, 전혀 현실감이 없었던 것이다. 게다가 새파랗게 젊은 놈의 말이니 더 볼 것도 없었다.

"이런 미친놈. 교주님이 네놈 친구냐?"

"정말 수상한 놈이군."

마졸들의 응대에 이제 패력검제는 허탈하기까지 했다. 자신이 그렇게 만만하게 보인다는 말인가?

"허~, 미친놈이라고? 이런 무례한 놈들을 봤나. 노부가 누군줄 알고 네놈들이 감히!"

"더 이상 상대할 것 없다. 포박해라!"

마졸들이 달려들었지만, 당연히 그들이 패력검제의 상대가 될 수가 없었다. 주먹질 한 번에 기세좋게 앞서나갔던 동료 하나가 눈길 위에 큰 대자로 쭉 뻗어 버리자, 그들 중 한 명이 품속에서 호각을 꺼내어 정신없이 불기 시작했다.

삐익! 삐익! 삐익!

얼마 지나지도 않아 방금 전 패력검제가 때려눕혔던 마졸들과 똑같은 복장을 한 자들이 사방에서 달려 나왔다. 이 일대를 맡고 있는 제15조 외각 경비대 무사들이었다. 물론 15조 대원의 수가 백여 명이기는 했지만 경비하는 지역이 워낙 넓다보니, 각자가 현장에 도착한 시간은 조금씩 차이가 났다. 그렇다 보니 그들은 자연 순차적으로 도착했고, 도착하자마자 차례대로 패력검제에게 한 방씩 맞고 나뒹굴고 있는 실정이었다.

도저히 상대가 안 된다고 느꼈는지 마졸들 중의 한 명이 호각을 꺼내어 불었다. 이번에는 방금 전의 그것과는 소리가 조금 틀렸다.

삐이이익!

'호오, 이것도 꽤 재미있는데?'

패력검제가 마졸들을 때려잡는 것에 재미가 붙을 때쯤 되어, 이제 진짜들이 모습을 드러냈다. 방금 전 자신을 향해 달려들던 마졸들과는 그 차원이 다른 인물들이 말이다. 그들은 도착하자마자 현장의 상황을 곧바로 파악한 후, 패력검제를 향해 무자비한 공격을 가해왔다.

"허엽! 이건 제법인데!"

한순간에 달려 들어온 자들의 수는 무려 50여 명. 방금 전까지 패력검제를 상대하던 자들과 그 복장은 똑같았으나 각자 휴대한 무기를 장식하고 있는 수실의 색이 자색이라는 점만 달랐다. 그들이 바로 마교의 정예 자성만마대의 고수들이었던 것이다. 그런 만큼 녹록치 않은 실력자들이었지만, 그렇다고 패력검제의 상대가 될 수 있다는 말은 결코 아니었다. 패력검제는 마졸들 중의 하나에게서 빼앗은 검 한 자루를 이용하여 상대방을 적당하게 다져놓고 있는 중이었다.

어느덧 30여 명에 달하는 자성만마대 대원들이 부상을 당해 여기저기에 쓰러져 있을 때 쯤 되어, 더욱 많은 고수들이 모습을 드러냈다. 여기저기에서 요란한 호각 음이 들려오고 있었고, 그 소리를 들은 고수들이 이곳으로 몰려들고 있었던 것이다. 1차적으로 대기조로 편성되어 있었던 자성만마대 대원 100여 명이 도착하는가 싶더니 반각도 채 지나지 않아 그들보다 더욱 고수들이라고 할 수 있는 염왕대 소속의 고수 30명이 도착했다.

염왕대 고수들을 이끌고 도착한 냉막한 표정의 무사는 어지럽게 쓰러져 있는 수많은 마교 고수들을 보고 눈살을 찌푸렸다. 순간, 그는 자신의 수하들을 향해 저놈을 치라는 명령을 내리려다가 생각을 바꿨다. 저런 뛰어난 고수가 왜 이곳에 와서 난동을 부리고 있는 것인지 도대체 이해할 수가 없었던 탓도 있었지만, 여기저기에 쓰러져 있는 자들 중 부상자도 있기는 했지만 죽은 자는 단 한 명도 없었다. 그것은 상대가 이쪽과의 대화를 원한다는 증거였다.

"멈춰라!"

그의 명령이 떨어지자 패력검제를 향해 부나비처럼 달려들고 있던 마졸들은 일제히 뒤로 빠졌다.

"당신은 대체 누구시오? 보아하니 꽤나 무림에 이름을 날리고 있는 고수인 듯한데, 어찌하여 본교에 들어와 행패를 부리고 있는 것이오?"

패력검제가 목소리가 들려온 곳을 보니, 그곳에도 역시 똑같은 복장의 마교 고수가 한 명 서 있었다. 하여튼 모두들 똑같은 복장들을 하고 있다보니 옷값이 적게 들어 좋을 듯하기는 했지만, 너무나도 개성을 무시하는 처사라고 생각해 보는 패력검제였다. 이때, 패력검제는 그자가 다른 인물들과 조금 다른 점이 있음을 찾아냈다. 바로 검에 걸려있는 수실의 색이 황색이라는 점. 아마도 마교에서는 계급의 높낮이를 수실의 색으로 구별하는 모양이라고 패력검제는 생각했다.

"허어, 이제야 말이 통하는 놈이 왔구먼."

"……."

이제야 자신이 말을 할 틈을 얻은 패력검제로서는 상대의 제안이 반갑지 않을 수 없었다. 그는 품속을 뒤져 다시 한 번 흑룡패를 꺼내 들며 말했다.

"이걸 알아보겠나?"

상대방은 잠시 흑룡패를 노려봤다. 하지만 아무리 그가 노려본다고 해서 흑룡패가 다른 것으로 둔갑할 수는 없는 노릇. 그는 이것이 바로 흑룡패라는 확신이 서자 곧장 부복하며 외쳤다.

"흑룡패를 뵈옵니다."

뜻하지 않은 상관의 반응에 다른 마졸들도 일제히 부복하며 외쳤다. 그들 중에는 이놈의 흑룡패가 뭔지도 모르는 자가 부지기수였지만, 아무튼 따라서 외쳤다.

"흑룡패를 뵈옵니다!"

방금 전 자신에게 칼을 빼들고 달려들 때는 언제고, 이제는 이 작은 옥 조각에 부복하다니. 정파인의 한사람인 패력검제로서는 도저히 이해할 수가 없는 행동이었다. 물론 정파의 각 문파에도 문주를 대표하는 신물(信物)이라는 것이 존재했다. 하지만 그것을 다른 사람이 들고 왔다고 해서 이처럼 부복하는 황당한 행위를 하지는 않았다. 신물이라는 것은 차기 문주 내정자라든지 뭐 그런 것을 뜻하는 하나의 증표일 뿐이기에.

"수석장로에게 노부를 안내해 주겠는가?"

"수석장로님께 말씀이십니까?"

그는 잠시 생각해 본 후 시원스럽게 대답했다.

"예. 안쪽에 기별을 넣겠습니다. 저를 따라오십시오."

그러는 한편 그는 옆에 서 있는 자에게 뭔가 전음으로 명령을 내렸다. 그리고 그 명령이 끝나자 그 명령을 받은 자는 재빨리 어딘가로 떠났다.

패력검제는 황색수실 무사의 안내를 받으며 총타쪽으로 걸어갔다. 물론 등에 소연이 들어 있는 관을 진 채로 말이다. 그는 주위의 경관을 하나라도 놓치지 않으려고 노력하며 구경했다. 지금 자신이 있는 곳은 십만대산. 말도 많고 탈도 많은 이 마교의 본거지에 와 본 정파인은 자신뿐일지도 모른다. 그런 만큼 나중에 문서로라도 이곳에서 그가 본 것을 남겨 혹시 마교와의 전쟁이 벌어질 때 써먹을 수 있지 않을까 하는 생각을 하고 있는 그였다.

그러던 와중에 그의 감각에 예리한 고수의 느낌이 전해져 왔다. 자신을 안내하는 황색수실의 무사와는 차원을 달리할 정도로 막강한 실력자들의 느낌. 그 수는 거의 백 명에 달했다. 만약 그들이 기척을 숨길 수 있는 정파의 고수들이었다면 패력검제라 해도 그들의 위치를 눈치채기 어려웠을지 모르지만, 마교도들은 뛰어난 실력자일수록 그놈의 마기 때문에 더욱 위치 파악이 용이하다는 문제점을 지니고 있었다. 그렇기에 그는 그들의 존재를 단숨에 파악했던 것이다.

'일문의 장로급 정도를 상대할 수 있는 고수가 백 명이라. 마교라는 단체는 정말 대단하구나.'

패력검제가 이렇게까지 칭찬한 자들은 바로 호법원에 속한 고수들이었다. 정체를 알 수 없는 자가 수석장로를 만나겠다고 청했는데, 그가 아무리 교주의 신물인 흑룡패를 지니고 있다 해도 그를 전폭적으로 믿을 수는 없었기에 만약의 사태를 대비하여 이들이 출동한 것이다.

짙은 마기만 아니라면 순박하기 그지없는 촌로(村老)로 보일 정도로, 순후한 인상의 늙은이가 자기를 소개했다.
"어서 오시구려. 노부는 수석장로직을 맡고 있는 북궁뢰(北宮雷)라고 하오."
패력검제는 마주 포권하며 인사했다.
"노부는 서진(徐眞)이라고 하오."
서진이라는 말에 수석장로는 잠시 기억을 더듬었다. 이때, 그의 뇌리에 떠오르는 하나의 명호가 있었기에 그는 경악해서 외쳤다.
"귀하가 패력검제란 말씀이오?"
패력검제가 씁쓸한 미소를 지으며 고개를 끄덕이자, 한동안 침묵이 흘렀다. 침묵이 너무나도 오랜 시간 계속되었기에 패력검제가 자신의 용건을 먼저 밝히려는 순간, 수석장로가 싸늘한 표정으로 입을 열었다.
"노부를 만나자고 한 이유는 무엇이오? 그리고 흑룡패를 귀하가 지니고 있는 이유 또한 듣고 싶소이다."
수석장로의 차가운 눈초리는 만약 대답이 마음에 안 들면 패력검제를 결코 가만히 놔두지 않겠다는 것을 대변해 주고 있었다. 수석장로 한 사람이라면 패력검제를 어떻게 하기 힘들지도 모르지만, 수석장로실 밖에는 호법원의 고수들이 대기하고 있었다. 더군다나 지금 연락을 받고 초류빈 부교주까지 이곳으로 달려오고 있을 것이다.

사실상 교주가 총타에 없는 지금, 총타의 가장 윗사람은 초류빈이었기에 흑룡패를 든 괴한이 총타를 방문한 사실을 수석장로가 그에게 안 알렸을 리 없었다. 그런 만큼 패력검제가 제아무리 화경급의 고수라고 해도 수석장로가 그를 제거하기로 결정만 내린다면 그는 오늘 이곳에 뼈를 묻을 수밖에 없었다.

"노부가 이곳에 온 것은 교주의 부탁 때문이오."

또다시 잠시 침묵이 이어졌다. 수석장로는 「교주의 부탁」이라는 말에 패력검제를 한 번 보고, 이번에는 패력검제 뒤쪽에 놓여 있는 관을 한 번 바라봤다. 잠시 후 수석장로가 신중하게 입을 열었다.

"저것과 상관있는 것이오?"

수석장로가 손가락으로 가리키고 있는 것은 관이었다. 패력검제는 가볍게 고개를 끄덕인 후 대답했다.

"그렇소. 저것을 교주의 아버지라는 사람에게 전달해 달라는 부탁을 받았소. 아마도 지금 연공실에 있을 거라고 했소이다만……."

"연공실이라구요?"

잠시 생각하던 수석장로는 도저히 참지 못하고 입을 열었다.

"지금 그분께서 연공실에 계신 것은 사실이지만…, 그렇다면 그분을 직접 만나실 생각이시오?"

"그렇게 부탁받았소. 연공실로 내려가서 쇠문을 두들긴 후, 아무런 대꾸가 없을 때는 문을 박살내면 된다고 하더군요."

"크헙!"

그 말에 수석장로는 기겁을 했다. 그런 짓을 하고 살아남을 수 있을까 하는데 생각이 미쳤던 것이다. 하지만 패력검제가 수석장로에게 그런 사소한 부분까지 알려준 효과는 당장 나타났다. 바로 그 한 마디에 수석장로의 대우가 달라졌던 것이다.

수석장로는 즉시 밖에 대고 외쳤다.

"이분을 즉시 천마동으로 안내해 드리거라."

그런 다음 그는 패력검제에게 덧붙여 말했다.

"아무래도 그… 문을 부수는 것은 혼자 하시는 것이 좋을 듯 하구려. 노부는 지금 꼭 해야 할 일이 생각나서…. 그럼 마중은 안 하겠소이다. 잘 가시오."

왜 갑자기 평생 다시는 안 볼 것처럼 정중히 인사를 건네는 것인지 패력검제로서는 의아했지만, 뭐 사실 마교도하고 자신하고 다시 볼 필요는 없을 것이 아닌가. 아마도 일이 끝난 후 자신을 찾지 말고 그냥 돌아가라는 뜻일지도 모른다고 생각해 보는 패력검제였다.

"호의 고맙소이다. 그럼."

수하들의 안내를 받아 밖으로 나서는 패력검제의 뒷모습을 보며 수석장로는 고개를 갸웃하며 중얼거렸다.

"아마 교주께서는 차도살인(借刀殺人)이라도 하시려는 모양이지?"

황금빛 괴물과의 조우(遭遇)

 교주전용의 연공실. 그 입구에는 「闡魔洞(천마동)」이라는 현판이 걸려 있었다. 그곳까지 패력검제를 안내해 준 황색수실의 무사는 천마동 앞을 경비하고 있던 무사들에게 문을 열라고 명령했다. 두터운 강철문이 열린 후, 그는 안쪽을 가리키며 말했다.
 "이리로 들어가시면 됩니다. 저희들이 안내할 수 있는 곳은 여기까지니, 그 다음부터는 혼자 가셔야 합니다."
 "수고했네."
 황색수실의 무사에게 고맙다는 뜻을 전한 후, 패력검제는 시커먼 어둠 속으로 망설임 없이 발을 들여놓았다. 패력검제는 그 안으로 들어가면 곧바로 연공실이 나타날 줄 알았다. 하지만 연공실은 나타나지 않고 칠흑같은 어둠으로 뒤덮힌 동굴만이 끝도 없이 계속되고 있었다. 그는 모르고 있었지만, 연공실은 총타의 가장 밑에 위치하고 있었기에 그곳까지의 통로가 긴 것은 당연한 것이었다.

　동혈의 안쪽으로는 단 한 점의 빛조차 없어, 칠흑과도 같이 어두웠다. 아마도 교주 정도 되는 고수만이 사용하는 곳이라 무공 수준이 낮은 자들에 대한 일체의 배려도 없는 모양이었다. 하지만 이런 어둠도 패력검제에게는 장애가 될 수 없었다.

　한동안 동혈을 따라 내려가던 패력검제는 엄청난 마기를 느꼈다. 제법 실력 있는 고수들이 매복하고 있는 모양이었다. 그는 깜빡 잊고 있었지만, 이곳은 마교의 지존이 연공을 하는 장소로 들어가는 통로가 아닌가. 아무리 고수라고 해도 연공 중에는 취약할 수밖에 없기에, 외인의 침입에 철저하게 대비해 놨을 것이다.

　어쩌면 동혈을 이렇게 어둡게 해놓은 것도 하나의 눈가림일 수도 있다. 이런 암흑 속에 기관진식을 설치해 놨다면 그 효과는 배가될 것임에 분명하기 때문이다. 거기에다가 동굴 저 안쪽에서 강렬한 마기가 느껴지는 것을 보면 요소요소에 고수들까지 배치해 놓은 모양이다. 이 정도라면 웬만한 침입자들은 연공실에 도착도 하기 전에 죽임을 당할 것이 분명했다. 만약 여기에 수석장로에게 허락을 받고 들어온 것이 아니라 침입한 것이었다면, 아무리 패력검제가 화경에 달하는 고수라고 할지라도 이 일은 목숨을 건 모험이 되었을 가능성이 컸다. 그만큼 동혈 안쪽의 대비는 강력했던 것이다.

　여기저기서 느껴지던 음산하기 그지없는 강렬한 기운들이 더 이상 느껴지지 않는다고 생각될 때, 패력검제의 앞에 거대한 철문이 나타났다. 드디어 연공실에 도착한 것이다. 철문을 두드리려던 패력검제의 머릿속에 갑자기 흥미로운 생각 하나가 떠올랐다.

　'이 안에 시체라도 잔뜩 들어있을까?'

스스로 생각해도 말도 안 된다고 느꼈지만, 그래도 궁금한 것은 궁금한 것이었다. 세인들은 암흑마제가 지금의 경지를 개척하기 위해 수많은 천인공노할 악마적인 대법들을 사용했을 것이라고 입을 모으고 있었다. 그런데 지금 그것이 사실인지 알 수 있는 천재일우(千載一遇)의 기회를 그가 잡은 것이다.

그리고 만약 그것이 사실이라면 그의 「아버지」라는 사람 또한 그것과 관련이 있을 가능성이 컸다. 죽기 직전의 사람을 냉동시켜 운반한 다음, 치료하여 목숨을 살릴 수 있다는 그런 해괴망칙한 소리는 이번에 처음 들어봤으니까. 그런데 그런 것이 가능할 정도의 악마적인 의술을 지닌 자라면, 못할 짓이 뭐가 있겠는가.

두근두근.

패력검제는 가슴이 뛰는 것을 참으며 철문을 조심스럽게 두들겼지만, 아무리 기다려도 안에서 반응이 없었다.

"뭐야. 이거 혹시 저 위에서 통과해 왔던 것처럼 이 문 뒤에 또 다른 동혈이 연결되어 있는 건가? 젠장! 그렇다면 좀 더 세게 두들겨야겠군."

탕! 탕!

문을 두드리는 소리가 동혈을 울리며 퍼져나갔지만, 그 어떤 반응도 일어나지 않았다.

"진짜로 문을 때려 부숴야 하나? 그러다가 그 아버지라는 사람이 이 안에서 연공 중이라면 그 충격에 주화입마를 당할 것이 확실한데……. 아니, 그자가 의생이라면 연공 중일 리가 없잖아. 뭔가 시체라도 하나 놔두고 해부하고 있는 중이겠지. 제발 좀 들어라. 얼마나 집중해서 일을 하고 있기에 이 큰 소리를 못 듣는단 말이냐!"

그렇기에 패력검제는 계속해서 문을 두들겼다. 하지만 아무리 해도 그 어떤 반응도 되돌아오지 않았다.

"젠장. 할 수 없다. 때려 부수라고 했으니 부숴야지. 아마 이럴 줄 알고 부수라는 말을 한 것이겠지."

그는 손을 쓰기에 앞서 철문이 어느 정도 두께로 제작된 것인지 먼저 면밀히 살피기 시작했다. 일단 그 두께가 어느 정도 되는지 파악하고, 문을 파괴하기에 적당한 정도의 내공만 쓸 생각이었다. 그래야 안에 있는 사람에게 피해가 가지 않을 테니까.

"아마 3촌은 족히 되는 철판인 듯한데……. 이거 전력을 다해도 부서질지 장담을 못하겠군. 이런 난제가 마지막에 가로막고 있는 줄 알았다면 검을 가져오는 건데 그랬어."

이때, 갑자기 그의 뇌리를 스치는 생각이 있었다. 바로 교주에게서 배운 대법. 그것은 극한의 빙공인 만큼, 대법을 이용하여 강철을 얼린 후 충격을 가하면 의외로 간단하게 철문이 파괴될 가능성도 있었다. 물론 그 빙공이 얼마나 강철을 냉동시킬 수 있느냐가 문제겠지만.

힘을 쓸 일이 발생했기에, 패력검제는 우선 등에 지고 있던 관부터 옆에 내려놨다.

"크흡!"

패력검제는 기마자세를 취한 상태에서 철문에 장심을 붙이고 내력을 운용했다. 그에 따라 예의 그 현상. 즉, 그의 손이 투명하게 빛나며 그 속에 있는 혈관까지도 드러나 보였다. 그리고 엄청난 속도로 철문이 냉각되기 시작했다.

일단 준비 작업이 완료되자 패력검제는 자신이 할 수 있는 가장 강력한 한 수를 날릴 준비를 했다. 기마자세로 선 상태에서 기를 일주천시키며 강대한 힘을 끌어모은 패력검제는 자신이 알고 있는 가장 강력한 권법에 더해서 교주에게 배운 대법까지 복합해서 운용하고 있는 상태였다. 교주가 가르쳐 준 그 대법은 놀랍게도 자신이 사용하는 무공에 전혀 거슬리지 않고 독자적으로 따로 움직이며 더욱 강대한 힘을 더해 주고 있었다.

"이얍!"

쿠쾅!

굉음이 울리며 그 커다란 쇠문이 터져 나가 버렸다. 아무리 철문이 냉각된 상태였다고는 해도, 이건 너무나도 엄청난 파괴력이었기에 그것을 시전한 패력검제 조차도 놀라움을 금치 못했다.

"헛! 이게 뭐 이렇게 쉬워. 이거 생각보다 문이 약했던 모양이군."

만약 안되면 저 위쪽의 방금 지나왔던 경비무사에게 다가가서 무기를 빌려올 생각까지 하고 있었던 패력검제는 오히려 어이가 없을 지경이었다. 그러나 이것은 패력검제의 권 자체가 지니는 파괴력도 파괴력이었지만, 마교가 자랑하는 소수마공의 강력한 파괴력이 그에 덧붙여졌기에 가능해진 결과였다.

그냥 작은 구멍만 뚫어 놓고, 속에 질러진 빗장을 벗기고 들어갈 생각이었는데 일이 좀 커진 듯했다. 기물 파괴로 인해 변명의 여지가 없어진 것이다. 하지만 어쩌랴. 교주의 부탁대로 한 것인데. 일단 일은 벌어진 것이고, 이제 당사자를 만나 교주의 부탁으로 왔음을 알리는 일만 하면 끝날 것이다.

"계십니까? 방금 전 소란을 일으켜 죄송…, 이… 이게 뭐야? 그… 금?"

패력검제는 놀랄 수밖에 없었다. 연공실에는 교주의 아버지라는 사람은 없었다. 있다면 태산처럼 쌓여 있는 어마어마한 양의 황금 덩어리. 그가 태어나서 이렇게 많은 황금을 본 것은 정말이지 처음이었다. 그렇다면 이곳은 연공실이 아니고 마교의 보물창고였다는 말인가?

패력검제는 작금의 상황이 도저히 믿어지지 않았기에 손을 뻗어 황금 덩어리를 만져봤다. 차갑기 그지없는 금속성의 감촉. 정확한 것을 알아보려면 이 일부를 전장(錢場=은행)에 가져가야 알 수 있겠지만, 얼핏 보기에는 틀림없는 황금처럼 보였다.

'그렇다면 연공실은 딴 곳에 있는데 내가 갈림길을 놓쳤나?'

"허어, 큰일이군. 보물창고 문짝을 날려놨으니 이 일을 어쩐다?"

패력검제가 한탄하고 있을 때, 문득 그가 만지고 있던 황금 덩어리가 위로 슬쩍 움직였다.

"허억! 이, 이건 또 뭐야?"

황금 덩어리가 위로 올라가고, 그곳에는 거대하면서도 투명한 보석 덩어리 같은 것이 모습을 드러냈다. 그 크기는 거의 반 장이나 될 정도로 거대해 보였다. 그것을 바라보며 점점 더 현실성이 없어지는 것 같다고 생각하는 패력검제였다. 이때, 패력검제의 머릿속을 울리는 거대한 음성이 들려왔다.

〈네놈은 뭐냐?〉

"예⋯, 예?"

〈네놈은 뭐냐고 물었다. 왜 문짝을 부수고 들어온 것이지?〉

패력검제는 주위를 한 번 둘러봤다. 하지만 그가 주위를 둘러볼 것도 없이, 이 부근에 그 어떤 사람도 없음을 자신의 감각이 말해 주고 있었다. 그렇다면 이건 또 무슨 귀신이 곡할 노릇인가? 혹시 어디에 기관장치라도 되어있는 건가?

이때, 패력검제의 눈에 믿기지 않는 광경이 펼쳐졌다. 커다란 보석 덩어리를 덮고 있던 금덩어리가 빠른 속도로 내려왔다가 다시 올라가는 모습을 봤던 것이다. 꼭 사람이 눈을 깜빡이는 것처럼.

'어? 그러고 보니 저 보석 덩어리도 꼭 눈(目)처럼 생겼군. 거참 희한하게 만들어놨네. 그런데 왜 이딴 걸 만들어 놨지?'

패력검제가 딴생각을 하느라고 대답을 하지 않고 있자 신경질적인 어조가 들려왔다.

〈빨리 대답을 해라.〉

그와 동시에 황금 덩어리들이 움직이기 시작했다. 패력검제로서는 기절초풍할 일이 벌어지기 시작한 것이다.

그그궁!

거대한 황금 동산이 움직이기 시작하자, 연공실은 무너질 듯 흔들리기 시작했다. 어떤식으로 기관장치를 만들어놨는지 모르지만, 그 움직임이 정말이지 패력검제의 상상을 초월하고 있었다.

이때, 패력검제의 앞쪽에 놓여 있던 거대한 황금 덩어리의 일부가 서서히 위로 움직이기 시작하여 그의 정면에 고정되었다. 그 순간 패력검제의 눈에 황금 덩어리의 전체적인 모습이 잡혔다. 그것은 바로 거대한 황금색 괴물의 무시무시한 얼굴 형상이었다. 물론 전설에 들려오는 용이나 이무기의 모습과 흡사한 구석도 있었지만, 자세히 뜯어보면 이 괴물의 생김새는 그가 들었던 그 어떤 전설적인 신수(神獸)들의 모습과도 달랐다. 이제 틀림없었다. 이놈의 금빛 나는 거대한 덩어리가 황금 덩어리가 아닌 괴물일지도!

"크어억! 이, 이럴 수가!"

패력검제는 너무나도 놀라 혼이 다 빠져나간 상태였다.

〈대답을 하기 싫다 이거지?〉

앞발일 것이라고 생각되는 괴물의 일부가 엄청난 속도로 위로 움직였다. 하지만 워낙 동혈이 좁아서 그런지 그것은 굉음을 내며 천장에 부딪치고 말았다. 천장의 일부가 부서지며 돌조각을 떨어뜨리는 것을 보고서야 패력검제는 정신을 차렸다. 패력검제는 떠오르는 대로 정신없이 외쳤다.

"다크가 아빠에게!"

패력검제를 깔아뭉갤 듯 덮쳐오던 괴물의 앞발은 그의 바로 코앞에서 멈칫 멈췄다. 교주가 그때 말해 줬던 「암호」가 통했던 것이다. 그것을 확신한 그는 그 다음 구절도 모두 다 정신없이 외쳤다. 처음 들었을 때 낯 간지러운 암호라며 경멸하던 것도 잊어버리고.

"부, 부탁할 것이 있다고 했습니다. 그리고 아빠를 사, 사랑한다고도 했습니다."

순간 패력검제의 착각일지는 모르지만 괴물의 입매 부분이 뭔가 슬쩍 말려 올라가는 듯 느껴졌다. 그리고 황금색 괴물의 거대한 앞발이 천천히 아래로 내려왔다.

〈이런 젠장! 그래, 말해 봐라.〉

그는 관을 가리키며 재빨리 말했다.

"저기에 있는 사람을 치료해 달라고 했습니다. 치명적인 상처를 입고 있는데, 아버지라면 고칠 수 있을 거라며……."

〈이런 젠장! 됐다. 이놈은 애비가 자기 전속 의생이라도 되는 줄 아나?〉

'애비라고? 이런 젠장. 그렇다면 교주도 저런 괴물이라는 말인가? 하기야 교주의 그 강함은 분명 인간이라고 볼 수 없을 정도니……. 그럴 수도 있겠군. 저런 괴물이 둔갑했음에 틀림없음이야.'

이런 패력검제와 아르티어스의 어긋난 만남은 미처 묵향도 예상하지 못한 것이었다. 그는 아르티어스가 연공을 하겠다고 선언한 만큼, 그 속에서 드래곤인 상태로 낮잠이나 퍼자고 있을 것이라고는 생각해 보지 않았던 것이다. 묵향이 그 「암호」를 알려준 것은 혹시 문을 때려 부쉈을 때 가해질 치명적인 보복으로부터 그를 보호해 주기 위한 것이었지, 이런 상황에서 그의 목숨을 살리라는 뜻은 전혀 아니었던 것이다.

어찌되었건, 황금빛 괴물은 투덜거리며 사람의 모습으로 변신했다. 눈을 멀게 할 것 같은 황금색의 휘황찬란한 광채가 뿜어져 나왔기에 패력검제는 순간적으로 눈을 감았다. 그리고 그가 눈을 떴을 때, 그의 눈앞에는 어디에서나 볼 수 있음직한 초로의 늙은이 한 명이 서 있었다. 그리고 그 엄청난 황금 동산은 자취를 감춰 버린 후였다.

만약 그 황금 덩어리의 양이 조금 작았다면, 이 영감탱이가 기관을 이용하여 자신을 농락한 것이라고 단정지었을 패력검제였다. 사실 그런 괴물의 존재를 믿기에는 패력검제의 나이가 너무 많았으니까. 하지만 기관에 의해 순식간에 없애기에는 황금 동산의 양이 너무나도 많았다. 그리고 그 황금 동산처럼 생긴 괴물의 움직임은 너무나도 생동감이 넘쳤었다. 그렇기에 패력검제는 이 초로의 노인이 방금 전의 그 엄청난 덩치의 괴물이 둔갑한 것임을 믿어 의심치 않고 있었다.

"네놈은 누구냐?"

"예? 그냥 교주의 심부름으로 이곳에 왔습니다만……."

노인은 고개를 갸우뚱거리며 중얼거렸다.

"이상하군. 요 근래에 '마스터급'이 너무 흔하게 보인단 말씀이야. 동생이라는 놈에 이어서, 수하. 그리고 이번에는 심부름꾼까지 마스터라니."

혼자서 툴툴거리던 노인은 패력검제를 향해 명령했다.

"가져와 봐."

"옛."

패력검제는 저 노인으로 둔갑한 괴물의 말을 거역할 수가 없었다. 「마스터급」이라는 말이 무슨 소리인지 알 수가 없었지만, 다행스럽게도 그걸 몰라도 괴물의 명령을 실행할 수 있었던 것이다. 그는 재빨리 관을 가져와서 노인 앞에 놓은 다음, 관 속에 들어 있는 소연을 볼 수 있도록 관 뚜껑까지 열어주는 친절까지 아끼지 않았다.

관 속을 들여다본 노인은 기가 막힌다는 듯 이죽거렸다.

"흐음. 기가 막히구먼. 죽기 직전에 꽁꽁 얼려놨어. 지독한 놈 같으니라구. 그렇게까지 애비를 부려먹고 싶나? 그냥 죽게 놔두면 그만인데 말이야."

이때, 패력검제로서는 상상도 하지 못한 일이 벌어졌다. 초로의 노인이 손을 뻗어 소연의 가슴언저리에 가져갔을 때, 그의 손에서 눈을 뜨고 구경하기도 힘들 정도로 밝은 빛이 뿜어져 나오기 시작했던 것이다.

패력검제가 그 빛이 너무나도 따뜻한 느낌이 든다는 생각을 하고 있을 때, 여기저기에 흉측하게 입을 벌이고 있던 소연의 크고 작은 상처들이 서서히 사라지는 것이 보였다. 손에서 빛이 나오는 것도 믿기 힘든데, 그 빛을 쬔 상처까지 치료되고 있는 것이다. 패력검제는 자신의 눈으로 직접 보고 있으면서도, 이런 일이 가능하다는 것을 믿을 수가 없었다. 자신이 지금껏 지니고 있던 모든 상식에 위배되는 일이었기 때문이다.

하지만 한편으로 생각해 보면 이 모든 게 별것이 아닌 듯도 했다. 그런 엄청난 괴물도 살고 있는데, 그 괴물이 사람으로 둔갑하여 요망한 술법을 좀 부린다고 해서 그게 무슨 큰일이겠는가.

이윽고 창백한 안색으로 누워 있던 소연의 얼굴에 홍조가 돌기 시작했고, 잠시 후 그녀의 눈이 살짝 떠졌다. 그녀는 눈을 뜨자마자 주위를 두리번거렸다. 그녀는 작금의 상황이 이해가 가지 않는 모양이었다. 방금 전까지 아빠가 그녀를 위해 눈물을 흘리고 있지 않았던가. 그리고 아빠는 오랜 침묵을 깨고 자신이 아빠라는 것을 인정했었다. 그런데, 지금 이곳은 어디라는 말인가? 아빠와 만났던 것이 꿈인가? 아니면 지금 자신이 꿈속에 있는 것인가?

"아, 아빠는 어디에 계시죠?"

그 말에 초로의 노인이 싸늘한 어조로 대꾸해 왔다.

"네년의 아빠를 여기서 찾으면 어찌 하나?"

"……"

소연은 노인의 싸늘한 대꾸에 입을 다물었다. 그리고 주위를 주의 깊게 둘러봤다. 다행히 노인의 옆에 눈에 익은 사람이 하나 서 있는 게 보였기에 그녀는 저으기 마음을 놓을 수 있었다.

소연의 의식이 돌아오자 패력검제는 그녀 쪽으로는 시선조차 보내지 않으며 말했다.

"의식이 돌아왔으면 빨리 옷부터 입거라. 관 속에 있을게다."

소연이 다급히 옷을 입고 있을 때, 노인은 패력검제에게로 고개를 돌리며 싸늘한 어조로 말했다.

"치료 끝났으니 데리고 가. 더 이상 열 받게 하지 말고."

여기까지 말한 노인은 갑자기 떠올랐다는 듯 외쳤다.

"참! 저 아이는 내 아들과 어떤 관계지?"

"예? 그건 무슨 말씀이십니까?"

"얼마 전에 치료한 아들놈의 사제라는 녀석이 있었는데, 그놈에게서 느껴지던 기운하고 저 아이의 기운이 묘하게 일치하는 구석이 있다는 말씀이야."

"아, 그러고 보니 교주는 소연이 자신의 딸이니까 잘 치료해 달라고 전해 달라고 하더군요. 아마도 숨겨둔 딸인 모양이었습니다. 저도 여태껏 교주에게 딸이 있다는 사실은 들은 적이 없었으니까요. 참, 그러고 보니 어, 어르신께는 손녀가 되겠군요."

패력검제가 손녀라는 말을 꺼내고 나서야 소연은 눈앞에 서 있는 촌로가 자신의 할아버지뻘이 됨을 알았다. 그녀는 재빨리 고개를 숙여 인사했다.

"소연이 할아버님을 뵙습니다. 미흡하시겠지만 예쁘게 봐주셨으면 감사드리겠습니다."

"하, 할아버지? 흐음, 뭔가 기분이 묘하구먼."

사실 드래곤들의 관계에서 할아버지라는 단어를 들을 일은 거의 없다고 봐도 무방했다. 왜냐하면 분가하면 그걸로 더 이상 아버지의 얼굴을 볼 일은 없었으니까. 만날 도망치고, 또 붙잡혀 두들겨 터지는 가운데 돈독한(?) 관계를 유지한 아르티어스와 아르티엔의 관계가 오히려 비정상적인 것이다.

물론 소연이 손녀라고 해서 별로 바뀔 것은 없었다. 과거 아르티엔이 다크를 진정한 손자로서 취급해 주지 않았듯, 아르티어스 또한 소연을 자신의 손녀로 살뜰하게 대해줄 이유가 없는 것이다. 그녀는 유희를 즐기던 도중에 덤으로 따라온 존재일 뿐이니까. 하지만 그렇다고 해서 그가 소연을 막 대한다는 뜻은 아니었다. 아르티엔이 그렇게 했듯, 유희로서 소연을 자신의 손녀로서 대해줄 용의는 충분히 있었다.

"내 손녀라면 좀 더 제대로 치료해 두는 것이 좋겠군. 이리 와 보거라."

하지만 소연은 고개를 숙이며 다소곳이 대답했다.

"저 때문에 더 이상 신경 써 주실 필요는 없습니다, 할아버지. 이제 다 나은 것 같은 걸요. 더 이상 아픈 데도 없는 것 같구요."

"그래? 거참 이상하군. 여기저기 결리는 데가 있을 텐데⋯. 뭐, 네가 그렇게 말한다면⋯⋯."

안 그래도 귀찮은 김에 잘됐다고 생각하던 아르티어스의 머리에 번쩍하고 스치는 것이 있었다. 저것이 내 앞에서는 괜찮다고 말해놓고, 아들놈 앞에서 여기저기 아프다며 우는소리를 하면 자기만 곤란해지게 되는 것이다. 거기에 생각이 미치자 아르티어스는 다짜고짜 소연에게 다가가 치료마법을 시전했다. 그의 손이 다시 한 번 더 빛을 뿌리는 순간, 소연의 몸속 깊은 곳에 잔재되어 있던 모든 내상까지 완전히 치료되었다. 아르티어스의 행동에 소연은 눈을 똥그랗게 뜨며 놀라워했다. 치료마법이라는 것이 있는 줄은 상상도 못 해 본 그녀였으니까.

"정말 놀라워요. 어떻게 하면 손바닥에서 그렇게 아름다운 빛을 내실 수가 있는 거죠?"

자신의 몸 상태는 생각도 하지 않고 치료마법을 시전하는 동안 발현되는 그 아름다움에 감동을 받은 소연이었다.

치료를 끝낸 후 노인은 패력검제에게 말했다.

"이번에는 진짜로 잘 치료해 줬어. 성심성의껏 해 줬으니 이 애비의 은혜를 결코 잊으면 안 된다고 아들놈에게 전하도록. 알겠냐?"

"옛. 확실히 그렇게 전하겠습니다."

"그럼 이제 가 봐."

패력검제는 아르티어스의 가 보라는 명령에 나가려고 했지만, 소연이 자신은 어떻게 행동해야 할까 망설이는 듯 보였다. 이곳에 남아서 얘기를 좀 나누자는 것인지, 아니면 함께 나가라는 것인지 할아버지의 생각을 알 수가 없었던 것이다. 그것을 본 아르티어스는 재빨리 덧붙였다.

"손녀도 함께 데려가게. 나는 여기서 할 일이 좀 많거든."

그 어조를 부드럽게 한 것은 그래도 유희의 규칙상 제대로 된 할아버지 노릇을 해야 한다는 생각이 조금은 남아 있었기 때문이었다.

"예, 그렇게 하겠습니다."

"할아버지, 안녕히 계세요."

인사한 후 패력검제가 나가려고 할 때, 아르티어스는 지금껏 자신이 잊어버리고 있는 게 있다는 것을 깨달았다. 왜 그것이 이때 갑자기 생각났는가 하면, 그들이 밖으로 나가려고 문쪽으로 가자, 그들의 뒷모습을 살펴보고 있던 아르티어스의 눈에 박살 나 버린 문짝까지 보였던 것이다.

패력검제의 등 뒤에서 으시시한 음성이 들려왔다.

"참, 자네 잊고 가는 게 있군. 다시 이리 와. 그리고 너는 먼저 나가서 좀 기다리거라. 어쩌면 얘기가 조금 길어질지도 모르니까 말이다."

"예? 무슨 일이신데 그러십니까?"

소연은 인사를 하고 떠났고, 아르티어스의 성질머리를 모르고 있었던 패력검제는 아르티어스에게로 달려갔다. 그가 자신을 왜 부르는지도 모르고. 만약 그것을 미리 알았다면 그는 결단코 그곳에 홀로 남는 우를 범하지는 않았을 것이다.

몇 시진 후, 수석장로는 다시금 자신의 집무실에 자리 잡은 두 사람을 멀뚱한 표정으로 바라보고 있는 중이다. 문짝을 때려 부수겠다고 호언장담하며 들어갔던 패력검제가 살아서 나왔다는 것이, 내색은 하지 않았지만 그로서는 너무나도 놀라웠던 것이다. 물론 그 때문에 아르티어스에게 무지막지하게 깨지기는 했지만, 뒤처리(?)를 비교적 깨끗하게 해 놓은 상태였기에 그런 일이 있었다는 것을 수석장로가 알 턱이 없었다.

그리고 또 한 명. 패력검제 옆에 앉아 있는 제법 무공이 높아 보이는 여고수. 누군지는 모르겠지만 그녀가 패력검제와 함께 천마동에서 튀어나온 것을 보면, 처음에 그가 가지고 들어갔던 관 속에 저 여인이 들어있었음을 간단하게 추리할 수 있었다. 수석장로가 봤을 때도 완전히 재생이 불가능하다고 생각했던 교주의 사제를 교주의 아버지는 순식간에 고쳐놓은 적이 있었다. 그렇다면 이번에는 관 속에 들어있는 시체마저도 살려냈다는 말이 아닌가? 생각만 해도 모골이 다 송연해지는 수석장로였다.

이때 서로 간에 흐르던 침묵을 깬 것은 패력검제였다. 그는 여기저기가 결리는 모양인지 몸 곳곳을 주물러대며 입을 열었다.
"여기 조용히 운기조식할 만한 곳이 있으면 안내해 줄 수 있겠소?"
"아, 교주님의 부탁을 받고 먼 길을 오셨을 텐데, 내가 너무 무심했던 듯하구려. 수하들에게 편히 지내실 만한 거처를 마련하라고 이르겠소이다. 한 며칠 푹 쉬면서 노독(路毒)이나 푸시지요."
"편의를 봐주셔서 고맙소이다."
수석장로는 밖에 대고 외쳤다.
"왕지륜!"
"옛, 찾으셨습니까? 수석장로님."
"손님들께서 편히 쉬실 수 있도록 숙소를 마련해 드리거라."
"옛."
왕지륜은 패력검제와 소연에게로 시선을 돌리며 공손하게 말했다.
"저를 따라오시지요. 숙소로 안내해 드리겠습니다."
왕지륜과 함께 손님들이 나간 후, 수석장로는 머리를 싸매고 궁리를 하기 시작했다. 손님들에게 숙소를 안내해 준 것은 그로서도 생각할 시간이 필요했기 때문이었으니까.
'젠장. 그렇다면 교주께서는 그놈을 죽이려고 그 안에 집어넣으신 것이 아니었다는 말이잖아. 아무래도 나 혼자서는 처리를 결정할 사항이 아닌 듯 해. 군사와 상의해 봐야겠군.'

"어서오십시오. 수석장로님."
군사가 건네는 인사를 받는 둥 마는 둥 하며 수석장로는 급히 입을 열었다.

"그래. 자네, 패력검제가 본교를 방문했다는 얘기 들었나?"

"물론입니다. 그런데, 수석장로님께서 별일 아니라고 연락하셨지 않았습니까?"

수석장로는 그가 천마동으로 들어가는 것을 보고 다시는 나오지 못할 것이라고 생각하고는 군사에게 별일 아니니 신경 끄라고 연락을 보냈었던 것이다.

"그래. 그랬지. 그런데 조금 일이 틀어졌네."

"예? 그건 무슨 말씀이십니까?"

군사의 의문에 수석장로는 그간 경과된 일련의 사정들을 밝혔다.

"수틀린다고 철영 부교주님을 묵사발내신 분이 아니신가. 그런 분께서 문짝을 부수고 들어온 그를 그냥 보내 주셨으리라고는 상상도 하지 못했네."

군사는 고개를 갸웃하며 생각해 본 뒤 반론을 제기했다.

"말은 그렇게 했지만, 안 부순 것이 아닐까요?"

"노부도 혹 그런게 아닌가 하여 호법원에 물어봤네. 그런데, 그곳에 경비를 서던 자들은 한결같이 엄청난 굉음을 들었다고 증언했다네."

"그렇다면 진짜로 부순 모양이군요."

"확실하네. 그런데도 불구하고 그자가 그곳에서 살아서 나왔기에 문제라는 걸세. 정파의 최고수들 중 한 명이 본교의 사정을 훑듯이 다 관찰해 버렸는데 가만히 살려서 내보낼 수도 없는 노릇이 아닐까? 이점에 대해 자네는 어떻게 생각하는가?"

"글쎄요. 제 생각은 다릅니다. 그가 이곳으로 들어오며 본교의 내부를 관찰했다고 해 봐야 얼마나 봤겠습니까? 패력검제는 교주님의 신물을 지니고 본교를 방문했습니다. 그런 만큼 혹시 그에게 어떤 문제가 있다고 하더라도 저희들이 나설 일은 아니라고 저는 생각합니다."

그 뒤처리는 교주에게 맡기자는 의견이었다. 유약한 군사의 성격처럼 조금은 복지부동적인 의견이었기에 탐탁치 않게 느껴졌지만, 가만히 생각해 보니 일리가 있는 의견이었다. 교주가 신물까지 줘가며 일을 맡긴 자인데, 이쪽에서 어떻게 처리해 놨다가 나중에 교주에게 크게 꾸지람을 당할 가능성도 있다는 생각이 들었다.

"듣고 보니 자네 말이 옳은 듯도 하구먼."

"물론 만일의 사태를 대비하여 이 사실을 부교주님께 보고해 두는 것이 좋겠지요. 아무리 부교주님께서 본교의 일에 관심이 없으시다고 하지만, 그래도 교주님께서는 부교주님께 대리를 맡기셨으니 말입니다."

"그게 가장 좋겠군."

"수석장로님. 패력검제 같은 인물이 본교를 방문했다는 것은 정말 놀라운 일이라고 하겠습니다. 하지만 제가 생각했을 때, 수석장로님께서는 패력검제 때문에 가장 중요한 한 가지를 지금 놓치고 계신 듯합니다."

군사의 말에 수석장로는 아차 싶었다. 군사는 마음이 좀 심약한 것이 문제였지, 그 능력만큼은 아주 쓸 만한 인물이라고 수석장로는 생각하고 있었다. 그런 만큼 그가 문제가 있다고 하면 틀림없이 문제가 있을 것이 분명했다.

"놓쳤다고? 그게 뭔가."

"예. 패력검제가 이곳에 도착했을 때, 관을 하나 가져왔다고 들었습니다. 그런데 그가 천마동에서 나올 때는 웬 여자와 함께 나오지 않았습니까? 바로 그 여자를 놓치고 계시다는 말입니다."

수석장로는 턱수염을 쓰다듬으며 잠시 생각에 잠기더니 그 점을 인정했다.

"그러고 보니 천마동에서 나왔을 때, 웬 여자를 함께 대동하고 있었지. 노부가 보기에 제법 쓸 만한 실력을 닦은 고수처럼 보이더군. 그런데 그 여자가 왜?"

"그 여자가 관 속에 들어 있다가 나온 것을 보면, 이미 죽었었거나 아니면 죽기 직전의 상태에 본교에 들어왔었음을 짐작할 수 있겠습니다. 그렇지 않다면 관 속에 넣어서 가져왔을 리가 없으니까요."

"그, 그렇겠지."

"그는 이곳에 오면서 교주님의 신물을 가져왔고, 또 어르신께 그녀를 치료받게까지 만들었습니다. 그렇지요?"

수석장로가 고개를 끄덕여 수긍하자, 군사는 말을 이었다.

"어르신이 그녀를 순순히 치료해 줬고, 또 문짝을 부순 것까지 용납하신 것을 보면 그녀는 패력검제가 아닌 교주님과 상당한 연관성을 지니고 있음이 분명합니다. 지금까지 어르신께 치료를 받았던 사람이 누구였는지 생각해 보십시오. 교주님께서는 웬만한 경우에는 절대로 어르신께 치료를 부탁하지 않으셨습니다."

이제야 수석장로는 군사가 왜 그녀를 언급했는지 이해했다. 수석장로는 경악성을 내지르며 외쳤다.

"허억! 자네 말이 옳구먼. 그렇다면 그녀는 도대체 누구라는 말인가?"

"저도 확실한 것은 알 수 없습니다만, 이것만은 분명하다고 생각합니다. 그녀가 교주님께 매우 소중한 여인이라는 것 말입니다."

그렇다면 더 이상 지체할 수가 없었다.

"자네는 빨리 호법원에 달려가 그녀를 경호하라고 요청하게. 그리고 더불어서 패력검제의 감시도 병행해야겠지. 그자가 이 기회를 이용하여 여기서 무슨 못된 짓을 할지 알 수가 없으니 말이야."

"예. 수석장로님. 호계악 대호법님께 제가 직접 가서 부탁하겠습니다. 교주님의 정인(情人)이실지도 모르는데, 소홀히 할 수는 없는 노릇이 아니겠습니까."

수석장로는 고개를 끄덕인 후 말했다.

"나는 이 일을 부교주님께 아뢰겠네. 그분도 정파에서 성장하신 분이시니, 패력검제를 만나 그녀가 누군지 좀 알아보라고 부탁드려야겠군."

"예. 그게 좋을 것 같습니다."

괴물(?)들의 틈바구니에서

 수석장로의 보고를 받은 초류빈은 어이가 없었다. 화산파의 장문인을 만난지가 언제인데, 이번에는 제령문의 문주가 본교를 방문했다니. 그것도 교주의 청으로 그 괴팍스럽기 그지없는 교주의 아버지를 만나러 왔다는 것이다. 도저히 믿어지지 않는 말이었다. 도대체 어떤 술수를 부렸기에 패력검제가 그런 수고를 한 것이지? 도저히 짐작조차 되지 않았다.
 초류빈이 알기에도 교주는 당금 무림에서 그 적수를 찾기 힘든 강자다. 게다가 그는 중원 최강의 문파라고 할 수 있는 마교의 교주가 아닌가. 그가 말로는 중원일통을 할 생각이 없다고 했지만, 언제나 그런 위험은 존재한다고 생각해 왔던 초류빈이었다.
 물론 교주가 중원을 피바다로 만들 야욕(野慾)을 부린다고 해 봐야 성공할 가능성은 거의 없다고 초류빈은 확신하고 있었다. 아무리 무공이 강하고, 또 강대한 세력을 지니고 있다고 하더라도 무림일통(武林一統)이라는 것이 결코 쉬운 일이 아님을 무림의 역사가 말해 주지 않는가. 무림일통에 도전했던 사람은 많았지만, 그 누구도 성공하지 못했다. 무림사상 최강이라 불렸던 전설적인 고수 신검대협(神劍大俠) 구휘(區揮)까지 포함해서.

하지만 지금 가만히 돌아가는 꼴을 보니 이번만은 그것이 아닐지도 모른다는 생각이 불현듯 드는 초류빈이었다. 어쩌면 교주는 지금 무림일통 작업을 소리 소문 없이 진행 중인지도 몰랐다. 강대한 세력을 형성한 것으로도 모자라, 지속적으로 외부의 고수들을 포섭하고 있다는 것이 그 증거였다.

교주가 의형으로 삼았다고 들은 만통음제를 비롯하여, 사제라는 현천검제. 거기에다가 이번에는 패력검제까지. 이런 식으로 계속 나간다면 결국 교주는 역사상 최초로 무림일통을 이룩한 위대한 고수로서 역사에 우뚝 설 가능성이 컸다. 물론 이것이 피를 통한 정복이 아니라는 것이 조금 다르겠지만, 어찌되었건 일통은 일통이니까.

"젠장. 입으로는 아니라고 그렇게 떠들면서, 뒷꽁무니로 그런 얄팍한 짓거리를 꾸미고 있었을 줄이야. 어쩔 수 없지. 교주의 그 시커먼 속을 알고 있는 내가 나서야겠어. 패력검제가 완전히 교주에게 넘어간 것은 아닐 테니까, 아직은 가능성이 있겠지."

중얼거리던 초류빈은 다시 한 번 하늘을 봤다. 수석장로의 말로는 패력검제가 휴식도 취할 겸 운공조식을 할 조용한 장소를 원했기에 그를 귀빈들이 기거하는 숙소로 안내했다고 했다.

"지금쯤 찾아가면 되려나? 아니야. 그것보다는 내일 일찍 찾아가는 것이 좋겠어. 사람이 들어 있는 관을 등에 지고 만 리 길을 달려왔다고 했으니, 지금 찾아가 봐야 헛것이겠지."

초류빈은 다음날 아침 일찍 패력검제와 의문의 여인을 만나기 위해 출발했다. 물론 그가 패력검제를 만나려는 이유는 수석장로의 요청대로 여인의 정체를 파악하려는 것이 아니라, 교주의 야심찬 무림일통 계획에 훼방을 놓으려는 것이었다.

그가 목적지에 도착했을 때, 때마침 내실에서 붉은 옷으로 곱게 차려입은 예쁘장한 소녀가 나오는 것이 보였다. 제법 물이 오른 몸매로 봐서 16세는 넘은 듯 보였지만, 그녀의 앳된 얼굴로 봤을 때 절대 20살은 넘지 않았을 것으로 생각되는 소녀였다. 초류빈은 이곳에 처음 와 보는지라 그녀가 여기에 배치되어 있는 하녀인지, 아니면 이곳에 투숙 중인 손님인지 알 수가 없었다. 그렇기에 그는 실례가 되지 않도록 조심스럽게 질문을 던졌다.

"이곳에 배치된 시녀인가?"

갑자기 낯선 인물이 급히 다가와 자신에게 말을 걸어오자 그녀는 놀란 듯 눈을 동그랗게 떴다. 그녀는 커다란 눈망울로 초류빈을 자세히 살펴봤다. 무기를 휴대하지 않은 것을 보면, 무사는 아닌 것 같았다. 거기에다가 이곳 마교에서 웬만큼 무공을 익힌 자라면 음산하면서도 무시무시한 기운을 풍기지 않던가. 그런데, 이 청년에게서는 전혀 그런 기운이 느껴지지 않았다. 더군다나 옷조차도 남루한데다, 무척 젊은 얼굴이다. 그렇다면 결론은 정해진 것.

그녀는 재빨리 손가락 하나를 입에 대며 말했다.

"쉿! 조용히 하고 빨리 나를 따라와요."

"……?"

행여 누가 볼세라 재빨리 초류빈을 끌고 나온 그녀는 다른 사람들이 잘 오지 않는 인적이 드문 곳으로 갔다. 그제서야 안심이 되는지 한숨을 내쉬며 말을 걸었다. 그녀의 돌연한 행동에 당황스런 표정을 짓고 있는 초류빈을 향해.

"이제 됐어요. 이봐요. 새로 온 일꾼인 모양인데 이렇게 마구 돌아다니다가 걸리면 경을 친다구요. 이곳은 본교를 방문하는 특급손님들을 위한 숙소에요. 저기 커다랗게 마영각(魔迎閣)이라고 써져 있잖아요. 그것도 안 읽었어요? 아니면 글자도 못 읽는 거예요?"

초류빈은 얼떨결에 그녀가 손가락으로 가리키는 대로 현판을 다시 한 번 봤다.

"빨리 가 봐요. 그나마 나한테 발견된 게 다행인줄 알라구요. 외부에서 들어오는 일꾼들의 숙소는 저쪽이에요."

하녀는 심각하게 말해 주고 있었지만, 그것을 듣는 초류빈의 표정은 이제 희미한 미소를 띠고 있었다. 그녀 딴에는 도와준다고 열을 올리고 있었지만, 그것을 지켜보는 초류빈은 순진하기 그지없는 그녀의 행동 하나하나가 그렇게 귀엽고, 재미있을 수가 없었던 것이다.

그녀는 저쪽 길을 가리키며 연이어 조잘댔다.

"다음부터 이쪽으로 오지 말아요. 알았죠? 아무리 길을 잃었다고 해도 이쪽으로 오면 절대로 안돼요. 운이 없어서 각주님한테라도 들켰었다면 길을 잃었다는 변명으로 넘어갈 수 없었을 거예요. 곧바로 뇌옥에 갇혀 고문까지 당한다구요. 알았어요?"

"알려줘서 고맙구려, 소저. 나는 마영각이라는 곳이 그토록 흉험한 곳인 줄은 미처 몰랐소이다. 설마 들어오는 사람을 모두 다 불문곡직하고 물고를 내다니. 정말이지 지옥과 같은 곳이외다."

자기는 생각해서 말해 준 것이었는데, 상대가 장난기 어린 어조로 응대하자 하녀는 바짝 약이 오른 모양이다. 더군다나 상대는 말투까지 노인처럼 하는 것이, 꼭 자신을 어린애라고 놀리는 듯했던 것이다.

"아니, 이 사람이! 지금 나하고 농담하자는 거예요? 무조건 물고를 낸다는 말이 아니었잖아요. 수상한 사람 말이에요. 수상한!"

"그렇다면 나는 괜찮겠구려. 나는 누가 봐도 신분이 확실한 사람인데."

"허드렛일이나 하는 하인이 무슨 신분이 확실하다는 거예요? 당신들이 움직일 수 있는 곳은 바로 저쪽 근처라구요. 만약 그곳을 벗어난 것을 들키면 곤장 몇 대 맞는……."

이때, 갑자기 싸늘하기 그지없는 여인의 목소리가 들려왔다.

"무슨 일이냐?"

그 소리에 그녀는 화들짝 놀라서 소리가 들려온 곳으로 시선을 돌렸고, 초류빈 또한 시선을 돌렸다. 그곳에는 초류빈의 앞에 서 있는 소녀와 똑같은 옷을 입은 여자가 냉엄한 표정으로 이쪽으로 다가오고 있는 것이 보였다.

"저…, 어, 언니."

언니라고 부르는 것으로 보아 아마 새로 나타난 여인은 각주는 아니고, 조금 계급이 높은 하녀인 듯했다.

"무슨 일이냐고 묻지 않았느냐?"

언니라는 하녀의 질책에 그녀는 기어 들어가는 목소리로 변명했다.

"이, 이 사람이 길을 잃어서 가르쳐 준다고 그만……."

"너는 그만 들어가 보거라."

그녀가 머뭇거리고 있자 언니라는 하녀는 더욱 냉엄한 어조로 꾸짖었다.

"아니, 들어가라는데도 그러는구나. 네 죄는 나중에 묻기로 하겠다. 그동안 너는 네 방에서 처분을 기다리고 있거라. 알겠느냐?"

"네."

소녀가 눈물을 훔치며 마영각으로 달려 들어가는 것을 확인한 후에야 그녀는 초류빈에게로 시선을 돌렸다. 그녀 같은 하급고수가 지고하신 부교주의 얼굴을 알리 없었지만, 그녀는 여유만만한 상대의 표정을 보고 뭔가 이상한 위화감을 느꼈다. 벌벌 떨고 있어야 옳은데, 그는 싱긋이 미소지으며 아직까지도 소녀가 들어간 곳을 바라보고 있었던 것이다.

하녀는 아무래도 뭔가 기분이 찜찜했다. 자신이 혈화궁에서 약간 지위가 높다고는 하지만, 이곳은 마교의 총타였다. 그녀보다 월등하게 높은 지위를 지닌 인물들이 널리고 널린 곳이라는 말이다. 그리고 지금 이 사내가 보여주는 것 같은 여유는 그런 지위가 높은 인물들만의 특권이었다.

그렇기에 그녀는 처음의 생각과는 달리 조심스런 어조로 질문을 던졌다. 우선 상대의 신분을 확인하는 것이 우선이었으니까. 물고를 내는 것은 그 후라도 늦지 않았다.

"길을 잃으셨다고 들었는데, 어디를 가는 중이신지요?"

"마영각에 가는 길이었네. 어제 본교를 방문한 남녀가 있을 텐데, 알고 있는가?"

상대의 점잖은 대답에, 그녀는 자신의 선택이 옳았음을 느꼈다. 상대는 허름한 겉모습과는 달리 교에서 상당한 지위를 지니고 있는 인물임이 분명해 보였던 것이다. 그렇기에 하녀는 고개를 조금 더 깊게 조아리며 말했다.

"예. 손님들께 어느 분께서 찾아오셨다고 전하면 되겠습니까?"

"자네가 전할 필요까지는 없네. 그들이 묵고 있는 숙소로 안내하게."

"……."

이대로 이 사람의 신분을 확인하지 않고 안내해도 될 것인가? 아니면 그냥 안내할 것인가. 잠시 고민한 끝에 그녀는 안내하는 것으로 마음을 정했다. 이 사람이 누군지는 알 수 없지만, 그가 만나기를 원하는 사람은 이번에 새로 들어온 손님들이었다. 그리고 그 손님들은 어쩐 일인지 호법원에서 파견된 엄청나게 막강한 고수들에 의해 호위되고 있었다. 뒷일은 호법원의 고수들이 해결해 줄 것이 분명했다.

"저를 따라오십시오."

하녀는 초류빈을 안내하며 말했다.

"손님들은 지금 안전상의 이유로 2층에서 묵고 계십니다."

마영각 안으로 들어선 후, 그녀는 상대를 계단 쪽으로 이끌며 말했다.

"이쪽으로 오십시오."

하녀가 그를 손님들이 묵고 있는 객실로 안내했을 때, 그녀는 자연스럽게 상대의 신분을 알 수 있었다. 바로 객실의 문 앞에 서 있던 호법원 소속 고수들의 행동을 통해서. 객실 문 앞에서 엄청난 마기를 뿜어내며 서 있던 호법원 고수들은 사내를 보자마자 부복하며 외쳤다.

"부교주님을 뵈옵니다."

하녀는 경악했다. 그녀는 초류빈의 행색으로 봤을 때 누군가 지위가 높은 인물의 심부름꾼 정도로 생각했었던 것이다. 그런데 설마 그가 부교주일 줄이야. 그녀는 자신도 모르게 호법원 고수들처럼 바닥에 납죽 엎드리며「부교주님을 뵈옵니다」하고 외치고 있었다.

"손님들은 일어나셨느냐?"

"예."

하녀는 원래 그들 중 한 명이 일어나서 차를 달라고 했다는 말을 해야 했음에도 그녀 자신의 걱정 때문에 다른 말을 건네 버렸다. 잘못하면 그 소녀는 물론이고 자신의 목숨까지 날아갈 우려가 있기에.

"몰라 뵙고 크나큰 실례를 저질렀나이다, 부교주님. 혹, 진진이가 부교주님께 무례한 짓을 저질렀다 하더라도, 그 아이가 아직 이곳에 온 지 얼마되지 않아 사정을 잘 몰라서 그런 것이오니 용서하여 주시옵소서."

초류빈은 빙긋 미소지었다.

"그 아이의 이름이 진진이라고 하느냐?"

"예. 왕진진(王珍珍)이라고 하옵니다."

"본좌에게 실례를 저지른 것은 없었으니 안심하거라. 그리고 그 아이에게 본좌의 신분에 대해 말하여 괜한 걱정을 안기지 않도록 하거라. 알겠느냐?"

"예."

"그럼 가 보거라."

그렇게 말하는 부교주의 안색이 매우 평온했기에 하녀는 속으로 안도의 한숨을 내쉴 수 있었다. 일단 목숨은 건진 셈이었으니까.

마영각의 각 객실은 특급손님들을 위한 것인 만큼, 여러 개의 방들을 가지고 있다. 중앙에 커다란 응접실이 나오고, 그곳을 통해서 6개의 좀 더 작은 방들로 들어갈 수 있게 되어 있는 구조다. 방이 너무 많다고 생각될지 모르지만, 사실 이곳에 묵을 손님들의 입장에서는 이것도 그 수가 너무 적다고 봐야 했다. 이 정도 규모라면 자신들이 거느리고 온 하인, 하녀들과 가족 정도밖에 묵을 수 없는 것이다.

그렇다면 그들이 이곳을 방문할 때 거느리고 오는 그 많은 호위무사들은 다 어디에다 투숙하게 하느냐하는 문제가 발생하게 된다. 마교는 이것을 위해 총단의 외곽 부분에 그들을 위한 숙소를 따로 마련해 두고 있었다. 사실 마교쪽에서도 수많은 외부 무사들이 중무장을 갖춘 채 들어온다는 것이 탐탁치 않았기에 취해 놓은 조치였던 것이다.

초류빈이 객실 안으로 들어갔을 때, 그의 눈이 거실에 앉아 있던 여인의 눈과 정면으로 마주쳤다. 이때, 초류빈은 자신이 시간을 잘못 골라서 왔음을 직감했다. 왜냐하면 그녀는 울고 있었으니까.

그녀는 황급히 눈물을 닦으며 말했다.

"무, 무슨 일인가요?"

초류빈은 멋쩍은 듯 중얼거렸다.

"패력검제 대협을 만나러 왔는데, 아무래도 시간을 잘못 택한 듯하구려. 본의 아니게 실례를 끼쳐 죄송하오이다."

"실례라니, 당치도 않습니다. 제가 못난 꼴을 보여드려 오히려 죄송하군요."

"그렇게 이해해 주시니 감사합니다."

"……"

잠시 어색한 침묵이 흘렀다. 초류빈은 아무래도 분위기가 껄끄러운 듯하여 분위기 전환 겸 입을 열었다.

"패력검제 대협은 아직 기침하지 않으셨소?"

"아마 운기조식 중이실 거에요."

"그럼 나중에 다시 오겠소."

초류빈이 되돌아 나가려고 하자, 그 여인이 그를 불러 세웠다.

"잠깐만요. 조식에 들어가신지 꽤 시간이 흘렀으니 여기서 조금만 기다리시면 될 겁니다."

"그, 그렇소? 그럼 잠시 실례하겠소."

초류빈을 잠시 관찰하던 여인이 입을 열었다.

"흑풍단에 소속되신 분이신가요?"

초류빈에게서는 전혀 마기가 느껴지지 않는다. 그렇기에 여인은 아마도 그가 흑풍단 소속이지 않을까 생각하는 모양이었다. 초류빈은 고개를 가로저으며 대답했다.

"흑풍단 소속은 아니외다. 흑풍단을 알고계신 것을 보니, 양양성에서 오신 모양이구려."

"예."

"치열한 전투라도 벌어졌었소? 듣기로는 관에 실려서 이곳에 오셨다고 들었는데……."

"예."

그렇게 대답하는 여인의 얼굴에는 짙은 슬픔이 떠올랐다. 눈언저리에 다시금 옅은 물기가 차오르는 것을 본 초류빈은 황급히 말을 다른 방향으로 돌렸다.

"교주께서는 잘 계시오?"

물론 그 인간이 잘 있을 것임을 그 누구보다도 잘 알고 있는 초류빈이다. 하지만 딱히 할 말이 없었기에 교주를 들고 나온 것이다. 수석장로에게 들으니 이 여인이 교주의 정인쯤 되는 모양인데, 정인 얘기를 꺼내면 그래도 상대의 마음이 풀릴 것으로 생각했다. 하지만 오히려 그 말이 상대의 감정을 더 뒤흔들어 놓은 듯하여 초류빈은 당황했다.

'젠장. 그 말을 꺼내기가 무섭게 아예 본격적으로 울기 시작하다니. 혹시 교주한테 차이기라도 했단 말인가?'

뭐라고 말을 붙이기도 어렵다. 상대는 교주와 관계되어 있는 여인이다. 뭐라고 잘못 말했다가 그걸 그대로 교주에게 고자질하면 자신만 박살난다는 치명적인 위험성을 안고 있었다. 더군다나 초류빈의 경우 그렇게 여자와 깊게 사귀어 본 적이 없었고, 특히나 요 근래 몇십 년간은 아예 마교 안에 틀어박혀서 무공만 수련한 상태였다. 그런 만큼 이런 황당한 경우 어떤 식으로 상대에게 말을 걸어야 할지, 혹은 어떻게 위로를 해야 할지 난감하기 그지없었다.

이때, 응접실과 연결되어 있는 여러 문들 중에서 하나가 열리더니 패력검제가 모습을 드러냈다. 충분한 휴식과 수면, 그리고 영양이 있는 음식을 섭취한 덕분인지 그의 눈은 생기가 넘치고 있었다. 패력검제는 눈앞에 보이는 남자가 탈마급에 달하는 엄청난 고수임을 한눈에 알아봤다. 그런데 그런 자가 왜 여기 어정쩡한 자세로 앉아 있는 것이며, 또 소연은 왜 저렇게 울고 있는 것인가?

"무슨 일이냐? 혹시 저자가 네게……."

패력검제의 등장이 이 난처한 상황을 벗어날 수 있는 구원의 손길인 듯하여 내심 기뻐하고 있던 초류빈은 갑작스럽게 얘기가 이상한 방향으로 전개되자, 화들짝 놀라 양손을 내저으며 다급히 변명했다.
"그, 그건 오해요. 나, 나는 아무 짓도 하지 않았소."
상대의 과잉 반응이 오히려 더 의심스러운지 패력검제는 눈을 실쭉하게 뜨며 중얼거렸다.
"오해라고?"
"나는 그저 교주님께서는 안녕하시냐고 물어봤을 뿐이외다. 정말이오."
이때, 흐느끼고 있던 소연이 고개를 쳐들며 말했다. 그녀의 고운 얼굴은 눈물로 얼룩져 있었다.
"저분의 말씀이 옳으십니다. 제가 추태를 보여……. 저분께서는 대협을 뵙고자 이곳에 오셨습니다. 그러면 저는 이만."
소연은 황급히 자리를 떴다. 그녀가 들어간 방에서 다시금 낮게 흐느끼는 소리가 들려오는 것으로 보아, 그 안에서도 울고 있는 모양이었다.
패력검제는 어깨를 으쓱하며 사과했다.
"요 근래 저 아이에게 좀 일이 있어서 정신적 충격이 컸었던 모양이니, 그대가 이해하시구려. 방금 전에 그대를 오해했던 것, 미안하오."
"뭐…, 어쩔 수 없는 것이 아니겠소이까? 나라도 그런 상황을 본다면, 틀림없이 그런 오해를 했을지도 모르니 말이오. 그건 그렇고 귀하가 패력검제시오?"
"그렇소이다. 그렇게 말씀하시는 귀하는?"
"나는 이곳에서 부교주를 맡고 있소."
초류빈은 일부러 자신의 이름을 밝히지 않았다. 괜히 초씨세가가 자신 때문에 구설수에 오르는 것을 원치 않았으니까.
 처음 상대를 봤을 때 가졌던 느낌이 옳았음을 알고 패력검제는 내심 아주 기분이 좋았다.
 "아, 부교주셨구려. 마교의 부교주들은 모두 극마급에 오른 초고수라 들었는데, 과연 명불허전(名不虛傳)이외다. 그래 무슨 일로 나를 찾아오셨소?"
 "몇 가지 물어볼 것이 있어서……."
 하마터면 초류빈은「도대체 저 여자는 누구요? 교주의 정인이오? 아니면 또 다른 뭐요」하고 단도직입적으로 물어볼 뻔 했다. 하지만 그도 지금껏 수많은 세월을 살아오며, 그런 식으로 질문을 던지는 것이 얼마나 어리석은 행위인지 충분히 알고 있었다. 그녀의 정체를 정파인 패력검제가 알고 있는데, 정작 그의 수하들이 모르고 있다는 것은 말이 안 되지 않는가. 그렇기에 그는 슬슬 유도심문을 통해 상대가 알고 있는 것을 캐내기로 작심했던 것이다.
 "정신적 충격이라고 했는데, 무슨 일이 있었던 거요? 왜 저분께서 관에 실려서 온 것이냐 이 말이외다."
 초류빈은 자신도 그녀의 신분을 알고 있는 척 하기 위해 소연을「저분」이라고 칭했다.
 "하기야 내가 워낙 급히 여기까지 달려왔으니 이곳에는 아직 연락이 안 왔을 수도 있겠구려. 흑살마왕쪽과 대규모 혈전이 있었소. 거기에서 천지문은 괴멸적인 타격을 받았고 말이오."
 천지문이 어디에 있는 문파인지는 알 수가 없었지만, 우선 초류빈이 아는 사람이 하나 등장했다. 흑살마왕 장인걸 말이다. 그에 대한 소문이라면 여기서도 많이 들었었으니, 아무리 초류빈이 세상 물정에 어둡다고 해도 그와 교주와의 악연을 모를 리 없었다.

"드디어 그와 정면 대결을 시작한 것이오?"

패력검제는 고개를 가로저으며 대답했다.

"내가 그곳에 도착했을 때는 이미 상황은 끝나 있었기에 나도 정확히는 모르겠지만, 아마도 정면 대결은 아닌 듯 했소. 교주가 거기까지 아무리 미친 듯이 달려갔었다고 하지만, 거리가 거리인 만큼 도착하는데 1시진은 족히 걸렸소. 그동안 놈들의 포위 공격을 천지문이 버텨낸 것만 봐도, 저들도 그렇게 큰 전력을 그곳에 투입하지 않았음이 분명하지 않겠소?"

"그렇겠구려."

"일의 경과야 어찌되었건, 천지문이 치명적인 타격을 입은 것이 사실이오. 내가 자세히 파악해 보지 않은 상태에서 이런 말을 하기는 뭣하지만, 아마도 30명도 살아남지 못한 듯했기 때문이오. 지금껏 함께 생활해 왔던 동문들이 눈앞에서 그토록 무참한 죽임을 당했는데, 그녀가 충격을 받지 않았을 리가 있겠소? 더군다나 그녀 또한 죽음의 문턱에서 다시 살아났을 정도였으니……."

초류빈은 짐짓 안타깝다는 듯 탄식을 터뜨렸다.

"허어, 그런 일이 있었구려. 교주님의 부탁 때문이었다고는 하지만, 저분을 이곳까지 데려와 주셔서 정말 감사할 따름이오. 덕분에 저분의 목숨을 건졌소이다."

상대의 칭찬에 패력검제는 손을 내저으며 대꾸했다.

"무슨 말씀을. 교주의 부탁 때문이었다고는 하지만, 그냥 죽게 놔두기에는 너무나도 아까운 아이였소."

패력검제가 「너무나도 아까운 아이」라고 칭찬하자, 초류빈은 재빨리 장단을 맞춰줬다. 그가 그렇게까지 칭찬하는 것을 보면 무공적인 측면만 보고 얘기하는 것을 아닐 것이다.

"무공도 그렇지만, 인성 또한 훌륭한 분이시지요. 안 그렇소이까?"

"물론이오. 저런 아이도 보기 드물지요. 그 사제라는 녀석도 그렇기는 했지만……."

여기서 말을 끊은 패력검제는 너무나도 궁금하다는 듯 초류빈에게 질문을 던졌다. 상대는 소연에 대해 너무나도 잘 알고 있는 듯 했으니까.

"그런데 내 한 가지만 좀 물어봅시다. 교주의 딸이 왜 천지문에 있었던 거요? 아무리 생각해도 도저히 알 수가 없어서 묻는 말이오."

전혀 예상치 못했던 말에 초류빈은 경악했다.

"허억! 따, 딸이라고 했소?"

"……."

서로 간에 긴 침묵이 흘렀다.

패력검제는 자신이 이렇게 간단하게 이놈의 함정에 빠진 것을 내심 한탄하고 있었다. 교주가 저자에게 소연이 자신의 딸이라는 것을 안 알려줬다는 것은, 그것을 비밀로 할 이유가 있었다는 말이다. 그런데 그것도 생각하지 않고 자신의 입으로 나불나불 알려줘 버렸다니……. 어쩌면 이 일로 인하여 소연의 신상에 위험이 닥칠지도 모를 일이었다.

패력검제가 자신의 실언을 자책하고 있을 때, 초류빈은 지금 그 말이 안겨준 신선한 충격에 정신이 반쯤 나간 상태였다. 교주에게 숨겨둔 딸이 있었다니. 그 말은 곧 그가 과거 사랑에 빠졌었던 여인이 있었다는 말이 아닌가. 물론 실수(?)를 통해 애를 낳을 수도 있었겠지만, 그런 경우 이렇게 지속적인 사후관리가 이뤄질 가능성이 없었다. 찔러도 피 한 방울 안 나올 것 같은 그런 인간이 여자와 사랑에 빠졌었다니. 정말 이건 충격적인 사건이었다.

"교주와 사랑에 빠진 여인이 도대체 누구요?"

"……?"

이건 또 무슨 소리란 말인가?

"그런 괴팍한 인간을 사랑하는 골빈 여자가 있었다니 정말 어떻게 생긴 계집…, 어어… 방금 한 말은 실수였소. 천하의 교주님을 사랑에 빠지게 만든 그 여인이 얼마나 대단한 사람인지 한번 보고 싶다는 말이었으니 행여 오해하지 말아주시기 바라오."

패력검제가 자신을 바라보는 눈초리가 조금 수상쩍다고 느끼자, 초류빈은 급히 말을 이었다. 어쨌건 이자는 교주를 좋게 보고 있는 것이다. 그 인간의 본성이 얼마나 사악하고, 또 잔인무도한지도 모르고 말이다. 초류빈은 허심탄회하게 말했다.

"좋소. 내 까놓고 말하리다. 내가 누군지 아시겠소?"

마교의 최고위 고수들은 그리 세간에 잘 알려져 있지 않았다. 더군다나 묵향이 장기간 행방불명되었을 때, 마교는 아예 무림에서의 활동 자체를 중단했었다. 그런 만큼 상대가 철영이었다고 해도 패력검제가 알아볼 가능성은 매우 희박했다.

"그걸 내가 어찌 알겠소?"

상대는 깊은 한숨을 토해낸 후 허심탄회하게 말했다.

"후우~. 나도 한때는 잘나가던 정파의 후기지수였소. 칠룡에 들었을 정도니, 충분히 이해하시리라 믿소."

마교 부교주가 예전에 정파의 후기지수였다니. 이게 말이 되는 소

린가?

"?"

상대가 아연한 표정으로 자신을 뚫어지게 노려보자, 초류빈은 자기 말이 맞다는 것을 증명하기 위해 이런저런 말들을 할 수밖에 없었다.

"의심스러우신 모양인데, 내가 무림에서 활동할 때 사람들은 나를 탈명도(脫命刀)라고 불렀었소."

"헉! 귀하가 탈명도 초류빈이라고요? 그게 사실이오?"

"물론이오. 믿지 못하겠다면 내 초씨세가의 비전도법(秘傳刀法)인 72식 광풍도법(狂風刀法)을 이 자리에서 보여드리겠소."

초류빈이 벌떡 일어서자, 패력검제는 손을 내저으며 그를 말렸다.

"그렇게까지 하실 필요까지는 없소이다. 광풍도법이 초씨세가의 비전도법이라는 것은 알고 있지만, 나도 초씨세가의 인물과 겨뤄 본 적이 없어서 그 초식이 어떤 것인지 알지 못하니 말이오."

"크으, 이 자리에 혁련운 형님만 계셨어도, 내가 누군지 알아 보실 텐데…. 참으로 안타깝구려."

혁련운이라면 황룡무제를 말하는 것이 아닌가. 그러고 보니 양양성에 있을 때 황룡무제한테서 과거 초씨세가의 초류빈에 대한 얘기를 조금 들은 기억이 났다.

"황룡무제를 거론하시는 것을 보니 정말 귀하가 초류빈 대협이 맞는가 보오."

"황룡무제라고요? 무제라니, 형님께서 화경을 깨달으셨다는 말씀입니까?"

"그렇소."

패력검제의 대답에 초류빈은 분통이 터지지 않을 수 없었다.
"크으윽! 젠장. 누구는 무제소리를 들으며 떵떵거리고 있고, 누구는 여기에 처박혀서 교주한테 허구헌날 두들겨 맞고 살아야 하고…. 이런 개 같은 경우가 있다니."
"그건 또 무슨 말씀이시오? 교주가 그대를 핍박한다는 말씀이오?"
상대가 흥미를 보이자, 초류빈은 기회가 왔다는 듯 주위를 재빨리 둘러봤다. 문앞에 있는 두 놈 외에도, 윗층에 다섯 놈. 아래층에 다섯 놈의 기척이 느껴졌다.
'쓰벌, 많이도 깔아놨군.'
내심 투덜거리며 초류빈은 행여 그놈들이 엿들을 새라 어기전성으로 말했다. 혹여 호법원 놈들이 이걸 엿듣고 소문이라도 퍼뜨린다면 큰일이라고 생각했던 것이다. 사실 안 그래도 이단자로 낙인찍힌 몸이었고, 교주 욕을 해 댄 것이 하루 이틀이 아니었기에 놈들이 들어봤자 별일은 없을 거라고 생각했지만 그 말이 교주에게 전해진다면 조금 얘기가 달라진다. 또다시 죽도록 얻어터질 테니까.
《내 말 좀 들어보시구려.》
한참 동안 이어지는 초류빈의 넋두리. 지금까지 교주에게 그가 당한 억울하기 그지없는 사연들이 총망라되어 있었다. 그리고 거기에 악의에 가득 찬 비방(誹謗)까지 덧붙여져 있었기에, 그의 말을 곧이곧대로 알아듣는다면 교주는 심각한 정신이상자이면서도 상당한 수준의 가학성 변태성욕자로 밖에는 생각할 수 없었다.
《그렇게 사악한 인간임에도 불구하고 왜 모두들 그 사내다운 겉모습에 속아서 교에 들어오는지 알 수가 없소. 내가 그걸 사전에 알기만 했다면 내 꼴이 이렇게까지 되지는 않았을 것을…….》

《허어, 정말 형장의 말을 듣고 보니 모골이 다 송연하구려. 내 교주가 그런 악질적인 인물인 줄은 미처 알지 못했었는데…….》

《내 말이 그 말이오.》

《교주도 그렇지만, 형장은 저 천마동에 살고 있는 괴물을 알고 계시오?》

《천마동에 살고 있는 괴물? 교주의 아버지 말이오?》

상대가 제대로 알아들은 듯하자 패력검제는 고개를 끄덕이며 말했다.

《그렇소. 내 어제 천마동에 살고 있는 그 괴물에게 걸려서 혼찌검이 났었소. 내가 화경의 벽을 깬 이후 그토록 무참하게 두들겨 터지기는 그것이 처음인 듯하오.》

초류빈은 교주의 아버지가 과거 철영을 묵사발내 버렸던 사건을 잘 알고 있었다. 극마의 경지를 깬 무시무시한 고수인 그를 아주 간단하게 박살내 놨다는 것은 정말 놀라운 일이었다. 그런 사람 같지도 않은 자를 괴물이 아니고 또 뭐라고 부른단 말인가? 그렇기에 초류빈은 상대가 말한 「괴물」이라는 단어를 아주 자연스럽게 받아들이고 있는 중이었다.

《그 양반도 확실히 괴물이지. 허어, 형장은 그래도 상태가 괜찮으신 것 같은데, 정말 운 좋았다고 생각하시구려. 그때 철영 부교주는 몇 달은 족히 간병해야 할 정도로 중상을 당했었으니 말이오.》

상대가 호응해 오자 패력검제는 자신이 궁금해 하고 있는 것을 은근슬쩍 물어봤다.

《그 아버지를 보니 정말 무시무시한 괴물이던데, 교주도 그런 괴물이오?》

그 말에 초류빈은 당연하다는 듯 고개를 끄덕이며 대꾸했다.

《아니, 지금까지 내가 한 말은 귓등으로 들으셨소? 내 살다살다 그렇게 지독한 괴물은 또 처음 봤소.》

자세히 따지고 들어가면 서로 간에 말하는 것이 뭔가 미묘하게 어긋나 있었다. 하지만 제각각 생각이 달랐던 그 둘은 그것을 못 느끼고 있었다. 패력검제는 이미 교주를 괴물이라고 단정 짓고 있었다. 그런 차에 상대가 괴물이 맞다고 하니, 자기 생각이 맞았다고 내심 고개를 끄덕일 수밖에 없는 상황인 것이다.

그는 초류빈을 향해 안타깝다는 듯 말했다.

《형장도 참 괴롭겠소이다. 그런 괴물들 뒤치다꺼리나 해 줘야 하다니……. 여기 있어 봐야 좋을 것도 없을 것 같은데, 정파로 전향하는 게 좋지 않겠소?》

초류빈은 뼛속 깊은 곳에서 우러나오는 한숨을 내쉰 후 한탄했다.

《에휴~, 내 그 생각을 골백번도 더했지만, 나는 평생을 쫓겨 다니며 살고 싶은 생각은 없소이다.》

도대체 무슨 말인가 하여 패력검제는 어기전성으로 하는 것도 잊어버렸다.

"쫓겨 다니다니요?"

《내가 나가면 교주가 그냥 잘먹고 잘살거라 하며 눈감아 줄 것 같소? 그날부터 나를 잡으려고 사방을 뒤지기 시작할 텐데, 그것을 피해서 도망다녀야 할 것이 아니겠소? 그러다가 붙잡히면 개 맞듯이 맞고 다시 끌려 들어올게 분명하오. 그걸 뻔히 알면서 내가 왜 나가겠소?》

《그도 그렇겠구려.》

《아무리 제령문이 망했다고 해도 들어갈 곳이 있고, 못 들어갈 곳이 있소. 나처럼 나중에 뼈저리게 후회하지 말고, 마교에는 절대로 들어올 생각도 하지 마시오.》

패력검제는 이해할 수 없다는 듯 고개를 갸웃하며 되물었다.

《형장의 뜻은 잘 알겠는데, 본문이 망했다니 그건 무슨 말씀이시오?》

《제령문이 망한 것이 아니오?》

《제령문은 멀쩡하오. 적어도 내가 이곳에 오기 전까지는 멀쩡했었소.》

《그렇소이까? 아, 오해하지는 마시구려. 내가 제령문이 망한 것이 아닐까 하고 생각한 것은 며칠 전 이곳에서 현천검제를 만났었기 때문이라오.》

너무 놀란 패력검제는 또다시 어기전성으로 대화를 해야 한다는 것도 잊고 말았다.

"뭐요? 멸문당한 화산파의 문주, 현천검제 말이오?"

그 말에 초류빈은 살짝 손가락으로 입술을 가리며 어기전성을 통해 상대의 주의를 환기시켰다.

《쉿! 중요한 부분은 제발 좀 어기전성으로 해 주시오. 이 근처에 호법원 놈들이 쭉 깔려 있음을 모르는 거요? 그놈들은 교주의 딸을 보호하라는 명령도 받았지만, 당신이 딴 짓을 못하도록 감시하라는 명령도 받고 있소.》

《미, 미안하오. 너무 놀라서 그만…….》

《현천검제가 둘씩이나 있겠소? 바로 그 현천검제요. 화산파가 쫄딱 망한 후 교주한테 무슨 협박을 당했는지 본교에 입교한 모양이었

소.》

　명문정파의 문주가 마교에 입교했다니. 패력검제로서는 도저히 믿을 수가 없는 말이었다. 그렇기에 그는 그 사실을 확인하기 위해 초류빈에게 말했다.

《지금 그를 만날 수 있겠소?》

　초류빈은 고개를 가로저으며 대답했다.

《그건 힘들 거요. 일이 있다면서 교 밖으로 나갔으니 말이오. 그런데 내가 왜 제령문이 망했는지 물었는가 하면, 그게 아니라면 그대 같은 정파의 명숙이 왜 마교 내에 들어와 계시느냐 하는 거외다.》

　만날 수 없다는 말에 패력검제는 상대가 자신을 떠보기 위해 거짓말을 한다고 판단했다. 사실 현천검제라면 화산파의 장문인인데, 그가 어찌 화산파를 멸문시킨 원수의 밑에 들어올 수가 있겠는가. 모두 다 거짓말일 것이 분명했다. 기분이 나빠진 패력검제는 퉁명스레 대꾸했다.

　"그건 내 이미 말하지 않았소? 교주의 부탁 때문에 왔다고 말이오. 이제 그것이 끝났으니 양양성으로 돌아갈 거외다."

《생각 잘하셨소. 오히려 그것이 좋을 거요. 괜히 마교와 친하게 지내봐야 좋을 거 하나도 없으니까.》

　처음에는 그러려니 했는데, 계속 듣다 보니 뭔가 이상하다는 생각이 드는 패력검제였다. 원래가 마교에서 은근슬쩍 자신보고 들어오라고 꼬드기고, 자신은 거절을 해야 옳거늘. 이건 거꾸로 되어 자기보고 절대로 입교하지 말라고 사정을 하는 것이 아닌가? 물론 상대가 초류빈이었기에 그럴 수도 있겠다는 생각이 들긴 했지만, 아무래도 뭔가 수상쩍은 것만은 사실이었다.

그렇기에 패력검제는 초류빈을 대충 상대한 후, 오후에 떠나겠다고 통고했다. 그 말을 들은 초류빈은 자신의 계획대로 일이 풀린다고 생각한 것인지 미소를 머금고 대꾸했다.

《생각 잘하셨소. 예로부터 까마귀가 노는 곳에는 백로가 가지 않는다고 하지 않았소? 마의 소굴에서 한시바삐 떠나는 것이 최선의 길이지요.》

"……."

정파쪽 입장에서 봤을 때, 골백번 옳은 말이었다. 하지만 그 말을 꺼낸 인물이 누군가? 마교의 부교주가 아닌가? 그렇기에 패력검제는 어이가 없어서 한동안 그를 바라봐야만 했다.

교주의 딸

초류빈은 패력검제와 만난 후 군사의 집무실로 갔다.
"가신 일은 어떻게 되셨습니까?"
"어떻게 되긴. 오늘 오후에 떠나겠다고 하더구먼. 그러니 수고비 좀 챙겨줘서 보내라고."
"예? 수고비라면 얼마나……."
"그야 교주님의 일을 처리하러 왔으니 최소한 은자 천 냥은 내놔야 하는 거 아닌가?"
"헉! 천 냥씩이나 말입니까? 그렇게 큰 거금을 줄 필요가 있겠습니까?"
"일문의 문주가 움직였으니 그 정도는 줘야 하는 게 아닐까? 자그마치 만 리를 달려온 사람일세. 그 정도 고된 일을 시키고도 너무 적게 준다면 교주님의 체면이 손상될 수도 있지 않겠나?"

"예. 그렇게 준비하도록 하겠습니다. 그리고 그……."
 군사가 자신의 눈치를 보면서 망설이고 있자 초류빈은 짜증 섞인 어조로 물었다.
"뭔데 그렇게 뜸을 들이는 건가? 빨리 말해 보게. 싫으면 관두고."
 초류빈이 나가려고 하자 군사는 급히 말했다.
"저, 가신 일은……."
"방금 말해 줬잖아. 떠난다고."
"그게 아니라 그 여자분 말입니다."
 군사의 말에 초류빈은 어이없다는 듯 어깨를 으쓱하며 대답했다.
"아, 그걸 잊어버리고 있었군. 설마 교주님께서 사랑의 열매까지 얻으셨을 줄이야 누가 상상이나 했겠나?"
"그건 무슨 말씀이십니까?"
"교주님의 딸이라고 하더군."
 그 말에 군사는 경악했다.
"예? 그게 정말이십니까?"
"본좌가 자네를 상대로 농담이나 하고 있는 줄 알았나?"
"아, 아닙니다. 그렇다면 이대로 있을 일이 아니군요."
 군사는 초류빈에게 감사하다는 말을 전한 후, 급히 장로회의를 소집했다. 사안의 중요성으로 봤을 때, 그 혼자서 처리할 문제는 아니었던 것이다.

"그래, 갑자기 회의를 소집한 이유가 뭔가? 군사."
 수석장로의 물음에 군사는 이번 일이 굉장히 비밀을 요하는 것이라는 듯 목소리를 낮춰 조심스럽게 대답했다.

"부교주님께서 아주 중요한 정보를 가지고 오셨습니다."
군사의 말이 끝나기도 전에 호계악 대호법의 말이 이어졌다.
"군사. 이건 호법원의 일이니 자네가 관여할 사항이 아닐세."
"예? 그건 무슨 말씀이십니까?"
"그분의 호위를 위해 내 수하들이 파견되어 있는데, 내가 그것을 모를 줄 알았는가? 부교주님과 패력검제가 주고 받은 말은 모두 다 노부에게 보고되었고, 노부는 그 후속 조치를 이미 지시했네."
이때, 현 사건을 조금이나마 알고 있었던 수석장로가 끼어들었다.
"호법원의 일이라고 하는 것을 보니…, 그분이 교주님의 정인임이 확실하다는 말인가?"
호계악 대장로는 짐짓 점잔을 빼며 대답했다.
"따님이라고 했습니다."
"뭣이? 따님이라고?"
"예. 교주님 일가에 대한 경호는 호법원의 고유 권한인 만큼, 저희들이 책임지겠다는 것이지요. 밖에서 호된 일을 겪으신 모양인데, 앞으로는 절대로 그런 일이 재발되지 않도록 경호에 만전을 기하도록 지시해 뒀습니다."
원래 단일세력만으로 본다면 마교 최강의 세력은 천마혈검대가 아니라 호법원이었다. 교내에서 가장 중요한 위치에 있는 교주의 신변을 호위해야 하는 만큼, 가장 우수한 실력자들이 우선적으로 배치되었기 때문이다. 과거 장인걸이 반란을 일으켰을 때, 큰 피해를 당한 상태에서 도주하는 호법원과 교주 호위대의 잔존세력 300여 명을 치기위해 천마혈검대와 수라마참대 100명을 투입했다가 엄청난 피해를 당하는 사태가 벌어진 것도 그런 이유에서다.

만약 그때, 흑풍마령(黑風魔靈) 황노각(黃老角) 대호법을 없애지 못했다면, 오히려 전멸당한 쪽은 장인걸이 파견한 고수들 쪽이었을 것이다. 하지만 장인걸 측의 고수도 대호법을 없애면서 피해가 작았던 것은 아니었다. 장인걸의 오른팔이었던 멸절신장(滅絕神掌) 제갈천(諸葛天)은 전사했고, 왼팔이었던 환영비마(幻影飛魔) 구양운(丘陽雲)은 중상을 당했어야 할 정도로 대호법은 엄청난 강자였던 것이다.

하지만 묵향이 교주직에 오르면서 하늘을 찌르던 호법원의 위세는 바닥으로 추락했다. 묵향은 호법원의 호위를 필요로 하지 않았기 때문이다. 더군다나 장인걸이 이끌고 도주한 천마혈검대와 대적할 혈랑대를 만들기 위해 우수한 고수들도 상당수 빼껴 버렸다. 이런 식으로 찬밥 신세를 면하지 못하고 있던 호법원이었던 만큼, '딸의 호위'라는 절호의 기회를 맞이한 대호법이 그 호위권을 타인에게 양보할 이유가 없었던 것이다.

수석장로는 고개를 주억거리며 말했다.

"자네 말이 사실이라면 속히 그분의 거처를 마천루(魔天樓)로 옮겨야 할 것일세. 군사, 자네는 즉시 마천루에 통고하여 전망이 좋고, 볕이 잘 드는 방을 골라 안락하게 꾸며놓으라고 하게."

"예. 수석장로님."

하지만 이미 수하들을 통해 보고를 받은 호계악 대호법은 어깨를 으쓱하며 되물었다.

"그러실 필요가 있겠습니까? 그분께서는 오후에 패력검제와 함께 교를 나서실 모양이던데 말입니다."

"그게 사실인가?"

"예. 저는 수하들에게 그렇게 보고받았습니다."

"무슨 일이 있더라도 그것은 막아야 하네. 그분께서는 관에 실려 오실 정도로 큰일을 당하신 후가 아닌가? 또 다시 밖에 나가셨다가 무슨 봉변을 당하시려고. 이곳에 있는 것이 가장 안전할 걸세."

"그러실 가능성이 없다고 생각됩니다. 교주님께서 그분이 밖에서 기거하도록 놔두신 것을 보면, 교주님의 허락이 있었다는 말이 아니겠습니까?"

"그도 그렇구먼. 그렇다면 차후에 또 다시 그런 일이 일어나지 않도록 호위에 만전을 기하는 방법밖에 없다는 말인가?"

"걱정하지 마십시오. 그분께서 꼭 밖으로 나가시겠다면 여문기에게 일러 10개 대를 이끌고 가서 호위에 임하라고 하겠습니다. 그 정도라면 장인걸이 직접 쳐들어온다 하더라도 절대로 그분의 신상에 해를 끼칠 수 없을 겁니다."

우호법 은편패왕(銀片覇王) 여문기(呂文起)를 포함한 10개 대라면, 호법원 전력의 절반을 그곳에 투입하겠다는 말이었다. 요즘 호법원은 별로 하는 일이 없었으니 그렇게 많은 전력을 밖으로 빼돌려도 문제가 될 것이 없었던 것이다.

이때, 삼면인마(三面人魔) 소무면(簫無面) 장로가 제동을 걸었다.

"그건 말도 안 됩니다. 교주님께서는 저희들에게까지 그분의 존재를 숨기셨습니다. 그 말은 그분의 정체는 철저히 숨겨져 있으며, 본교와 관련 없다는 듯 행동하신다는 말이 되겠지요. 그런데 그분의 주위에 마기를 풀풀 풍기는 놈들이 득실거려 보십시오. 그분의 입장이 어떻게 될지 말입니다. 더군다나 그것으로 인해 그분의 정체가 만천하에 알려질 위험성도 생각하셔야 될 겁니다. 현재 본교 최대의 적은 장인걸이 아닙니까? 장인걸은 결코 어리석은 자가 아닙니다. 강력한 마기를 풍기는 고수들이 득실거리면 그는 그것이 뭘 뜻하는지 곧장 눈치 채고 그것을 이용하려 할 겁니다."

수석장로가 고개를 주억거리며 말했지만 그의 대답은 지극히 회의적이었다.

"외총관 말도 옳은 듯하군. 하지만 본교의 고수들 중에서 마기를 안 풍기는 놈이 있어야지."

"저한테 맡겨 주십시오. 비교적 마기를 덜 풍기는 놈들로 골라서……."

하지만 그의 말은 호계악 대호법에 의해 도중에 끊겼다.

"말도 안되는 소리! 자네 밑에 있는 놈들이 마기가 약한 것은 그만큼 무공이 약하다는 증거가 아닌가? 그런 놈들 수천 명을 집어넣는 것보다는 본원의 고수들을 투입하는 것이 백 배 낫네."

서로 간에 감정싸움이 될 듯하자 수석장로가 재빨리 끼어들었다.

"외총관의 말도 어느 정도 인정해야 해. 그분의 주위에 본교의 인물임이 분명한 자들을 배치한다는 것은 그분께 폐를 끼치는 행위일 수도 있어. 이 일을 어찌하면 좋지?"

이때 군사가 수석장로에게 말했다.

"홍진 장로님께 부탁하면 되겠군요."

군사는 홍진 장로에게 말했다.

"비마대에는 기척을 숨길 수 있는 고수들이 있지 않습니까? 그들을 좀 보내주시면 안되겠습니까?"

그 말에 홍진장로는 난색을 표했다.

"본대의 특성상 기습 공격이라면 혹 몰라도, 정면 대결에 뛰어난 놈은 하나도 없네. 그런 놈들로 어찌 그분의 경호를 할 수 있겠는가?

암살하는 것이라면 모르되, 그분을 보호하는 임무라면 절대로 불가하네."

수석장로도 홍진 장로의 생각과 같았다.

"으음, 자네 말이 옳은 듯하군. 젠장. 여기에 관지 장로가 있었다면, 흑풍대의 고수들을 뽑아달라고 하면 간단할 것을."

호계악 대호법은 그 말이 떨어지기 무섭게 즉시 반박했다.

"흑풍대 역시 평원의 기마전에 능한 것이지 그분의 호위 역할에는 문제가 있습니다. 역시 본원의 고수들을 투입하는 수밖에 없습니다."

하지만 아무리 생각해 봐도 마기를 풍기는 호법원 고수들을 밖에 풀어놓을 수는 없었다. 그렇기에 군사는 머리를 쥐어짜 새로운 방책을 제안했다.

"그보다는 초류빈 부교주님의 초연대를 빌리는 것은 어떻겠습니까? 그들은 부교주님의 요청에 따라 비마대에서 차출한 고수들이 아닙니까? 그들은 부교주님께서 특별히 정파의 무예를 가르친 자들인 만큼, 이번 조건에 가장 적합한 듯이 보입니다만."

"옳거니. 군사의 말이 옳습니다."

"하지만 그건 안 될 말이야. 그들은 부교주님의 독립 호위대가 아닌가? 어찌 감히 그들을 빌려달라고 요청할 수 있다는 말인가?"

"그들이 아니라면 따로 보낼 놈들이 없지 않습니까?"

"괜히 그러지 말고 호법원 고수들을 투입하는 것이 최선의 방책입니다. 좀 눈에 띄는 것이 탈이라서 그렇지, 어떤 상황이 닥쳐와도 그분을 보호할 수 있는 강골들이 아닙니까?"

수석장로는 골치가 아픈지 머리를 감싸 쥐며 투덜거렸다.

"젠장. 호위무사 몇 붙여드리는 것이 이렇게 골치가 아프다니."

마화가 출발한 후 일주일이 지난 다음에야 천지문이 돌아왔다. 그들이 변을 당한 곳이 양양성으로부터 워낙 멀리 떨어진 곳이었기에, 만약 마화가 마차 30여 대에 부상자를 치료할 각종 약품은 물론이고 의생 5명까지 데리고 그곳으로 달려가지 않았다면 훨씬 더 많은 사망자를 낼 수밖에 없었을 것이다.

"다녀왔습니다, 교주님."

"먼 길에 수고했다. 가서 푹 쉬도록 하거라."

"사상자의 수는 사망……."

하지만 묵향은 손을 내저으며 퉁명스레 대꾸했다.

"아아, 본좌에게 보고할 필요 없어. 나하고는 상관없는 일이니까."

묵향의 무심한 반응에 보고를 하려던 마화는 멈칫 했다. 천지문도들을 데려왔으니, 지나가는 말로라도 사상자의 수를 물어볼 수 있지 않은가. 물론 묵향이 이미 그곳에 갔었다는 것을 진팔을 통해 들었다. 하지만 교주가 그곳에서 지체한 시간은 매우 짧았고, 아직 경황 중이라 천지문이 구체적으로 어느 정도 피해를 당했는지는 알지 못할 것이 분명했다. 그런데 어찌 저리도 무심할 수가 있다는 말인가?

"진 공자에게 들으니 교주님께서 패력검제 대협께 부탁하여 소 소저를 총타로 보내신 모양이시더군요."

묵향은 말없이 고개만 끄덕여 대답으로 대신했다.

"소 소저는 괜찮으실까요?"

"나는 아버지를 믿는다. 그뿐이다."

"그렇다면 총타에 기별을 넣어 알아보도록 하겠습니다."

사건 현장에서 총타까지 만 리가 넘는 길이라고 하지만, 패력검제라면 지금쯤 총타에 도착했을 것이다. 그렇다면 그녀가 살아있을지, 아니면 죽어 버렸는지 이미 결론이 난 상태일 것이다.

하지만 묵향은 고개를 가로저으며 말했다.

"괜한 짓 할 필요 없다. 살아 있다면 어련히 이곳으로 돌아오려고."

"뜻이 그러시다면, 총타에 연락을 보내지는 않겠습니다. 그럼 속하는 물러가겠습니다."

묵향은 마음속이 복잡한지 손을 한 번 내젓는 것으로 대답을 대신했다.

묵향이 총타에 연락을 보내지 말라고 했지만, 그걸 곧이곧대로 따를 마화가 아니었다. 아마 묵향은 극심한 갈등에 휩싸여 있을 것이 분명했다. 소연의 생사가 궁금하기는 했지만, 그녀가 이미 죽었다는 연락이 올 수도 있는 만큼 감히 알아볼 엄두조차 내지 못하고 있는 모양이었다.

"냉철하고 과감하면서도 이런 때는 꼭 약한 모습을 보이신단 말이야. 죽었으면 죽은 거고, 살았으면 산 거지. 나 같으면 그렇게 애태우고 있을 바에는 하루라도 빨리 결론을 알고 싶을 텐데 말이야."

잠시 후, 양양성의 마교도들의 근거지에서 전서구 몇 마리가 날아올랐다. 발에 달린 전통에 소연의 생사를 지급으로 전해 달라는 내용을 담고.

귀로(歸路)에 생긴 일들

마교에서 벗어나 2시진 동안 줄곧 달리다가, 가장 먼저 눈에 띄는 객점을 가리키며 말했다.
"여기서 잠시 쉬어가기로 하자꾸나."
"예."
물걸레로 탁자를 닦고 있던 점소이가 재빨리 그들을 맞이했다.
"어서옵쇼!"
점소이는 빈자리를 권하며 싹싹하게 말했다.
"무엇을 드시겠습니까?"
"여기 잘하는 게 뭐냐?"
이때, 객잔 안으로 마기가 물씬 풍기는 흑의사내들이 들어오는 것을 보고 점소이는 침을 꿀꺽 삼키더니, 재빨리 그곳으로 달려가며 외쳤다. 패력검제가 묻는 말에 대답도 안 해 주고 말이다.

"어서옵쇼, 손님. 날씨가 참 좋죠? 무엇을 드시겠습니까?"

비굴하게 미소지으며 말하는 점소이의 모습은 확실히 이곳이 마교의 영향권임을 실감하게 해 주는 것이었지만, 막 점소이에게 주문을 하려던 패력검제로서는 썩 기분 좋은 상황이 아니었다.

불현듯 저놈들을 박살 내 버릴까 하는 생각이 드는 패력검제였다. 하지만 그는 참았다. 이곳은 마교의 영향권 안이라는 이유도 있었지만, 소연이 원하는 대로 하루라도 빨리 양양성으로 돌아가야 했기에 이놈들과 노닥거리고 있을 여유가 없었던 것이다. 저놈들이 아무리 총타에서부터 슬금슬금 따라오며 신경을 거슬러도 참아야만 했다.

이때, 패력검제로서는 생각지도 않았던 일이 벌어졌다. 마인들 중 한 명이 자신들을 향해 다가오는 점소이를 향해 호통을 쳤던 것이다.

"저분들의 주문부터 받지 않고 어찌 이리로 오는 것이냐?"

"예? 아, 알겠습니다요."

힘없는 점소이는 하라는 대로 해야만 했다. 그는 재빨리 패력검제에게로 돌아와서 억지로 미소지으며 물었다.

"무엇을 드시겠습니까?"

"방금 전에도 물었지만, 여기 잘하는 것이 뭐냐?"

점소이가 양쪽의 주문을 다 받고 주방으로 가 버린 다음, 패력검제는 마인들을 차근차근 관찰했다. 지금까지 패력검제가 살아오며 이토록 지독한 마기를 뿜어내는 인물들은 별로 본 적이 없었다. 있다면 요 근래 마교 총타에 가서 본 몇몇 인물들이 다였을 정도다.

그들이 내뿜는 마기가 얼마나 지독했으면 이들이 도착하기 전에 이곳에서 식사를 즐기고 있던 모든 손님들이 헬쑥해진 안색으로 모두 도망쳐 버렸다. 그리고 점소이는 저쪽 구석에서 그들의 눈치를 보며 식은땀을 흘리고 있었다. 도망치고 싶지만 어쩔 수 없어서 이곳에 있다는 것이 그의 두려움에 질린 표정이 말해 주고 있었다.
"이보게. 자네들은 누군가?"
상대의 대답을 기대하지도 않고 던진 질문이었는데, 의외로 공손한 대답이 날아왔다.
"저는 여문기(呂文起)라고 하고, 이들은 제 수하들입니다."
여문기라. 들어 본 적도 없는 이름이다. 사실 마교의 강력한 고수들은 총타에 꽁꽁 처박혀 있을 뿐, 무림에 거의 나오지 않았다. 그렇기에 패력검제로서는 그 이름만으로는 그가 누군지 알 도리가 없다.
"호, 여 대협이셨구려. 나는 서진이라고 하오. 그리고 이쪽은 내 동행이고."
이런 '대마두'를 향해 '대협'이라는 단어를 쓰게 될 줄은 패력검제는 꿈속에서조차 예상하지 못했었다. 하지만 어쩌겠는가? '여 대마두셨구려' 하면 괜히 싸움 거는 거 밖에는 안 될 테니 말이다.
"알고 있습니다. 패력검제 대협."
"내가 누군지 알고계시니 한 가지 물어보겠소이다. 줄곧 우리를 뒤따라오던데, 그 이유가 뭐요? 우연히 길이 겹친 것이오?"
"저는 대호법님으로부터 아가씨를 보호하라는 명령을 받고 출동했습니다."
"아가씨?"
너무나도 의외의 대답이었기에 잠시 멍하게 있던 패력검제는 소연을 손가락으로 가리키며 말했다.

"혹시… 이 아이를 말씀하시는 것이오?"
"예."
"허어, 그것 참……."
깜빡 잊고 있었는데, 소연은 교주의 딸이다. 그런 만큼 이들이 소연을 호위하겠다고 해도 뭐라고 할 수가 없는 것이다.
"참, 대호법의 명령으로 출동했다고 했소?"
"예."
그렇다면 이들은 패력검제도 말로만 들었던 호법원의 고수들임이 틀림없었다. 호법원이라면 교주 및 그 측근들 중 가장 중요한 인물들만을 경호한다는 마교에서도 손가락에 꼽힐 정도의 정예 집단이다. 그들이 처음 세상에 모습을 드러낸 것은, 마교가 무림을 정복하겠다고 나섰을 때였다. 교주가 교 밖으로 나온 만큼, 그를 호위하기 위해 따라서 나왔던 것이다. 그런 교주를 정파의 고수들이 없애기 위해서는 호법원이 치고 있는 보호벽부터 뚫어야 했기에, 그들과의 정면 충돌은 필연적인 것이었다. 이때, 그들이 보여줬던 엄청난 전투력. 그것은 정말 경천동지(驚天動地) 그 자체였다.

패력검제는 새삼 그들 하나하나를 관찰하며 내심 고개를 끄덕이지 않을 수 없었다. 예전에 그가 들었었던 말은 틀림이 없었다. 아니, 저들 개개인에게서 풍겨나오는 엄청난 마기로 봤을 때, 오히려 그 소문이 모자라다는 느낌까지 들었다.

이때, 소연이 여문기에게 말했다.
"대호법께서 저를 생각해 주시는 마음은 고맙게 받겠습니다. 하지만, 저의 곁에는 패력검제 대협께서 계신 만큼, 여 대협께까지 수고를 끼칠 이유가 없습니다. 그러니 교로 돌아가 주세요."

여문기는 난처한 표정으로 정중하게 대답했다.
"대협이라니, 당치도 않습니다. 말씀을 낮추십시오, 아가씨. 속하, 참으로 듣기가 민망합니다."
여문기의 말은 충분히 이해가 갔지만, 소연은 도저히 그럴 수가 없었다. 저런 엄청난 고수에게 하대를 할 만큼 간이 크지 않다는 이유도 있었지만, 자신보다 신분이 낮다고 막 대하는 성격이 아니었기 때문이다.
소연이 난처한 듯한 표정으로 아무 말 없이 앉아 있자, 여문기는 공손하게 고개를 조아리며 말을 이었다.
"아가씨의 뜻은 잘 알겠습니다. 속하도 패력검제 대협께서 대단하신 분이고, 그분만으로도 충분하다는 아가씨의 말씀을 부정하지 않겠습니다. 하지만 대호법님으로부터 명령을 받고 파견된 저희들의 사정도 헤아려 주셨으면 합니다. 이대로 저희들이 교로 돌아간다면 크게 문책을 당하게 됩니다, 아가씨."
듣고 보니 여문기의 말도 일리가 있었기에 소연은 뭐라고 말은 못하고 난처한 듯한 표정으로 패력검제만 바라봤다.
"……."
이윽고, 패력검제가 한숨을 푹 내쉬며 소연에게 말했다.
"네 뜻이 그렇다면 어쩔 수 없지."
"사정을 봐주셔서 감사합니다, 대협."
패력검제는 이번에는 여문기를 향해 말했다.
"여 대협의 고충은 충분히 이해가 가지만 나로서도 한 가지는 말해두고 싶은 게 있소이다."
"말씀하십시오."

"호법원에서 소연이를 호위하겠다고 따라오는 것은 그쪽의 법도가 그런 것이니 내가 참아야겠지요. 하지만 내가 느끼기에는 여 대협 일행만 있는 것은 아닌 듯하오. 우리 주위에 폭넓게 포진하고 있는 수많은 고수들은 또 뭐요? 언뜻 느껴지기에도 100명은 족히 되어 보이는데, 이들도 호법원의 무사들이란 말이오? 한 명을 호위하는 것으로는 너무 많다고 생각하지 않소?"

여문기는 대호법의 명령으로 호법원 세력의 절반을 이끌고 왔다. 모두들 마기가 강한 놈들이기는 했지만, 그 대부분이 꽤 멀리 떨어진 거리에 위치하고 있었기에 그들의 존재를 파악하는 것이 쉬운 일은 아니었는데도 패력검제가 그걸 알아본 것이다.

"대호법께서는 이 정도는 되어야 아가씨를 충분히 호위할 수 있을 거라고 하셨습니다."

패력검제와 달리 소연은 그것을 미처 못 느꼈지만, 여문기의 말이 사실이라면 이건 그냥 넘길 수가 없었다.

"그분들은 교에 돌려보내세요."

"예? 하지만……."

"이곳에는 패력검제 대협께서 계십니다. 그리고 여 대협과 동행하신 분들도 충분한 실력들을 지니고 계시니 더 이상의 호위는 불필요합니다. 그러니 제발 그들만은 돌려보내세요."

여문기는 한참 동안 난처한 표정으로 궁리했다. 하지만 소연의 말도 충분히 이해가 가는 것이었기에 그는 어쩔 수 없다는 듯 명령을 내렸다.

"자네가 가서 외곽 호위를 맡고 있는 녀석들을 돌려보내게."

"옛, 우호법님."

그가 달려 나간 후, 여문기는 소연에게 정중하게 말했다.

"속하가 아가씨의 부탁을 들어드린 만큼, 아가씨께서도 속하의 청을 좀 들어주십시오."

"제가 할 수 있는 것이라면 들어드리겠습니다. 말씀하세요."

"우선 여 대협이라는 호칭은 속하가 감당할 수가 없습니다."

"그럼 뭐라고 불러드려야 합니까?"

"정 이름을 부르시기 어려우시다면 그냥 우호법이라고 불러 주십시오."

"예."

"그리고 원래는 속하가 원거리에서 호위를 해 드리는 것이 옳으나, 이렇게 아가씨 앞에 나선 것은 아무 말 없이 아가씨를 따른다면 혹여 불안감을 드릴 수도 있기에 저희들의 소개를 올리기 위함이었습니다."

여문기는 자신의 주위에 앉아 있는 9명의 무사들을 소연에게 소개했다. 그런 다음 여문기는 제발 자신들에게 하대를 해 달라는 것으로 그의 청을 끝마쳤다.

"마지막 청은 받아드릴 수 없어요. 저는 천마신교에 속해 있는 사람이 아닙니다. 그런데 어찌 혈통만으로 우호법님 같으신 분들에게 하대를 할 수 있다는 말씀입니까?"

"휴우~, 정 뜻이 그러시다면 그렇게 하십시오."

일단 첫 만남을 통해 호법원에서 파견된 호위무사들과의 통성명은 끝났다. 그들의 동행을 소연과 패력검제가 어쩔 수 없어서 허락했지만, 그들이 풍기는 분위기가 워낙 살벌한 것이었기에 길동무로서 썩 좋은 상대라고는 볼 수 없었다.

"수석장로님께서 회신을 보내오셨는데, 소 소저께서는 무사하시답니다."

마화의 말에 묵향은 기쁨을 감추지 못했다. 혹시나 하는 기대감으로 아르티어스에게 보낸 것이었다. 그런데 그런 소연을 무사하게 살려내다니. 과연 그는 불가능을 모르는 존재인 모양이다.

"정말 잘되었군, 잘되었어."

"축하드립니다, 교주님."

"그래, 지금 그 아이는 어디에 있다고 하던가? 대접에는 소홀함이 없겠지?"

"도착하신 다음날 오후, 수석장로님께서 만류하셨음에도 불구하고 양양성을 향해 패력검제 대협과 함께 출발하셨다고 합니다."

"아직 몸도 성치 않을 텐데, 벌써 출발했다고?

"제가 그곳에 있지 않았기에 어떻게 된 일인지는 모르겠지만, 수석장로님의 회신에 의하면 완쾌되셨다고 합니다. 그런 만큼 소 소저께서는 그곳에서 살아남은 동문들의 안위가 걱정되셨던 것이 아닐까요?"

"그, 그렇겠군."

일단 소연이 무사한 것이 확인되자, 묵향은 이번에 있었던 작전 전체에 대해서 냉정하게 생각할 여유를 되찾게 되었다. 한동안 말없이 뭔가 깊은 생각에 잠겨 있는 묵향을 마화는 가만히 지켜보고 있었다. 이윽고 묵향이 입을 열었다.

"이번 작전에 대해 자네가 입수한 모든 정보를 이리 가져와 봐."

"예."

마화가 입수한 정보라고 해 봐야 무영문에서 전해준 것이 다였다. 묵향은 자료를 쭉 훑어본 후 고개를 갸웃 하더니 마화에게 물었다.

"천지문의 위상이 그렇게 높았느냐?"

"예? 그건 무슨 말씀이신지……?"

"이 자료에 따르면 천지문은 매복조로 남고, 나머지는 옆으로 뺑 돌아가서 놈들의 이목을 교란시키는 작전을 쓰는 모양인데 말이야."

"예. 관지 장로님도 아마 그런 계책을 쓰는 게 아닐까 하고 추측하셨었습니다."

"만약 내가 이런 계책을 썼다면, 이곳에는 가장 신뢰하는 최정예를 배치했을 거야. 잠시 동안 나타날 수 있는 적들의 허점을 파고들어 일격을 가한 후 재빨리 후퇴해야 하니까."

"그렇다면 교주님께서는 팽선이 일부러 이런 짓을 했다고 생각하시는 겁니까?"

"글쎄…, 그건 알 수 없다. 너는 지금 당장 나가서 좀 더 많은 정보를 수집해라. 과연 팽선이 왜 이곳에 천지문을 남겨둔 것인지 그 이유를 알아봐라."

"옛, 교주님."

마화가 달려 나간 후, 묵향은 주먹을 꽉 쥐며 중얼거렸다.

"만약 이것이 팽선 그놈의 농간이라면 기필코 용서하지 않겠다."

소연과 패력검제는 식사를 마친 후 다시금 서둘러 길을 떠났다. 이번에는 그들 둘만이 아니라 10명이나 되는 꼬리를 매달고. 패력검제는 소연보다 훨씬 더 빠른 속도로 달려갈 수 있었지만, 소연의 속도에 맞춰 자기 딴에는 천천히 달려갔다. 그리고 그들 뒤를 여문기와 그가 이끄는 9명의 호법원 고수들이 뒤따라왔다.

　진팔이나 다른 천지문도들의 안위가 궁금했던 소연이었기에, 그녀는 최대한 빨리 양양성에 도착할 수 있기를 원했다. 그래서 패력검제가 길을 서두르기는 했지만, 그는 산야를 관통하는 지름길을 선택하지 않고 관도 부근을 따라 이동하는 것을 선택했다. 왜냐하면 그렇게 하는 것이 숙식을 해결하는데 훨씬 유리했기 때문이다.

　만 리가 넘는 길을 달려간다는 것은 결코 쉬운 일이 아니다. 패력검제가 생각했을 때, 소연은 죽을 고비를 얼마 전에 넘긴 상태였다. 그녀의 몸이 얼마나 상태가 좋아졌는지는 그가 정확히 알 수 없었지만, 백 보 양보하여 그녀의 몸 상태가 완벽해졌다고 할지라도 그런 짓을 하면 몸에 무리가 간다. 더군다나 그런 상태에서 산야를 가로지르며 부실한 음식을 섭취하고 노숙까지 감행한다면 그녀의 몸이 버틸 수 있을 리가 없었다. 그렇기에 패력검제는 길은 서두르되, 양질의 음식과 따뜻한 잠자리로 최적의 몸 상태를 유지하는 것을 택한 것이다.

＊　　＊　　＊

　그날 패력검제 일행은 작은 마을의 하나뿐인 객점에서 식사를 하고 가려고 들어갔다. 짙은 마기를 풍기는 여문기 일행이 패력검제의 뒤를 따라 들어와 자리에 앉자 객점 안은 언제나처럼 술렁이기 시작했다. 일반인들이 그들의 짙은 마기를 대했을 때, 뭔가 모를 원초적인 공포감을 느낄 것은 당연했다. 손님들은 슬금슬금 도망치듯 객잔을 떠나 버렸다.

패력검제는 요근래 들어 늘상 겪게 되는 일이었지만 아무튼 다른 사람들에게 민폐를 끼치는 것 같아 썩 기분이 좋지 않았다. 이때, 패력검제는 아직도 도망가지 않고 웬 사람이 객점의 구석에 남아 있는 것을 보고 흥미를 느끼지 않을 수 없었다. 그는 이쪽은 안중에도 없다는 듯, 상에 차려진 몇 가지 요리를 천천히 먹고 있었다. 죽립(竹笠)을 깊게 눌러쓰고 있었기에 상대의 용모가 어떤지는 알 수가 없었지만, 상당한 수준의 고수임이 분명했다. 만약 일반인이라면 여문기 등이 내뿜고 있는 마기를 감당하지 못하고 도망쳤을 테니까.

그런데, 특이한 것은 패력검제가 유심히 살펴봤음에도 불구하고 상대에게서 그 어떤 기척도 감지해 낼 수 없다는데 있었다. 설사 저자가 화경에 든 고수라 할지라도 미세한 기척은 감지해 낼 수 있을 텐데 말이다. 그렇다면 상대는 반박귀진의 경지에 들어간 현경의 고수쯤 된다는 것일까?

호기심을 느낀 패력검제는 쓱 일어서서 상대에게 다가가 포권하며 말했다.

"처음 뵙겠소이다. 혹, 실례가 되지 않는다면 합석해도 괜찮겠소이까?"

"그러시구려."

"나는 서진이라고 하오. 보아하니 형장께서도 무림에 적을 두고 계신 듯한데 통성명이나 합시다."

상대는 호기심어린 눈빛으로 넉살 좋게 나오는 패력검제를 관찰했다. 순간 패력검제의 눈과 죽립에 감춰져 있던 상대의 눈이 마주쳤다.

"화경의 고수?"

상대는 의외라는 듯 중얼거렸다.
"그런데 어찌 마교의 무리들과 함께 있는 것이지? 댁도 초류빈처럼 마교의 부교주요?"
"나는 마교도는 아니오. 그런데 탈명도(脫命刀) 대협이 마교에 있음은 어찌 알고 계시오? 그것은 나도 요 근래에나 알게 된 것인데."
"마교도가 아니라고? 도대체 이해할 수가 없구먼."
혼자 중얼거리던 상대는 마교도들을 쭉 훑어보더니 그들 중 하나를 알고 있는지 아는 척을 했다.
"어? 그리고 보니 자네는 우호법이 아닌가?"
그제서야 여문기도 상대를 알아본 모양이다.
"이 목소리는…, 서, 설마 어르신이셨습니까?"
여문기와 현천검제는 이미 면식이 있었다. 그럴 수밖에 없는 것이 현천검제가 불구자였을 때, 그의 호위를 호법원에서 담당했기 때문이었다.
"그래, 날세. 이렇게 교외에서 자네를 만나게 될 줄은 몰랐구먼."
"몸이 쾌차하셨다는 말씀은 들었습니다. 그런데 대호법께서는 어르신께서 양양성으로 떠나셨다고 하셨는데, 여기서 어르신을 만나뵙게 될 줄은……."
여문기가 그렇게 생각할 만도 했다. 여문기는 상대의 정체가 현천검제라는 것을 알고 있는 몇 안 되는 사람들 중의 하나였다. 그런 그가 양양성을 향해 간답시고 떠난게 언젠데 아직까지 이 정도밖에 못 갔을 거라고 여문기가 짐작이나 했겠는가. 현천검제는 양양성에 가기 싫어서 미적거리다 보니 이렇게 된 것이었지만, 어찌되었건 그래서 그들은 여기서 서로 만나게 된 것이었다.

"참, 소개해 드릴 분이 계십니다."

여문기는 소연을 가리키며 소개했다.

"이분께서는 교주님의 따님 되십니다."

그리고 소연에게는 죽립인을 가리키며 소개했다.

"어르신께서는 교주님의 한 분뿐인 사제십니다."

"소연이 사숙어르신을 뵙습니다."

"허허, 그래 반갑구나. 사형께 이런 질녀가 있을 줄은 미처 몰랐구면."

일단 청산유수로 대답을 해 놓았지만 현천검제는 곤혹스러움을 떨치기 힘들었다. 한눈에 척 봐도 질녀는 마인이 아닌 게 분명했다. 물론 그녀가 극마에 올랐을 가능성도 생각해 볼 수는 있겠지만, 그럴 가능성은 매우 희박했다. 왜냐하면 그 정도 되는 실력자들이 이토록 고강한 호위무사들을 줄줄이 달고 이동할 이유가 없으니 말이다. 그렇다면 아마도 질녀는 이 앞에 앉아있는 화경급 고수의 제자쯤 되는 모양이다.

'그렇다면 이게 어찌되는 일이지? 마교의 교주가 왜 이렇게 정파 쪽 인물들과 연줄을 많이 만들어 놨단 말인가?'

그리고 서로 간의 오가는 대화를 옆에서 들은 패력검제 또한 혼란에 빠져 있기는 매한가지였다. 처음에는 정파의 인물인 줄 알고 접근한 것이었는데, 교주의 사제라고? 그렇다면 상대의 정체는 극마의 고수라는 말이 아닌가. 극마급 고수가 되면 마기를 숨길 수 있다는 소문은 들었는데, 이토록 완벽하게 숨길 수 있을 줄은 예상도 해 보지 않았었다. 아니, 그게 아니라면 이자도 교주처럼 탈마에 들어갔는지도 모른다.

서로 간에 뭔가 물어보고 싶기는 한데, 어찌 말을 풀어나가는 것이 좋을지 난감하다. 그렇기에 둘은 서로의 눈치를 살피며 한동안 말이 없다가 현천검제가 문득 입을 열었다.
"그래, 형장께서는 어디로 가시는 길이오?"
"양양성에 가는 길이었소이다. 방금 전에 들으니 형장께서도 양양성에 가시는 모양인데, 혹 폐가 되지 않는다면 함께 가시며 서로 말벗이나 하면 좋지 않겠소이까?"
이들이 매우 급하게 양양성으로 달려가고 있다는 사실을 알리없는 현천검제는 재빨리 그것에 찬성했다. 안 그래도 상대의 정체 등등 궁금한 것이 많았는데, 서로 말벗이나 하며 길을 가자니 혹하지 않을 수 없는 제안이었던 것이다.
"그렇게 하리다."
일단 교주의 사제에게서 동행 허락을 받아내자, 패력검제는 재빨리 여문기에게 말했다.
"여 대협."
"예. 무슨 일이십니까? 대협."
"교주의 사제께서 동행을 허락하신 만큼 당신들은 교에 돌아가도 되지 않겠소?"
"하, 하지만 그건……."
"소연이를 보호하겠다는 여 대협의 뜻은 잘 알겠지만, 이곳에는 내가 있고, 또 교주의 사제분도 계시오. 그 정도면 충분하지 않겠소? 아니면, 나나 이분의 실력을 믿지 못하겠다는 것이오?"
"그, 그렇다면 아가씨의 뜻에 따르겠습니다."
여문기는 더 이상 반론할 여지가 없자, 소연에게 구원을 청한 것이었다.
 하지만 소연이라고 그들의 동행을 좋아할 이유가 없었다. 지금까지 객잔이나 객점에 들면서 쓸데없는 소란을 일으켜온 장본인들이 바로 이 호법원 고수들이었다. 워낙 지독한 마기를 풍겨대다 보니, 주위에 사람이 접근조차 하기 힘든 것이다. 이곳은 아직 중원에서 멀리 떨어진 변방이고, 또 마교의 세력권에 가까웠기에 그들의 존재가 크게 문제될 것이 없을지도 모른다. 하지만 점점 중원 깊숙이 들어가면 그것이 큰 문제가 될 수도 있었다. 그렇기에 소연은 다급히 패력검제의 뜻에 동조하고 나섰다.
 "저도 그렇게 하는 것이 좋겠다고 생각했어요."
 "그, 그러십니까?"
 여문기는 풀이 죽은 어조로 중얼거렸다.
 "아가씨의 뜻이 정 그러시다면 속하들은 물러가겠습니다. 평안하게 양양성에 도착하시기를 빌겠습니다."
 "수고하셨어요, 우호법님. 그리고 다른 분들도요."
 "패력검제 대협. 짧은 시간이었지만, 함께 동행하게 되어 영광이었습니다. 평안한 귀로(歸路)가 되기를 빌겠습니다."
 "여 대협께서도 수고하셨소. 안녕히 가시오."
 모두들 인사를 나누는 와중에 현천검제만은 「패력검제」라는 말에 눈이 둥그래져 있었다. 눈앞의 사내가 화경급 고수임은 짐작했지만, 설마 그가 패력검제일 것이라고는 상상도 해 보지 않았기 때문이다.

 그날 줄기차게 강행군을 한 후, 소연이 피로에 지쳐 잠자리에 들어가자 패력검제는 현천검제의 방을 찾아갔다. 마침 현천검제도 패력검제의 방에 찾아갈까 말까 궁리하고 있던 참이었기에 둘은 자연스럽게 어울렸다.

"낮에는 경황이 없어서 제대로 못 물어봤는데, 패력검제 대협께서는 질녀의 사부가 되시오?"

"그랬으면 좋겠지만, 그 아이에게는 따로 천지문이라는 사문이 있소이다."

처음부터 헛짚은 것이다. 그렇다 보니 현천검제는 알 수가 없다는 듯 고개를 갸웃하며 다시 한 번 질문을 던졌다.

"그렇다면 정파의 명숙인 귀하께서 마교들과 어울릴 이유가 없지 않소이까? 도저히 나로서는 이유를 모르겠구려."

"그건 나도 마찬가지외다. 교주의 사제라면서 소연을 오늘 처음 만난 듯하고, 그리고 도저히 무공수위는 짐작조차 안 되고……. 도대체 마공을 익히기나 한 것이오? 교주를 봐도 그렇고, 귀하를 봐도 그렇고…, 요즘 마교의 최상층부가 보여주는 모습은 도무지 나로서는 이해할 수가 없는 일 투성이외다. 혹시, 귀하도…….'"

잠시 망설이던 패력검제는 이왕에 갈데까지 갔다고 느꼈는지 하고자 했던 말을 덧붙였다.

"괴물이오?"

패력검제는 심각하게 한 말이었지만, 현천검제는 그것을 농담 섞인 비유로 받아들였다. 확실히 그의 사형은 「괴물」이라는 말을 들을 만한 존재였으니까. 그렇기에 현천검제는 통쾌하게 웃음을 터뜨리며 대답했다.

"핫핫핫, 무슨 그런 말씀을. 어찌 사형과 나를 견줄 수가 있겠소이까? 어쩌다가 운이 좋아 사부님과 짧은 연(緣)을 맺어 그분과 사형제가 되었지만, 나로서는 사형을 따라가려면 아직 한참 멀었소이다."

"허어… 마교에서는 어떤 식으로 사부를 받는지 알 수 없으나, 사부로부터 짧은 인연을 맺으면 그대 같은 고수가 되는 것이오? 내가 봤을 때, 최소한 극마는 되어 보이는데 말이오."

그 말에 현천검제는 패력검제가 자신에 대해 단단히 오해하고 있음을 느꼈다. 하기야, 생각해 보면 그 오해는 현천검제가 유도한 것이나 다름없었다. 자신의 정체를 숨겼으니까.

"아무래도 오해가 심하신 듯하구려. 나의 사문은 마교가 아니라오. 이유가 있어 사문을 밝히기는 좀 그렇지만, 나는 역혈의 내공을 연성한 적이 없소. 연이 짧다고 한 것은, 과거 사형을 가르쳤던 사부님과 인연이 닿아 그분께 10년 정도 검술을 배운 적이 있었기 때문이라오."

이제야 패력검제는 왜 그리 상대가 마교적인 냄새를 거의 풍기지 않는 것인지 이유를 알 수 있었다.

"검술을 배웠다고요? 내가 알기로는 마교의 검술은 역천의 내공에 그 바탕을 두고 있어 정파인들이 익히면 주화입마에 걸리기 딱 알맞은 것으로 알고 있소. 그런데 그 말을 나보고 믿으라고 하는 것이오?"

"물론 나도 그렇게 알고 있소. 하지만 그분께서 내게 가르쳐 주신 무공은 내공에 바탕을 둔 패도적인 검법이 아니었소. 그냥 검의 길 정도였다고나 할까? 아무튼 검을 익히는 자들에게 있어서 가장 기본적인 것이어서 어떤 검술에도 응용이 가능한 것이었소이다. 덕분에 나도 화경을 뚫은 것이었지만 말이오."

서로 간의 오해를 없애기 위해 화경의 고수라는 것을 인정한 셈이었다. 그런데, 패력검제로서는 방금 이자가 말한 검의 길, 즉 검로라는 것에 대해 부쩍 흥미가 당김을 느꼈다. 도대체 어떤 것이길래 모든 검술의 기본이 되며, 또 그것을 10년씩이나 가르친다는 말일까? 도대체가 이해할 수가 없었다.

"그렇다면 그것을 당신의 사형, 아니 교주도 익혔다는 말이오?"

"물론이오. 사형은 사부의 정식제자였고, 무형검법의 기본틀은 그 두 분이 함께 연구해서 만든 것이었소. 내가 사부께 듣기로는 이론의 기본은 사부께서 창안하셨고, 그것을 완성시킨 것은 사형이었소. 사실, 그때 사형께 일이 없었다면 나에게까지 연결되지 않았을 것이었으나, 사부께서는 사형이 죽은 줄 알고 그것이 실전되는 것이 아쉬워 나에게 전수하신 거요. 일은 그렇게 된 거요."

무형검법. 형태가 없는 검법이라는 말인데, 이건 처음부터 말이 안 되는 작명법이었다. 원래가 검법이라는 것은 일정한 검로를 제한하여, 그것을 익히는 자로 하여금 반복 학습의 효과를 노리는 것이 정석이었다. 그런데 그것을 무형으로 만든다면, 도대체 그걸 어떻게 익힌다는 말일까? 도무지 짐작조차 할 수 없었다.

"호오, 이제야 귀하가 말씀한 사문이 다르다는 말이 이해가 가는구려. 그런데 기왕에 가르쳐 주는 거 그 무형검법이라는 것에 대해 조금만 가르쳐 주면 안 되겠소?"

사실 무공을 남에게 가르쳐 달라는 것은 엄청난 실례였다. 그런 것을 잘 알고 있을 패력검제였지만 이토록 염치없이 나온 것은 아마도 그것에 대한 호기심이 그토록 강렬했다는 말일 것이다. 사실 그로 인해 현경의 경지가 개척된 것이라고 그가 생각했을 테니 말이다.

"방금 말했듯 그 무공은 사형의 것이오. 그렇기에 그걸 귀하에게 알려 줄 수가 없구려."

"오히려 내가 무리한 부탁을 한 것 같아 죄송할 따름이오. 그런데, 무공은 그렇다고 치고, 둘에게서 느껴지는 기운은 어찌 그리 비슷하오? 사제 간이라서 그런 거요? 나는 처음 귀하를 봤을 때, 반박귀진에 도달한 현경의 고수인 줄 알았었소이다."

현천검제는 씁쓸하게 미소지으며 대답했다.

"둘의 느낌이 비슷한 것은 어쩔 수 없지만, 그 원인은 완전히 다르오. 사형이야 탈마에 이르러 반박귀진에 들어간 것이고, 내가 그런 것은 하나의 심법 때문이라오. 혹시 귀하께서 들어보셨는지 모르겠지만, 태허무령심법을 통해 내공을 연성하면 이렇게 되지요."

"헉! 그, 그것이 있었구려."

패력검제는 이제야 자신이 태허무령심법을 놓치고 있었다는 것을 깨달았다. 교주와 관련이 있는 자들은 대부분 그 심법을 익히고 있으니, 이자도 그것을 익혔다고 생각했다면 처음부터 답이 나왔을 것을.

태허무령심법을 통해 내공을 쌓으면 기본적으로 안으로 잘 갈무리된 안정적인 기도를 보유하게 된다. 그렇기에 소연과 진팔의 경우도 그들의 실력을 다른 사람들이 정확히 알아보기 힘들었던 것인데, 하물며 화경의 고수라면 마치 반박귀진에라도 들어간 듯 아예 정기를 느낄 수조차 없게 되어 버릴 것은 당연한 이치가 아닌가.

"드디어 태허무령심법을 통해 화경에 도달한 사람을 만나게 되는구려. 참으로 놀랍소이다. 어찌, 그것을 개발한 도문에서도 아무도 안 익히는 심법으로 그토록 지고한 경지에 오를 수 있는 것인지……."

"따지고 들어가면 아주 간단하오. 나는 다른 심법을 통해 화경에 올랐었고, 화경에 오른 후에 사형이 나의 본신내공을 없애버린 후 대신 태허무령심법으로 바꿔 버린 것이니까요."

"본신내공을 없애 버리고 다른 것으로 채워 넣는다고요? 그게 가능하오?"

"다른 사람에게는 어떤지 모르지만, 사형에게는 가능한 모양이오."

경악감에 입을 다물지 못하고 있는 패력검제를 향해 이번에는 현천검제가 질문을 던졌다.

"웬만한 궁금증은 다 해결해 드린 듯하니, 이제 귀하가 대답해 줄 차례인 듯하오. 도대체 마교에는 왜 온 것이오?"

지금껏 상대가 친절하게 대답을 해 줬었기에, 패력검제도 숨기지 않고 대답해 줬다. 물론 천마동에서 웬 괴물에게 먼지 나도록 박살난 것은 빼고. 그것을 말하지 않은 것은 아무래도 그의 자존심이 허락하지 않았던 것이다.

"그러고 보면 사형은 정말 발이 넓구려. 정파에서 알아주던 후기지수를 수하로 두고, 한편으로는 만통음제 같은 명숙을 의형으로 두고 있으니 말이오. 그런데 이번 일에 귀하가 끼어들어 있는 것은 정말 의외였소. 마교와 제령문 사이의 은원을 알기 때문이오."

"그 당시 그가 사부를 해친 것은 윗사람의 명령을 받고 한 것이오. 그는 자신을 깔보지 않는 자에게는 모질게 대하지 못하는 성격이오. 이런 말하기는 뭐하지만 나는 그에게서 대인(大人)의 풍도를 느꼈었소. 그렇기에 이번에도 그의 청을 수락한 것이고."

"큭큭. 대인치고는 좀 말이 거칠다는 게 흠이기는 하지요. 행동으로는 실컷 잘해 주고 그놈의 입 때문에 항상 오해를 받으니 말이오."

이제 농담이 오가기 시작하자 패력검제는 어쩌면 양양성으로 가는 길이 처음 생각했던 것보다 훨씬 유쾌할지도 모른다는 생각이 들었다. 마교 교주의 사제라는 인물이 정파의 인물이라는 것도 기이하기 그지없었지만, 어찌되었건 상대는 상당히 소탈한 인물이었다. 어쩌면 명문의 후예일지도 모른다는 생각까지 들 정도였다.

양양성까지 돌아가는 도중에 조금씩이라도 상대가 말한 그 모든 검술의 기본이 될 수 있다는 기이한 검법이 도대체 뭔지 알아봐야겠다고 작심해 보는 패력검제였다.

* * *

과연 이번 작전에서 소연이 생사의 기로에까지 가게 된 것이 우연인지, 아니면 어떤 놈에 의해 조작된 것인지 알아내기 위해 묵향이 혈안이 되어 있을 때, 그 모든 일을 만들어 놓은 당사자인 팽선은 간신히 적을 따돌리고 이제 살았다며 안도의 한숨을 내쉬고 있었다.

하지만 한편으로는 이번 작전으로 인해 너무나도 심한 피해를 당했다는 것이 그의 마음을 우울하게 만들었다. 살아남은 인원은 겨우 천여 명 정도. 각 문파에서 최소한 3백 가까운 정예를 잃었다는 것을 의미했다. 그것도 적을 간신히 따돌렸기에 그 정도에 그친 것이지, 지속적으로 놈들과 싸웠었다면 전멸을 면키 힘들었을 것이다.

팽선은 모르고 있었지만, 그들이 목숨을 건진 것은 팽선이 구사한 탈출작전이 제대로 먹혀들어갔기 때문이 아니라 묵향과 만통음제 같은 최강급 고수들이 뛰어들어 장인걸이 거느린 상층부를 뒤흔들어 놓은 덕분이었다. 장인걸이 거느린 주력집단의 비보를 접한 워더리 장군은 적을 계속 추격하지 않고 부상자를 수습하여 후퇴하는 길을 택했기에 팽선이 살아남을 수 있었던 것이다.

　이유야 어찌되었건 팽선이 운 좋게 살아남은 것은 사실이었다. 그것이 그의 복이 될지, 아니면 더욱 지독한 화가 될지 아직 아무도 모르고 있었지만 말이다.

　한편 묵향의 존재를 눈치 챈 장인걸은 공포에 질려 있는 중이었다. 정체 불명의 화경급 고수를 사망 직전까지 몰고 간 상태에서 등장한 묵향. 그의 등장을 눈치 챈 것이 조금이나마 빨랐기에 그는 운좋게도 목숨을 건질 수 있었다. 하지만 묵향이 뒤쪽에서 퍼부어대던 푸른빛이 나는 아주 작은 구슬같은 것들. 그 정체를 알 수는 없었지만 그것이 가져다 준 공포는 너무나도 컸다. 다행히도 그것이 무차별적으로 주위에 떨어졌기에 피하는데 크게 어려움은 없었지만, 그것이 땅에 닿는 순간 일으킨 엄청난 폭발은 아직까지도 그의 간담을 서늘하게 만들고 있는 중이었다. 워낙 거리가 떨어져 있었기에 피할 시간적 여유가 있었지만, 다음에 또다시 그런 구슬을 단거리에서 맞는다면? 장인걸로서는 그 뒷일은 생각하기조차 싫었다.

　묵향이 등장했다는 말은, 곧 마교가 자신을 공격해 들어온다는 것을 의미했다. 20여 년 전에 있었던 그 일을 은원에 있어서는 매우 확실하게 처리하는 묵향이 잊을 리가 없었다. 정파와 함께 마교가 연합하여 공격해 온다면? 어쩌면 무림일통은 커녕 목숨을 내놔야 할지도 몰랐다. 그렇기에 장인걸은 깊이 고뇌하지 않을 수 없었다.

『〈묵향〉 22권에 계속』

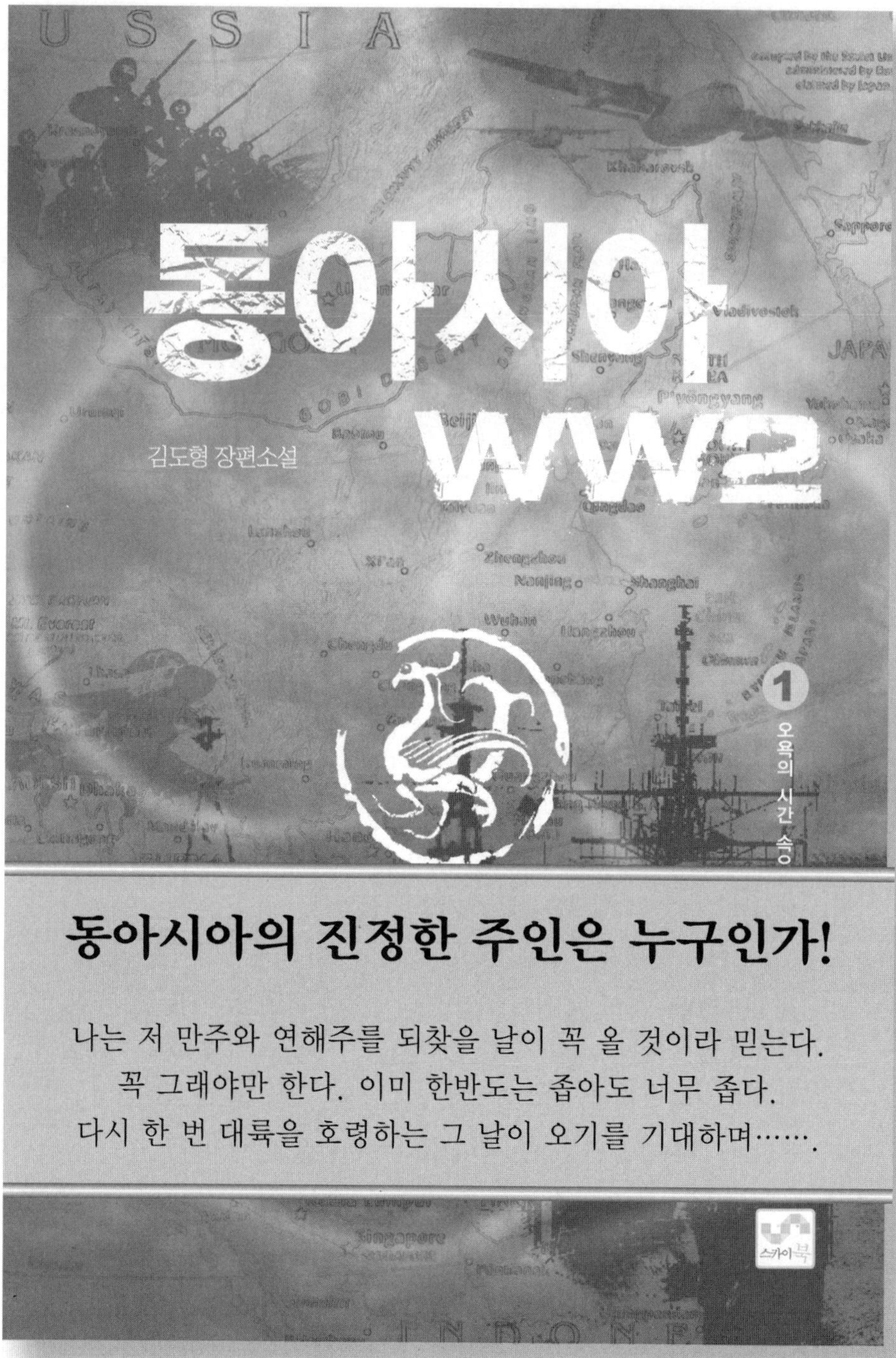

동아시아 WW2

김도형 장편소설

① 오욕의 시간 속으로

동아시아의 진정한 주인은 누구인가!

나는 저 만주와 연해주를 되찾을 날이 꼭 올 것이라 믿는다.
꼭 그래야만 한다. 이미 한반도는 좁아도 너무 좁다.
다시 한 번 대륙을 호령하는 그 날이 오기를 기대하며……

김도형 지음 / 1~4권 발간

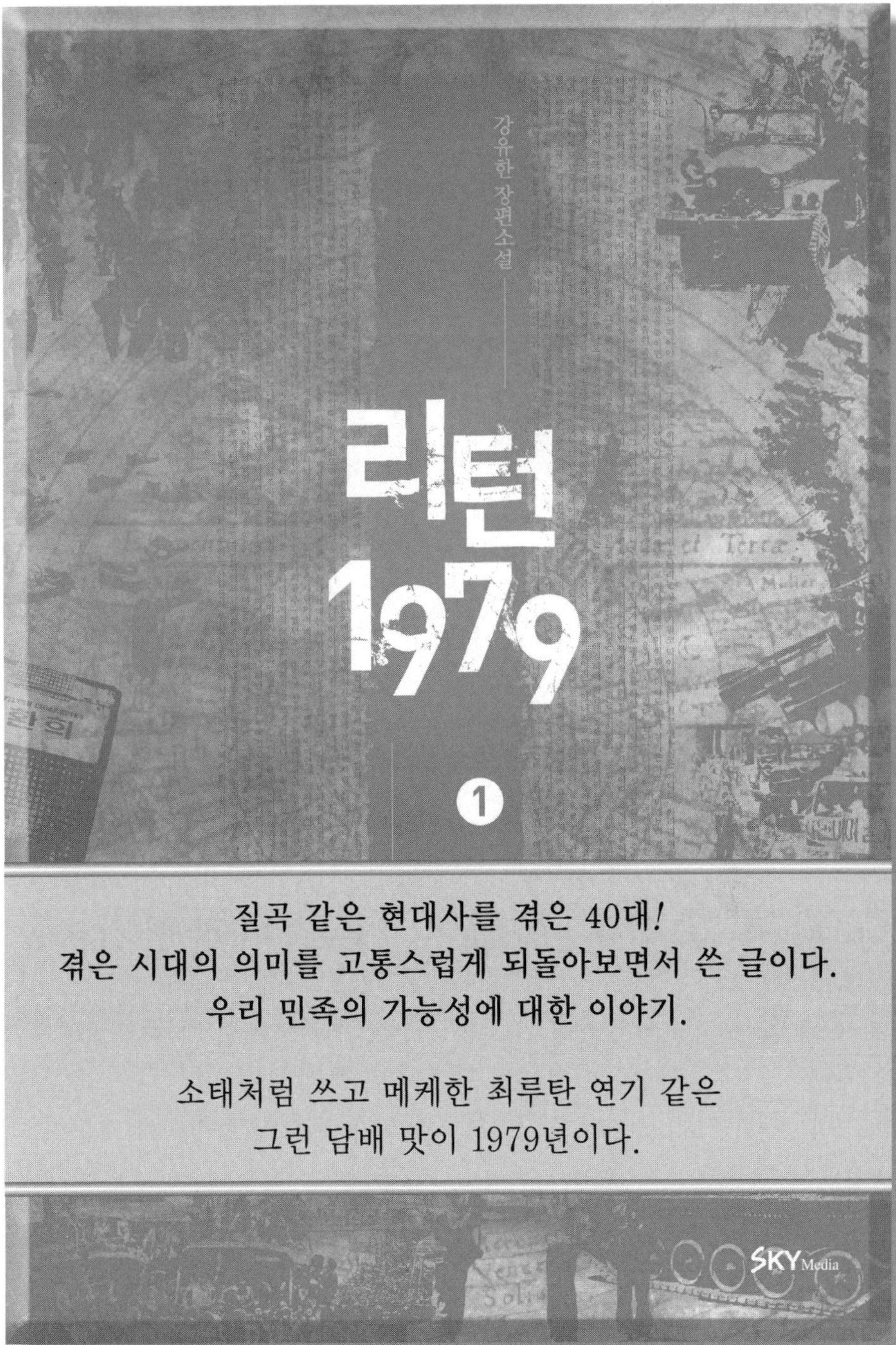

강유한 장편소설

리턴 1979

①

질곡 같은 현대사를 겪은 40대!
겪은 시대의 의미를 고통스럽게 되돌아보면서 쓴 글이다.
우리 민족의 가능성에 대한 이야기.

소태처럼 쓰고 메케한 최루탄 연기 같은
그런 담배 맛이 1979년이다.

SKY Media

강유한 지음 / 1~10권 발간

한무풍 역사 장편소설

또다른 제국 ①

과연 조선은 힘없는 작은 나라인가!

거대 문명들이 부딪치며 하나로 통합되던 격동적인 근대 시대에
어디에도 구속되지 않은
그저 푸르른 바람이고 싶은 한 사내의 꿈이 펼쳐진다.

JKT Media

한무풍 지음 / 전 5권 발간